中公文庫

クラン II

警視庁渋谷南署・岩沢誠次郎の激昂

沢村　鐵

中央公論新社

目次

主な登場人物

晴山《はるやま》 旭《あきら》　警視庁刑事部捜査一課・殺人犯捜査第７係。主任刑事。警部補。37歳。

岩沢《いわさわ》誠次郎《せいじろう》　渋谷南署生活安全課少年係。巡査部長。47歳。

足ヶ瀬《あしがせ》直助《なおすけ》　渋谷南署地域課渋谷道玄坂交番巡査。19歳。

綾織《あやおり》美音《みおん》　警視庁刑事部鑑識課検視官。警部。34歳。

上郷《かみごう》奈津実《なつみ》　警視庁刑事部捜査支援分析センター・機動分析課所属。巡査部長。25歳。

柏木《かしわぎ》平三《へいぞう》　警視庁刑事部捜査一課課長。警視正。55歳。

川内《かわうち》捷平《しょうへい》　警視庁刑事部捜査一課・殺人犯捜査第７係長。警部。57歳。

土沢《つちざわ》岳司《たけし》　警視庁刑事部捜査一課・殺人犯捜査第７係。巡査。25歳。

平倉《ひらくら》皆子《みなこ》　警視庁刑事部捜査一課・殺人犯捜査第７係。巡査。27歳。

梶《かじ》 長太郎《ちょうたろう》　警視庁刑事部捜査一課・殺人犯捜査第６係。主任刑事。警部補。33歳。

蓑田《みのだ》行夫《ゆきお》　警視庁刑事部捜査一課・殺人犯捜査第６係。巡査部長。28歳。死亡。

藤根《ふじね》丸雄《まるお》　渋谷南署生活安全課課長。警部。

田野畑《たのはた》利亀《としき》　警視庁公安部公安第一課。警視。

区界《くざかい》 浩《ひろし》　警視庁公安部外事第三課。警部。37歳。

俵《たわら》 和也《かずや》　神奈川県警刑事部捜査一課。警部補。

六原《ろくはら》登志郎《としろう》　警察の不祥事を追うジャーナリスト。

唐橋《からはし》弥一《やいち》　渋谷の伝説的極道。大前組相談役。

真滝《またき》 将《しょう》　六本木を根城にする極星會の若頭。

稲築《いなつき》充代《みつよ》　通称ミチュ。渋谷のストリートチルドレン。

能登《のと》尊志《たかし》　通称ソンシ。渋谷のストリートチルドレン。

四倉《しくら》祐人《ゆうと》　警察庁刑事局組織犯罪対策部・犯罪収益移転防止管理官。警視長。

千徳《せんとく》光宣《みつのぶ》　警察庁長官官房首席監察官。

クランII

警視庁渋谷南署・岩沢誠次郎の激昂

もし造物主を責めることを許してもらえるなら、
私は言いたい。
かれはあまりにも無造作に生命をつくり、
またあまりにも無造作に生命をこわしすぎる。

魯迅『兎と猫』

Death is a small price for heaven

"The Ice Maiden"　Prefab Sprout

プロローグ——不寝番《ふしんばん》

私は発砲音を耳にした。

深夜の渋谷の路上。ただでさえ暗い視界がなおさら暗くなった、だがおかげで、どこへ向かうべきかという手がかりがつかめた。

誰が発砲したのか？

探している制服警官・足ヶ瀬《あしがせ》巡査が凶漢に向けて撃ったのか。それとも逆か。

激しい喪失感が襲う。あの巡査が誰かに向けて銃弾《じゅうだん》を発射しているところなど想像もつかなかったからだ、となれば最悪の結末が待っていることになるが私は足を止めない。

刑事だからだ。どんな悲惨《ひさん》な事態にも直面しなくてはならない仕事だからだ。

銃声を生で聞いたのは四年ぶり。六本木が混乱していた頃のことだ。当時は慣れきっていていちいち驚くこともなかったが、この夜、私はあわてた。ひたすらにあわてた。急ぐ足がもつれて転びかけたほどだった。そもそもすぐ近くにいるはずの巡査がどうしても見つけられない、悪夢の中にいる感覚だった。

悪夢は瞬時に現実になった。銃声を聞いて、巡査の姿を視認するまでに何十分も経《た》ったような気がしたが実際は二、三分だったのだろう。足ヶ瀬直助《なおすけ》が路上に倒れていた。雑居ビルの入り口の辺り、庇《ひさし》が陰になって街灯の光が届かず姿がよく見えない。投げ出された両足だけが見え、そしてピクリとも動かないのを知って私は腰が砕けそうになった。まだ十代の交番巡査が殉職《じゅんしょく》……こんな悲劇があるか？　希望に満ちた若者が無残に命を散らす。私がついていながら。

辺りに人の気配はなかった。巡査を撃ち倒した凶漢は影も見えない。

「おい……足ヶ瀬君」

私は路上に膝《ひざ》を突きながら言った。自分でも情けないほどかすれきった声だった。走り続けてきた足も痙攣《けいれん》している。そして私は、手を伸ばせない。彼の息遣いや脈拍を確かめられない。これ以上の絶望を味わいたくない。

はっ、という息遣いが聞こえた。巡査は反応した！　微《かす》かな頭の動きさえ、闇の中で確かに見えた。

「大丈夫か！　どこを撃たれた？　苦しいか？」

巡査の防刃ベストに触れた。硬いベストではあるが防弾服ほどの強靱《きょうじん》さはない。鼓動《こどう》を感じたいのに、ベストの厚さは体温さえ伝えない。

すると若者はゆっくり、足を引いた。膝を立てる。

そして、地べたに投げ出していた手を上げた。私の方へ。

「あ……岩沢《いわさわ》さん」

目の前で、若者の指先が揺れた。弱々しい。私は思わずそれをつかみ、生きた人間の感触を味わった。安堵感《あんどかん》という温水が胸に沁《し》み渡る。

「すみません、わざわざ来ていただいて……」

詫《わ》びている場合か。私のつかんだ手を握り返す指の力は意外に強いが、安心などできない。もうたまらず、若者の身体《からだ》を探った。

「傷は？　どこに当たった」

苦痛の声を上げたらすぐ引っ込めようと思ったが、巡査は全く声を上げない。私はベストを外して制服の上着をたくし上げた。出血しているなら即座に止血しなくては。腰の辺りに湿り気を感じた。目を凝らすと染みが広がっている。出血している、やはり凶弾が当たった。貫いた？　こんな人体の要《かなめ》の部分を？

「クソ……」

絶望感が広がる。ここには神経が集中している、巡査は気丈に意識を保ち、答えも返してくるが、一生尾を引く障害をもたらす可能性がある。撃ち込まれたのがまたＫＷＴ弾だとしたら弾《たま》は体内にない。その貫通力の高さが、体内の組織を意外に傷つけていないかも知れない。希望はそれぐらいしかなかった。

「大丈夫です」

しっかりした声が返ってきて、私は激昂《げっこう》してしまった。

「大丈夫なわけないだろ！　こんなに血が……」

私はポリスモードを取り出して応援を呼ぶ。

「いや……本当に」

足ヶ瀬巡査はむくりと身を起こした。私はうおっと声を上げる。起き上がれるとは想像もしなかったのだ。

「見た目ほどじゃありません」

巡査は自分の腹を見ながら言った。しごく冷静な声で。

自分の痛覚と、見た目が一致したらしい。

軽傷。この若者はそう判断した。私は、感心するしかなかった。自分の体液が流れ出る感覚や、見た目の赤の鮮烈《せんれつ》さに、ほとんどの人間は卒倒するか動く気力を失う。

「痛くありません。かすり傷だと思います」

だがこの巡査は違う。冷静な兵士のように身体の正確な状態を把握している。

「馬鹿な……」

私は慎重に、だがいささか強引にシャツをめくり、ベルトを緩めてズボンをずり下げた。携帯電話の明かりを近づけ、徹底して傷を確認する。

巡査の言葉は正しかった。あるのは短い裂傷《れっしょう》のみだった。骨盤を包む腰の皮膚《ひふ》の外縁《がいえん》に直線の傷が走り、血を滲《にじ》ませている。だがそれだけだ。深刻な傷ではない。貫通どころか、弾は巡査の身体を掠った。それが事実らしい。

「脅《おど》かすな……」

私は盛大に息を吐きながら言った。どうにか、笑みらしきものを顔に押し上げる。

「すみません。ご心配をおかけして」

巡査の顔にあるのは本物の笑顔だった。どこも引きつっていない。

「本当に大丈夫なんだな？　立てるか？」

「はい」

気楽な声で言い、足ヶ瀬巡査は立って見せた。少しふらついただけだ。

私は中腰でそれを見上げながら、気が抜けてしまう。信じがたい運の良さだ。いや……巡査は、機敏に弾を避《よ》けたのだろうか。相手が撃ってくると悟って反応した。若者の反射神経は時に驚くべき結果を呼ぶ。しっかり身を守れたのも、彼の実力かも知れない。

「大丈夫でした」

巡査は恥ずかしそうに瞬《まばた》きを繰り返している。

「ビックリして、ちょっとだけ意識が飛んでましたけど」

両手を広げて元気をアピールする。

「君、本当に……」

「はい。痩《や》せ我慢してるわけじゃありません。運がよかったです」

にっこりした。私は頭を振る。

「……病院に行こう。ちゃんと検査した方がいい」

「はい」

素直に頷《うなず》く。

「撃ったのはどんな奴《やつ》だ」

矢継《やつ》ぎ早《ばや》に訊《き》いた。すると巡査は言った。

「分かりません」

その声は内容に反して、確信に満ちていた。

第一章　残響《ざんきょう》

1

鑑識課員が立入禁止のロープを張り、指紋《しもん》を採取する。そんなお馴染《なじ》みの事件現場を俺はじっと眺めていた。刑事の日常。見慣れた光景のはずだ。

だが悪夢の感覚は強まるばかりだった。なぜならここが、警視庁の四階だからだ。前代未聞、警視庁捜査一課内部の現場検証が進んでいる。

蓑田行夫《みのだゆきお》巡査部長が自らの命を絶ったトイレを中心に、つつがなく、手順を踏んで作業が進行していた。さすが、現場検証にかけては日本一の鑑識課員たちだ。

だがその顔を見れば、いつになく強張《こわば》っているのが分かる。当然だ……彼らも人間。自分たちがやらなくて誰がやる、というプロ意識が勝《まさ》ってはいるが、同じ部の仲間を、こうした形で送り出さねばならない日が来ると想像したか。

紛《まぎ》れもなく、捜査一課始まって以来の汚点であり、空前の不祥事だった。日本中が騒然とすることは疑いない。朝の情報番組に速報が入り、昼のワイドショーがこぞって取り上げ、夕方と夜のニュース番組のヘッドラインを飾ることは確実。ネットニュースでもいくつもの見出しとなって溢《あふ》れ返るだろう。目にした人は外国の話だと思うかも知れない。だが日本の警視庁、と確認し呆然《ぼうぜん》とする。勝手な憶測や出鱈目《でたらめ》な記事が山ほど出回るだろう。過去の不祥事がほじくり返され、パワハラだいじめだ汚職だ裏金だ覚醒剤《かくせいざい》だなどとありとあらゆる疑惑と結びつけられて、警察は最悪の組織だと書き立てられる。もはや改革は待ったなしと決めつけられる。

だが俺はそれを否定できない。

警察の抱える闇が表に噴出した。組織が罹患《りかん》する深刻な病《やまい》が、誰の目にも明らかになった。もう誰にも止められない、表向きは行儀のよかった無法者たちが牙《きば》を剝《む》き出しにして暴れ出す時代になった。牙が向けられるのは、仲間だ。

「主任、嘘《うそ》でしょう」

土沢岳司《つちざわたけし》は、あわてて出勤してきたその瞬間から顔面蒼白《そうはく》だった。

「蓑田さんが、自殺……どうして……」

俺は何も言えなかった。この男も蓑田を好いていた。最年少、まだまだ身の程知らずの未熟者でも、素直にリスペクトできるような刑事だったのだ、蓑田は。

その蓑田がただ自殺したのじゃない、同僚殺しの犯人だと知れば、土沢はショックのあまり仕事を放棄《ほうき》するかも知れない。俺自身が仕事を放棄したくなっているのだ。昨日まで普通に接していた同僚が職場で自殺する。ほとんどの人間は一生そんな目には遭わない。

蓑田行夫は見るからに生真面目《きまじめ》で、礼儀を知り、筋を通せる男だった。自分のボスである梶長《かじちょう》太郎《たろう》への忠誠は揺るぎないが、ライバルの刑事たちに対しても敬意を欠いたことはない。むしろボスの無礼を黙って抑え、相手に詫びることもあった。自分の部下だったらどんなにいいだろう。俺はそう思っていたのだ。

彼は俺の目の前で逝《い》ってしまった。心がひたすらに拒《こば》んでいる。この現実を受け入れることを。

土沢より先に来た平倉皆子《ひらくらみなこ》もただただ言葉を失っていた。一重《ひとえ》の目をいっぱいに見張って俺を見、鑑識の現場検証を為《な》す術《すべ》もなく見守っている。どうしてこんなことに？　蓑田さんはなぜ死んだの？　瞳の中は疑問符でいっぱいだった。

これは自白だ、と教えてやれなかった。だが紛れもなくそうだ。俺も綾織美音《あやおりみおん》も、鑑識が壁から引き抜いた銃弾をさっき、この目で見たのだ。あまりに奥にめり込んで、取り出すのに苦労したその弾を。

あれだった。鋭い突端。なんとも言えない緑色。

ＫＷＴ弾。俗称、コップキラー。

蓑田行夫巡査部長は、それを持っていた。自らが刑事でありながら。

捜査二課の北森《きたもり》と、鴻谷《こうたに》元警視監を殺したのと同じ銃弾で死んで見せた。こんな不条理があるか？　蓑田は何も語らず、全てを背負ってこの世から退場した。ふいに怒りが湧《わ》き上がってくる、貴様なんてことをしてくれた⁈　だが生前の蓑田の面影《おもかげ》が火消しにかかる。俺の心の中は滅茶苦茶《めちゃくちゃ》だった。氷山とマグマが一緒くたになって上へ下へと対流しているような、胸が破れて体液が流れ出してしまいそうな苦痛。

だが俺より苦しんでいる者がいる。振り返って姿を探すが、もういない。綾織美音はさっき検視を終えた。鑑識課に所属する検視官も、同じ刑事部の仲間だ。同僚を検分したことなど初めてに違いなかった。いまは遺体と共に、東京監察医務院に向かっている。検視医に所見を告げ、司法解剖《しほうかいぼう》をサポートするためだ。

所見は言うまでもない。自殺した遺体を自殺と判定するだけ。簡単すぎて、逆に虚《むな》しい。俺はいま、あの女に対して同情、という言葉で片づけることのできない深い情を感じていた。自分の婚約者を殺したであろう男を、己が手で、己が目で検分したのだ。その内心たるや想像もできない。

だが、俺たち刑事部にできるのはそこまでだった。

「刑事部の権限は、初動に留《とど》める。検視までです」

捜一では見かけることのない男が言った。判決を告げる裁判官のような冷徹さ。さっき田野畑《たのはた》と名乗った男だった。公安第一課所属。

「あんたらは口を出すな」

もう一人が言う。外事第三課の区界《くざかい》と名乗った男だ。

外からやってきた二人の男は、刑事部の刑事とはまるで違う眼差《まなざ》しを持っていた。

「あとは我々が引き継ぐ」

「なんだって？」

土沢岳司がまた若さを露呈《ろてい》した。

「この件は我々が主導します。刑事部は、我々の指示に従ってください」

田野畑が、なおも感情を見せずに言い渡した。

「身内の不祥事だ。立場をわきまえろ」

もう一人の方は礼儀を欠いている。これが土沢を刺激した。

「で、でも、あんたらになにが分かる！」

声を震わせる。経験の浅い刑事は、公安に対しては単純な敵愾心《てきがいしん》を植えつけられている。

実際に接するのは初めてなのに、刑事部の仕事を奪うハゲタカだと信じ込んでいる。

「同じ部署の人間に冷静な捜査ができるか」

だが外事課の男は平気の平左《へいざ》だった。

「あんたらには、捜査能力がない」

「なにっ」

爆発しそうな土沢の肩を俺はぐっとつかんだ。それは理性の力ではない。指導係としての責任感でもない。ただの習慣だった。漫才コンビの片方がボケたら片方が突っ込む、という反射運動みたいなもの。土沢を守ろうとしたわけでもない。

俺自身が怒りで我を失いそうだったのだ。むしろ、青い部下のおかげで冷静になれた。

「菱川《ひしかわ》総監の判断だ」

区界は俺の目を見ながら言った。

「晴山《はるやま》警部補、文句があるなら総監室へ行け」

この男の言うことはもっともだった。異を唱える気はさらさらない。

同じ課の人間では公正な捜査ができない。不祥事の当事者である俺たち捜一が、何を言っても説得力がなかった。刑事部の人間は蚊帳《かや》の外に置かれ、ただの協力者となる。あるいは捜査対象に。

そして、公安部は上層部の直轄部隊。国家の危機を未然に防ぐという大義のもと、どんな捜査対象でも好きなやり方で追い詰めることができる。その過程でどんな汚いことをやっても「捜査機密」の一点張りで覆《おお》い隠す。

隠蔽《いんぺい》される。蓑田の死の真相は、すべて。それは決定事項に思えた。

「晴山警部補。まずは、第一発見者である君に事情聴取を行う」

田野畑に告げられた。区界が頷き、威嚇《いかく》するように周りを見た。土沢が唇《くちびる》を嚙《か》む。

俺は黙って頷き、公安刑事たちについて歩き出した。半ば放心状態だったが、ふいに大事なことを思い出した。振り返って言う。

「土沢。お前、岩沢さんのところへ行け」

「はい？」

部下は瞬きを繰り返して、理解不能という表情をした。

「渋谷南署の岩沢さんだ。渋谷の公園で会っただろ」

「あっ、はい……」

「渋谷の交番巡査が撃たれたらしい。足ケ瀬巡査かも知れない」

「あしがせ？」

「岩沢さんと一緒に、遺体を発見した若い子だ」

「ああ……」

土沢は思い出したようだった。

さっき庁内に響いたアナウンスが告げた。渋谷の交番巡査が撃たれたと。平時なら大事件だが、どのニュースでも扱いは小さいだろう。警視庁内で刑事が死んだ以上にひきのあるニュースなどない。

異常事態が同時進行している。数日前から桁《けた》違いのトラブルが警察を呑《の》み込んでいる。刑事なら、どんな馬鹿な刑事でも感じているはず。

「頼むぞ。誰が撃たれたか、どんな様子か、しっかり聞いてこい」

「で、でも」

土沢はこの場を離れたくなさそうだ。俺や捜査一課の先輩たちを案じてのことだが、こいつがここでウロチョロしても何もできない。

「いいから行け！」

俺は怒鳴った。平倉皆子が立ち尽くしている。私が行きます、と言い出しそうだった。だが俺は土沢だけに向かって言った。

「東京中の警察官が狙《ねら》われてるんだ。早く動かないと手遅れになる」

土沢の顔が引き締まった。

「行ってきます」

「頼んだぞ。何かつかんでこい。それから、岩沢さんをしっかりサポートしろ」

「はい」

出て行く土沢を見送る。それから平倉の方を見て、告げた。

「お前はここにいろ。鑑識の仕事を見届けるんだ」

フッ、と区界が鼻で笑ったのが聞こえた。俺は目も向けない。

はい、と平倉が小さく言ったのを背中に聞きながら、俺は公安の男たちに連れられてゆく。これから事情聴取。刑事になってからは、三度目か。そう思うとやけっぱちな笑みがせり上がってきた。

2

私はポリスモードで渋谷南署の代表番号に電話をし、交通課に車を出してもらうよう頼みつつ、生活安全課の藤根《ふじね》課長に伝言を頼んだ。まだ自宅で寝ているに違いない課長に、交番巡査が銃撃を受けたこと、軽傷ではあるが病院で検査が必要だという伝言を残す。

交通課のパトカーが到着すると、中野の警察病院まで足ヶ瀬巡査を連れて行った。初めは近くの救急病院がいいと思ったが巡査があまりに元気なので、いろいろ融通《ゆうずう》の利く警察病院の方がいいと考えを変えた。実際、担架《たんか》など一切必要なかった。巡査は自分の足で車に乗り降りし、歩いて検査室に入った。さっき被弾したとはとても思えない足取りで。

検査室の扉が閉じると、私は気が抜けてしまった。運転手を務めてくれた交通課の巡査に、

「本部の応援は不要。銃撃現場の現場検証のときは立ち会うから、呼んでくれと伝えてくれるか」

と言って帰すと、待合室の椅子《いす》にドカリと座り込んだ。背もたれに深く身体を預けて目を閉じる。緊配《きんぱい》についてはは頼むまでもない、すでに全署員に通達されているだろう。網に引っかかるといい。だが私には、銃撃犯が簡単に捕まるとは思えなかった。

通路の窓から朝の光が差し込んでいる。夜が明けた……このまま休んでいたかった。だが、やるべきことがあると思い直す。渋谷南署の直通番号にかけた。

「また、朝からすみません。ご心配おかけしました」

『おお、連絡待ってました』

藤根課長からは一度電話があったが、移動中だったのですぐ切ったのだ。

「いま検査中ですが、足ヶ瀬巡査の命に別状はありません」

『そりゃよかった……』

深い息遣いが聞こえた。さすがに心配していたようだ。

「詳しい検査結果はこれからですが、たぶん、早期に公務に復帰できます」

『それは何よりだ』

「ただ、銃撃の実行犯は、私が来たときには立ち去っていました」

『……そうか』

「足ヶ瀬巡査も、はっきりとは見ていません。手がかりは少ない」

『まあ、致し方ない』

藤根課長はいつも通りのマイペースな反応だった。非常時にもあわてないのは有り難い。

『発砲現場には刑事課が行ってます。機捜といっしょに現場検証に入ってる。今はいいから、あとで説明に行ってやってください。ところで、ネットかテレビでニュースを見てない？』

藤根課長は訊いてきた。いいえ、と答えると相手は言った。

『本部の捜一で、刑事が自殺した』

「……なんですって」

一瞬思考が停止した。

「だれが」

『蓑田という巡査部長。トイレで自分を撃った』

事態が深刻になるほどまともな思考ができなくなる。いままでの自分にはなかったことだ、私もヤキが回った……いや違う。私のせいじゃない。いま起きていることが異常すぎるのだ。

東京中の警察官たちが危機にさらされている。背中のざわつきが収まらない、六本木が最も物騒《ぶっそう》だった頃にも感じたことのない戦慄《せんりつ》がとめどなく襲ってくる。東京は、どうしてしまった？

『その捜一から問い合わせがあった。土沢という刑事があんたを探してる。病院を教えていいかな？』

はあ、と答えた。顔は思い出せる。血気に逸《はや》った若い顔は、十代の足ヶ瀬直助よりずっと幼く見えた。あんな男が長く捜一に留まれるとは思えない。その彼が、私に何の用だ。

たぶん自分の意志ではなく、命じられてやって来る。指示を出したのは晴山警部補だろう。あの刑事には好感を持っている。悲惨な状況の最中《さなか》にある捜一からわざわざ使者を送ってくるとは。

「岩沢さん！」

それから三十分と経たずに若い刑事が駆け込んできた。

「おとといの晩もご挨拶《あいさつ》した、捜査一課の土沢です。晴山主任に言われて、参りました」

幼い印象に変わりはないが、おとといい会ったときより顔が引き締まっている。当然と言えば当然だと思った。自分の職場で大事件が起きたばかりだ。

「聞いたよ。本部は大変だろうな」

私は気遣いを見せ、土沢は感謝して頭を下げる。

「はい、そうなんです……主任はいま、手が離せなくて」

「そりゃそうだろうな。死んだ蓑田ってのは、どういう？」

「我々と同じ係、隣の班の巡査部長です。とても有能な人でした」

土沢はしっかり答えた。気持ちがこもっている。この男なりの心痛を感じた。

「残念だったな」

私は控《ひか》えめに言う。そして確かめた。

「こっちの銃撃の件、訊いたのか？」

「はい。晴山主任の命で、状況をうかがいに」

やはり。彼の気遣いに感謝する。

「有り難いね。だが大丈夫。足ヶ瀬君は、軽傷だ」

「どこを撃たれたんですか？」

土沢が目をギョロギョロさせる。奥の検査室のドアを凝視した。

「腰だ。だが、弾が逸《そ》れた。まともには当たらなかった。ほんとに幸運だったよ」

さっき医者に検査の結果を訊いた。初見の診断はやはり、軽傷。身体に刻まれた傷はごく浅く、多いと見えた出血は、あくまで表面からの一時的なもの。すぐ止まったのがその証拠ということらしい。ベッドの上で巡査が腰や腿《もも》を動かすのも見た。痛みも不具合もなさそうだった。だが私は命令した。

「精密検査の結果がまだだ。一日安静にしていろ」

有無を言わせない調子に気づいた巡査ははい、と素直に言った。まさかまた襲われるとは思わない。万が一のことを考えても、ここは警察病院だ。他の病院より不審者に敏感。

「会えますか？」

土沢は訊いた。私は顔をしかめてみせる。

「精密検査の結果が出てないんだ。一日、ここで休ませる」

土沢はあからさまに失望したが、

「では、顔だけでも」

と粘る。私は頷いた。

「そこにいる。顔見て、挨拶だけしてこい」

土沢はありがとうございます、と頭を下げて検査室のドアを叩《たた》いた。するりと中に入る。

一分して戻ってきた。

「元気そうで良かったです！」

素直な反応に、思わず笑う。

「撃った奴は逃走中」

核心に迫る話題を提供してやる。

「本部にも手配を頼んだが、それどころじゃないだろうな」

土沢は苦い顔をした。私は頭を振って見せる。

「うちの署もだいぶ人を出してると思うが、足取りをつかめるかどうか」

「どんな奴ですか？」

「分からない。私が駆けつけたときは、もういなかった」

「巡査は？　相手を見なかったんですか」

「見た。だが、顔は隠していたようだ」

移動中に聞いた巡査の証言を思い出す。

「男だと思います。断言はできませんけど」

足ヶ瀬直助はひどく慎重だった。

「見た目だけだと、サラリーマンみたいでした。スーツ姿でしたから。ただ、眼鏡《めがね》とマスクをして、それからハンチングを被っていたので、顔が分かりません。年齢も……」

「見るからに怪しい奴だったのか」

「……ごく、その辺にいる人のようでした」

巡査はやんわりと、だがはっきり答えた。

「でも、なぜか、目を離せなくなって」

この巡査の本能に触れる何かがあった。だがその感覚を、若者はうまく言葉にすることができないようだ。

「目を離せない。それはなぜだ？」

足ヶ瀬直助は私を見返し、何度か首を傾《かし》げてから言った。

「強《し》いて言えば……何も荷物を持っていないこと。それに、歩き方が……」

「千鳥足か？　ヤク中みたいだったってことか？」

「いえ。足取りはしっかりしていました。ただ……」

言葉が途切れる。やはりうまく言えないようだ。

ほとんどの上司なら、たとえばこの土沢なら、巡査の証言の煮《に》え切らなさに苛立《いらだ》つかもしれない。だが違う、と私は思った。戦慄が私の背筋を冷やしていた。この巡査はせいいっぱい証言している。ただ、ふさわしい表現を見つけられないだけだ。

「……誘われているような気がしました」

ぽつりと足ヶ瀬巡査が言った。

「なに？」

戸惑《とまど》って訊く。すると巡査は、自信なさそうに目を伏せる。

「君を、人気《ひとけ》のないところへ誘導したってことか」

私は噛み砕いてみせた。巡査は感謝の目を向けてくる。

「はい」

「危険だとは思わなかったのか？」

「……すみません」

巡査は泣きべそじみた顔をする。応援を呼んだりして、大事《おおごと》にしたくなかったのだろう。当然だ。

「責めてるんじゃない。その男に感心してるんだ。正体をつかませずに君を誘い込んで、挙げ句に殺しかけたんだ」

本音だった。できるならそんな男には会いたくない。明らかに、初めてではないからだ。人を誘い込んで殺すのは。

「弾を探す」

私は無理やり前を向く。

「暗かったからしっかり見ていないが、あのへんのどこかにめり込んでるだろう」

本当はあんな凶暴な弾など見たくもないが、撃たれた巡査の前で弱気は見せられない。

「藤根課長に頼む。弾をしっかり回収してくれと。見つけてくれるといいが」

「岩沢さん。ミチュたちを探してくれますか」

足ヶ瀬直助はいきなり言った。

「どうした。あの子たちが、何か」

私は言葉を切る。巡査の顔があまりに深刻なものに変わっていたのだ。

「分かりません。でも」

足ヶ瀬直助は何度も首を傾げながら、訥々《とつとつ》と喋《しゃべ》った。

「あの子たちが、前から言っていた気がするんです」

「なにを？」

「渋谷には……怖い奴がいて、ふらっと現れては、消えていく。というような、ことです」

巡査もうまく言葉にできないらしい。それもそうだろう、表現力のない、子供たちの勝手な言い方をそのまま伝えようとしても無理。子供たち自身がうまく表現できていない。

「それで君は、追いかけたのか。怪しい奴を。子供たちのことを考えて」

巡査は頷く。

「それが、あの男だったのかどうかは、分からないんですけど」

「君の勘《かん》は当たった」

私は、誉《ほ》めているのか叱《しか》っているのか自分でも分からない。

「銃の不法所持。どんな弾かはまだ分からん、だが、元お偉いさんが死んだ、同じ街だ。もし同一犯だったら……まあ、予断は意味がないな」

願望も込めて私は言った。

「子供たちが怯《おび》えるということは、子供を食い物にしてる人買いみたいな奴かも知れん。君がほっとけないのは分かる。だが、一人で行くのはいただけん」

「はい。申し訳ありません」

私は気が咎《とが》めた。素直に謝られるとこっちが悪いという気分になる。この巡査だって、まさか相手が銃を撃ってくるとは思いもしなかった。

「あの子たちが、わたくしの……仇《かたき》を取ろうなんて、思わないとは思いますけど、でも」

いや。巡査の心配は的を射ている。仲のいい巡査の姿が見えないことを心配して、ふだん不気味《ぶきみ》に感じている奴のせいじゃないかと疑うことは、あり得る。そして、もしそいつに近づくとしたら——危なすぎる。

そもそも、銃を持った人間が夜の渋谷を徘徊《はいかい》しているとしたら、次は弱い者を標的にしないとだれが言える。

「分かった。あの子たちに会う。家に帰らない少年少女など格好の標的だ。私は決断した。

「ありがとうございます」

巡査は深く頭を下げた。

「君の無事をしっかり伝えるよ。どこに行けばいい？」

巡査は少し考え、いくつかの場所を挙げた。

私はそれを頭に刻み、彼に子供たちの安全を約束したのだった。

「晴山さんは、元気か？」

目の前の土沢刑事に訊く。その表情を見て、気が咎めた。

「ああ、元気なわけはないな」

「晴山主任が、第一発見者です」

土沢は無念そうに唇を嚙む。

「蓑田さんは、トイレで……」

そうか、と私は相槌《あいづち》を打つ。

「自殺に使った弾は？　聞いてるか」

「あっ、聞いていません。主任に訊きましょうか？」

私は少し考えて、告げた。

「いまは忙しいだろう。あとでいい」

だが確かめなくても、私の中には予感がある。確たる予感が。

3

俺が公安に連れられてやって来た先は、警視庁の中層階にある共用会議室。大中小の会議室、打ち合わせ室ばかりが集まっているフロア。しかも奥まった一室だった。間違っても外から覗《のぞ》き見《み》されないようにという配慮だろう。つまり、監禁しようが拷問《ごうもん》しようがだれにもばれないということ。一瞬足がすくんだが、振り切って逃げるわけにも行かなかった。覚悟を決めて中に入ると、すでに刑事部の面々が雁首《がんくび》を揃《そろ》えている。

殺人犯捜査第六係の係長、反部《そりべ》。私見では、とりたてて優秀でもなく存在感もないロートル刑事。昔はなかなか華々しい成果を上げていたらしいが、係長ともなるといろいろ難しくなるのかも知れない。

そして六係主任、梶長太郎。周りに俺とライバルと煽《あお》られ、真に受けて突っかかってくることの多いこの男が、いまは無防備な様子で座っていた。放心状態だ。さすがに同情する。蓑田の指導係であるこの男が一向に出勤してこないので首を捻《ひね》っていたが、呼び出されて直接こっちに来たのか。

「晴山」

すると、俺を呼ぶ声が背中から入ってくる。我らが殺人犯捜査第七係、川内《かわうち》係長だった。途中で、公安の一人が捜一に戻っていったから何かと思ったがこの人を呼びに行ったのか。

その男、外事第三課の区界がじろりと俺を見て、先に立って会議室の奥へ入ってゆく。

壁際に座った松元《まつもと》警視も小さくなっている。俺と梶が所属する二つの係を統《す》べる第四強行犯捜査の管理官だが、威厳が全くない。この不祥事の責任を取らされる、と観念しきった表情だった。

「小本《おもと》理事官は、呼ばなくていいんですか。まだ着いていないが」

川内さんが、一番奥に陣取った公安部の刑事たちに言った。臆《おく》した様子はない。

捜査一課長は警視総監に呼ばれている。となると、捜一の責任者は理事官ということになる。しかも蓑田が自殺した瞬間に現場に居合わせた。

「小本理事官は、我々の部長と直接話している」

俺をここまで連れてきた公安刑事が答えた。さっき第一課の田野畑と名乗った。この壮年の男はおそらく課長クラス、警視だろう。記章をつけているなら見て確認したかったが、公安だ。初めからつけていない。当然と言えば当然。対外的には刑事であることさえ隠している連中だ。

そして公安第一課の役割は、国内の極左勢力を相手取ること。ただし、極左の過激派は近年めっきり存在感をなくしている。だからといって縮小するには伝統がありすぎるこの課は、近年は何をやっているか全く分からない。

「玉塚《たまつか》部長……ですか」

川内さんが思わず、という様子で呟《つぶや》いた。声にはなんとも言えない感情が籠《こ》もっている。強いて言うなら、畏怖《いふ》か。

俺も同じ気持ちだった。公安部長といえば玉塚柾夫《まさお》。刑事部にとって天敵と呼べる存在だ。いくつものヤマを捜一からかっさらっていった。裏で玉塚部長のことを口汚く罵《のの》しる捜一の刑事を山ほど見てきた。玉塚がキャリア中のキャリアであることがなおさら敵愾心を煽っているのは否《いな》めない。そして、小本理事官もキャリア。

同族同士で馬が合うに違いなかった。今頃はよからぬ談合が着々と進んでいる。口裏合わせにかけては、警察官僚は屈指のチームワークを誇る。日本一の結束力かも知れない。キャリアはキャリアを守る。それは、警察官にとっては「蛙《かえる》の子は蛙」以上にポピュラーな慣用句だった。負けが決まっているヤマには関わらせず、経歴に泥を塗ることを事前に防ぐ。つまり、昨夜小本が刑事部にいなかったことにするぐらい平気でやる。失脚や左遷《させん》を何より恐れる彼らは、互いの立場を守るために下々に責任転嫁する。それが最も大切な仕事なのだ。貴族と庶民《しょみん》がはっきり色分けされている警察ならではのこと。貴族のルールを庶民はどうすることもできず、従う以外にないのだ。俺たちに自由はない。

小本に累《るい》が及ばないようにするのと引き替えに、捜一の捜査機密は公安にただ漏《も》れになる。疑う余地なし、小本には捜一を守る気概も覚悟もありはしない。

刑事部、中でも捜査一課はテレビドラマでお馴染みだから花形のイメージが強い。たしかに一般受けはするし、警視庁も対外的には、捜一を刑事の代表として打ち出す。本物の捜査のエキスパートを各所轄《しょかつ》から引き抜いて組織しているので、むろん能力は高い。

だが警察内では、使い勝手のいい飼い犬部隊だとか、器用貧乏《びんぼう》と見下げている連中もいる。実際キャリアが少ないから、捜一出身の大幹部は少ない。刑事部出身の警視総監や警察庁長官はほとんどいない。スポットライトを浴びる割には出世コースではないのだ。

対して公安の連中は、刑事の本当の頂点は自らの部だと信じて疑わない。大勢のキャリアが配されてエリート意識が膨《ふく》らみ切っている。部内にもそういう教育をして結束を固めている。目の前に並ぶ顔はもちろん、俺たちを同等と認めていない。檻《おり》に入れた動物を調教しにかかるような、冷めた酷薄《こくはく》な顔だった。

「蓑田の自宅マンションから覚醒剤が見つかった」

公安第一課の田野畑がさらりと言った。

「見つかった？」

俺は耳を疑う。川内さんが目を剝いて、

「……いつの話ですか、それは」

慎重に問うた。

「昨夜だ」

蓑田がここで命を絶った頃。

そういうことか、と俺は感づく。狙いが見えた。すでにシナリオが用意されている。

「我々は、以前から蓑田をマークしていた」

田野畑の口調は誇《ほこ》らしげでもなければ、居丈高《いたけだか》でもない。ただ淡々《たんたん》と事実を提示してくる。まるでマネキンを思わせる無表情で。ここまで感情を感じさせないとは……俺はむしろ感心した。この男は特殊な訓練をしているんじゃないか。いや、そもそも感情がないのか？　こういう人間でないと公安では出世できないのか。

「なお、捜査において証拠隠滅の疑い。被疑者と不適切な関係を結んだ疑いもある」

更なるストーリーが積み重なる。徹底していた。

「蓑田は昨年の、湯島の保険金殺人事件の担当だった。年老いた夫を不審死で失った若い未亡人に、二人きりで何度も会っている。それで立件するならまだしも、結局は訴追《そつい》を断念している。蓑田が証拠を握り潰《つぶ》した可能性がある」

「そんな……」

川内さんがさすがに呆《あき》れて口を開けた。初耳の話ばかりであり、蓑田の性格からかけ離れた疑いばかりだ。

「あの事件は、ほんとに証拠が揃わなかったんだ」

同じ事件に関わっていた男が声を上げた。

「蓑田は頑張っていた。たしかに未亡人には何度も会いに行っていたが、まさか、逢い引きだなんて……」

梶の身体が震え出している。信頼していた部下が自殺した上に、あらぬ罪を次々とおっ被《かぶ》されているのだ。

「蓑田は、他にも疑わしい点がある」

田野畑はまったく取り合わない。

「裏で、刑事にあるまじき行為を複数行っていた。己の素行について悩み、良心の呵責《かしゃく》に耐えかねて自殺した可能性がある」

公安の意図《いと》は明確だった。蓑田行夫を悪徳刑事に仕立て上げ、そのくせ良心の呵責に負けたことにする。真っ黒な感情が俺の胸を塗り潰した――こいつらは、自分のやっていることが分かっているのか。死んだ仲間に対してそんなことができるとしたら、警察官ではない。

「記者発表でこの事実を公表する。我々が」

田野畑は最後まで平淡に告げた。

「捜査一課は何も発言しないように」

「そんな馬鹿な」

俺は怒りの籠もった声を上げてしまった。すかさず声が飛んでくる。

「立場をわきまえろ。貴様らの不祥事だろうが」

区界が軽蔑《けいべつ》の念も露《あら》わに見てきた。声にならない声を俺は喉《のど》に詰まらせる。不祥事を起こした部署に発言権がないのは致し方ない。だが虚偽の事実を公表するのは人倫《じんりん》にもとる……そんな道理を説いても、この男たちが聞く耳を持つはずがなかった。

俺は必死に考えを巡らす。こいつらはふだん、警察官の犯罪を躍起《やっき》になって隠蔽するくせに、蓑田の件に限っては進んで表に出す。つまり、小事で大事を隠す。刑事の自殺はあくまで本人のせい。覚醒剤やら証拠隠滅という、殺人に比べれば軽い犯罪が原因。気の咎めから自死に至った。それさえはっきり世間に印象づけられればいい。自殺は決して、同僚殺害のせいではない。

蓑田は北森を殺していない。つまり北森の死は自殺のまま。

寝た子を起こすな――こいつらは言外にそう言っている。

「蓑田はそんな男ではない」

川内係長が誇りを見せた。決して黙っていない。

「真面目な男だった。犯罪や不正には関わっていない」

「その通りです！」

梶長太郎が悲痛な声を上げた。

「警察官の模範のような男でした……部下ではありますが、あいつには、教わるところがたくさんあった」

子飼いの部下に対する情が一気に噴き出てきた。

「そんな……そんなチンケな犯罪に手を出す男じゃない！」

梶の腰が浮く。我を失って公安の連中に殴《なぐ》りかかるんじゃないかと心配になった。蓑田が北森殺しの容疑者だということを、梶はまだ知らない。だから全力で蓑田をかばえる。俺はこんがらがった思いで梶を見つめた。お前の言うとおりだ、蓑田のことは俺も好きだった。チンケな犯罪に手を染めてもいない。だがあの男は北森を殺したのだ。まず間違いなく。

「あんたらはまんまと騙《だま》されてた」

嘲笑《ちょうしょう》が浴びせられた。俺たち全員に。

「蓑田は、スパイだったんだぞ」

スパイ。予想もしない単語が聞こえて、俺は発言者を呆然と見た。

区界と名乗るこの男の、低い声と陰険な目つき。顔から抜けない笑み。田野畑とは真逆。生臭《なまぐさ》い、立ち上る熱を感じた。情念の塊《かたまり》だ。

「蓑田は、ロシアの麻薬組織の手先だった。密輸にも関わっていた。それを暴力団に橋渡ししていた」

何度耳を疑えばいいのか？　こいつらは臆面もなく、突拍子《とっぴょうし》もない話を次から次へと吐き出す。なぜ外事課までがやってくるのか疑問だった。それがいま解消した。あり得ない嫌疑を押しつけるためだ。

「立派な国際犯罪者だ。それだけじゃない。国際指名手配のテロリストと接触していた疑いもある」

開いた口を塞《ふさ》ぐヒマがない。そうか……外事課の中でも、第三課といえばテロリストを相手にする部署。最もきな臭い、国際犯罪の最前線だ。

「奴は、この国の秩序《ちつじょ》への挑戦者だった」

区界の言い切りには揺らぎがない。

「刑事という身分で巧《たく》みに隠していたが、恐るべき破壊分子だ」

「違う。蓑田は」

言いかけて、俺は言葉を失った。北森を殺したのは、ただそれだけだ。そんなことは言えなかった。梶のことを思いやったわけではない。公安の反応が怖かった。この場をますます面倒な場にしてしまうことが。

だがこの連中は的外れな嫌疑を山ほど押し被せて、北森のことには一切触れない。これが上層部の意志――

「出鱈目を並べるな」

我慢の限界を超えた声が吐き出された。川内さんだった。

「そんな大悪党が、急に良心に目覚めて、自殺したというのか。ずいぶん都合のいい話だ」

川内さんの声には人間味がある。俺は慰《なぐさ》められた。こういう、信頼に値する人と同じ現場で戦えていることが、自分の位置を確認させてくれる。俺は間違った場所にいない。

だが公安刑事たちの反応は分かりやすかった。

無言。反応せず。隠蔽部隊の本領発揮だ。必要に応じて山ほどの嘘と、沈黙を駆使する。そうやって〝お上〟の意志を下々に知らしめる。

刑事部は黙っているのか。上役たちは、どう応じる？　視線を向けたが、すぐに無駄と分かった。今の公安連中以上に無言。梶の上長の第六係長・反部も、その上の松元管理官もさっきから一言も喋っていない。青い顔でじっと石のふりをしている。口をどこかに落としてきたらしい。

これが正解なのだ。組織の中で生き抜くには。上層部が何を望んでいるか、それを敏に察知して従う。決して異を唱えず逆らわず、流れに乗る。それが最も大事な能力。この二人は見事に実行していた。

俺は、見限る。

二人とも悪い人間ではない。だが頼りにはならない。はっきりした。

「おれのせいです」

そこで梶が言い出した。

「まったく気づきませんでした……あいつが、そんな」

この世が終わったような顔だ。俺はあわてた。

「背後関係を調べます。おれにやらせてください！」

蓑田行夫の徹底的な鑑捜査を申し出た。部下の管理不行き届きのけじめをとるつもりか？

「おい梶、ちょっと待て」

俺は注意を引こうとした。あまりにこいつらしくなかった。顔色が悪すぎる、完全に情緒不安定だ。普段は半端なく疑り深いくせに、公安の作り話を鵜呑《うの》みにしている。上層部の意図を察知できない。

「お願いします、おれが……必ず……」

梶は俺の声など聞いていない。公安の二人を閻魔《えんま》様のように仰ぎ見て、裁きを待っている。俺は迷った、ここで告げるべきか？　蓑田の本当の罪を。隣の課の北森を殺したことを。だがこいつは信じない、完全に判断力を失っているのだ。むしろ俺に憎しみを向けるかも知れない。

「それには及ばない。調べはついているし、裏づけ捜査は我々がやる」

田野畑が告げると、梶はますます悲惨な表情になった。虚《うつ》ろな目を床に落とし、何かぶつぶつと呟く。

そこで田野畑が懐《ふところ》から携帯電話を取り出した。メールが届いたらしい。ボタンを操作して内容をチェックする。顔を上げた。

「私はここで失礼します」

一方的な宣言。

「また集まってもらうかも知れません。ともかく、くれぐれも余計なことはせず、口を噤《つぐ》んでいるように。捜査も記者発表も我々がやりますので」

念を押し、反応も見ずに出て行く。これは会議でも取り調べでもなかった。一方的な通達。決定事項を叩き込まれるだけ。これほど屈辱的なことはなかった。

もはや集まっている意味はない。刑事部所属の男たちは顔を見合い、階級が上の人間から席を立ち出した。松元管理官、反部係長、川内さん。なぜかまだ残っている外事第三課の区界の方は見ないようにして。梶もふらふらと立ち上がって、後に続く。

俺は刑事部の面々に道を譲り、梶も先にドアから出した。続いて出ようとする。

「晴山警部補」

背中から声がかかった。

「あんたはここに残れ」

外事第三課の男が言った。

ざくりと腰の真ん中が痛む。いままで鈍痛だったものが、その声を拍子に鋭い痛みに変わった。

4

自分の庭へと私は戻る。まだ慣れない渋谷へ。

横にはなぜか、本庁の刑事がくっついている。まだ帰れないというのだ。

「晴山主任は、何かつかんでこいと。それから」

「それから？」

「岩沢さんをしっかりサポートしろ、と」

「サポート？　君が臨時の部下になるってわけか」

有《あり》り難《がた》迷惑だ。とは口に出さなかった。

「はい……とにかく、まだ帰れません」

土沢は、頼りないのか意志が強いのか分からない。私はこんな若造にサポートされるほど落ちぶれてはいないし、そもそも一人が性に合っている。

だが、晴山刑事のことだ。意味もなくこの男を派遣はしない。まだ気が済まない、帰れないというなら、いま少し相手をしてやるか。邪魔になったら追い払えばいい。

「現場検証に立ち会わせていただけませんか?」

土沢は殊勝《しゅしょう》げに頼み込んできた。

「銃撃された現場にも行く。だがその前に、行かねばならんところがある」

「どこへ……」

「子供たちのところだ」

「子供?」

わざわざ説明しなかった。渋谷の実情を知らないこの刑事が、聞いてもピンとくるはずもない。家に帰らない子供が多いなんてことは。

「無駄足かも知れないが、足ヶ瀬君と約束したんだ」

「はあ」

本当に無駄足の公算が高い。あの子たちと会えたとしても、また無視されるだけかも知れない。だが見つけ出したかった。何も話してくれなくてもいい。「なおちゅけ」の姿が見えなくなって心配しているに違いない子たちに、無事だと伝えるだけでも。

だがさて、どこから行こう。足になってくれるという土沢のマークXに乗って指示を出す。

「まず、豊年坂《ほうねんざか》通りだ」

「渋谷の、西の方でしたか？」

「ああ。ネットカフェの多い界隈《かいわい》だ」

豊年坂通りはあの子供たちの定宿《じょうやど》のようなものらしい。寝たり、シャワーを浴びたりはいつもその辺り。だが、実際に行ってみるとネットカフェの数が相当多い。受付にしらみ潰しに当たるのは、労多くして効少なしだと思った。私は思案する。

「……ちょっと歩こう」

「どちらへ？」

私は答えない。マークXを近場の駐車場に駐めさせて歩き出した。

時刻はすでに正午。この土沢が警察病院に着く前に、人気《ひとけ》のない待合室の長椅子に横になって眠っていなかったら、さすがに歩く元気も出なかったかも知れない。その後、土沢と共に病院の食堂で食事をとってから出てきた。安い上に美味《うま》い魚定食だった。

土沢の戸惑い顔を無視しながら、渋谷の真ん中に向かってひたすら歩く。夜中に街をぶらぶらしているとすれば家出少年少女たちの朝は遅いだろうが、さすがにこの時間は外に出ている確率が高い。いや、日にもよるか……自信がなくなる。彼らの生活パターンなど読めない。

「街中《まちなか》にいなかったら、ミチュは、駅地下にいるかも知れません」

足ヶ瀬直助はそう言っていた。

「駅地下？　渋谷駅か？」

「はい」

「なんでそんなところに。通勤客ばかりで、落ち着かないだろう」

「でも、ミチュは好きなんです。気持ちは分かります」

若者は優しげな目をした。

「人が留まらずに流れている。だから逆に、人目が気にならないんです。みんなすぐにどこかへ行ってしまうから」

「だが、駅員や警備員がいる。目につくと、追い出されることもあるんじゃないのか」

「あるかも知れません。でも、逆に顔馴染み、って安心感があるのかも。とにかく、ミチュは時々行くんです。地下へ。できるだけ下の方へ」

若い者を理解できないのは今に始まったことではないが、あの浮浪児たちがとりわけ面倒なのは間違いなかった。こちらも深くは考えまい。姿を見つけられれば、それでいいのだ。だが渋谷を代表する大通りを注意しながら下っていっても、あのミチュも、一緒にいた男の子――たしかソンシと呼ばれていた――も見当たらない。二人の仲間かと思わせるような子供にもぶつからなかった。

代わりに妙なものが目につく。

「なんだあのマスクは?」

するとと土沢も気になっていたのか、思い切り首を傾げた。

「なんでしょうね。ハロウィーンでもないのに」

そうなのだ。マスクを被ったり、顔から上げて頭の上に置いたり、腰からぶら下げたり、持っているバッグにくっつけたりしている若者が目につく。そのマスクは、夜店で売られるお面のようなチープなものもあるが、本格的なものもある。ミュージシャンやタレントや政治家など、有名人の顔を模《も》したもの。肖像権《しょうぞうけん》ギリギリのグレーな商品だ。アニメのキャラクターや特撮ヒーロー、地方のゆるキャラにそっくりなものもある。猿《さる》や虎《とら》などの動物もあって、これまたリアル。

「ああ、なんか最近流行《はや》ってるって、テレビで見たような気がします……」

土沢は自信なさそうに言った。お前も若者だろう、と言いたくなるが、この性格では刑事稼業《かぎょう》に夢中で、世間の動きに疎《うと》そうだ。

「風邪《かぜ》用のマスクをずっとつけてる奴も多いじゃないですか。若い連中はどんどんシャイになってるから、素顔を見せたくなくて、ああやって顔を隠す奴が増えてるって。それが変わってきて、いろんなもので顔を隠すようになってるんですかね」

若者の間には妙なものが流行る。性質も年々変化している。理解することは何十年も前に諦《あきら》めていた。娘の使う言葉も理解不能なものが多い。

「だが、なんでまた今日だ。昨日までは、こんなに多くなかった気がするが」

　そう言ったが、私はいまいち自信がない。

「じゃあ、何かイベントですかね……」

　土沢はなおさら自信がなさそうだ。昨日の渋谷を観察したわけではないのだから当然。

「でもなんか、日本人よりも」

　土沢が首をひねりながら口ごもる。言いたいことは私にも分かった。マスクを持って歩いている人間は、外国人の方が多い気がしたのだ。これが外国から持ち込まれた流行りだとしたら、確かにお手上げ。理解のしようがない。

「あれじゃないか。このへんでコミケとかが、あるんじゃないのか」

　私は思い立ち、最近覚えた言葉を使ってみた。もちろん何の略かも知らない。「オタク」が集まる、私にとっては身の毛もよだつような病的なイベント。世界中のマンガ好きが珍妙な格好をして集まってくるではないか。たしかコスプレと言ったな。

「コミケは、もっと臨海《りんかい》地域でやるんです」

　土沢は説明してくれた。

「このへんでも、オタクの集まりがないとは言えませんが。あ、フラッシュモブでもあるのかな？」

「なんだそれは」

「最近流行りの、急に集まって踊るやつです」

さっぱり分からない。やっぱりカタカナ語や最近の流行りは苦手。渋谷にいるなら覚えなくてはならないのかと憂鬱《ゆううつ》になる。若者の街は、疲れる。

土沢は辛抱強く説明してくれた。ネットから不特定多数に呼びかけて、街中でいっせいに踊り出すのだそうだ。お互いに知り合いではなく、踊り終わったら即、解散するという。

「何が楽しいんだ」

まったく意味が分からない。

「なんでしょうね。まあ、人を驚かせたいんでしょう」

土沢も苦笑いする。そうしているうちに駅に着いた。地下へ向かう階段を下りる。中の様子を見て私は言った。

「しばらく来てなかったが。ずいぶん小綺麗《こぎれい》になってるな」

「そうですね」

土沢は首を捻って何か思い出そうとしている。渋谷の警察署に所属している私が本部の刑事に言う台詞《せりふ》ではないと思ったが、なにせ日が浅い。

「準都心線の開通に合わせて、デザインを変えたんです、たしか」

土沢は思い出して説明してくれた。

「近未来だか、宇宙船みたいなのをイメージしてるらしいですよ」

「外人もずいぶん観光に来る街だしな。イメージアップが大事か」

スクランブル交差点の辺りに常に外国人が溜《た》まっているのは、異動した初日から気づいていた。あそこも観光スポットになっているのだ。あの人波が逆に名物になるとは、雑踏を避ける習性のある中年のオヤジには酔狂《すいきょう》としか思えない。半ば狂気の沙汰《さた》を外国人は笑っているのか？　巨大なモニターや看板やネオンを引っさげた高層ビルの合間を、信号の明滅に合わせて整然とすれ違う日本人。たしかにいい見世物《みせもの》か。

私は更に下を目指して階段を下っていった。B1からB2へ。だが途中で足を止める。階段の下に迂回《うかい》の矢印を見つけた。何かの工事中らしく、直進を禁じられている。新しいエスカレータでも設置するのか。各路線の相互乗り入れでホームが変更になったりしているのは知っている。動線——人の流れも大きく変化し、おかげでいろんな変更を迫られているわけか。

そういえば、藤根課長が誰かにぼやいているのを聞いた覚えがある。近隣住民や通勤客の抗議を受けて、駅内の通路を広くしたり、エスカレータや動く歩道を突貫工事で新設したりしていると。なにしろ捌《さば》く人数が桁違いだ。今が不便なのは致し方ないが、いずれは解消するだろう。そう、願望込みで言っていた。

コーンが並んでロープが張られた向こう側で、作業員が余裕のない表情で動き回っているのが見えた。直進はできない。私たちは矢印通りに迂回する。土沢も文句も言わずについてきた。

狭まった通路に人が詰まり、すれ違うのもギリギリの区画を抜けると、急に広場のような場所に出た。そのフラッシュモブとやらもできそうな空間だ。ちょっと迷ったが、勘の赴《おもむ》くまま私は直進し、それから右に曲がってゆるやかなスロープを下る。

驚いた。探している姿が、目に入った。

ミチュこと稲築充代《いなつきみつよ》がいた。スロープの途中に。

しかも、こっちを見た。目が合った。まるで私を待ち構えていたような気がしたが、そんなわけはあるはずがない。私は動揺を見せずそのまま下って行く。少女の正面に立った。

少女の目には、問いがあった。私に訊きたいことは一つだ。

「足ヶ瀬君はいま、病院だ」

望む答えをくれてやった。恥ずかしくて「なおちゅけ」とは口にできなかったが。

ミチュの反応はなかった。ただ、圧力を発するかのような強い視線を当ててくるだけ。

かろうじて私は受け止める。どう言葉を重ねようか。

「軽傷だから心配ない。じき退院する。またすぐ、彼に会えるよ」

「だから言ったのに」

ミチュはぽつりと言った。

「え？」

私は訊く。ミチュは微かに視線を漂《ただよ》わせた。私の後ろにいる若い刑事を警戒していた。土沢は血気に溢れた男だ。ただいるだけで相手を刺激してしまう。この血気を抑えられるようにならない限り刑事として大成は望めない。

「足ヶ瀬君に聞いた」

土沢に意識を向けさせないように、親身な口調を心がけた。

「君たちが怖がってる変な奴がいて、街をうろついてると。そいつのことを教えてくれないか」

するとミチュは、じっと私を見た。

「もしかするとそいつが、足ヶ瀬君に怪我《けが》をさせたのかも知れない。私はそいつを、逮捕《たいほ》したいんだ」

土沢がここぞとばかり頷く。ミチュは私から目を外して床を見た。重たそうな前髪がはらりと落ち、少女の表情を隠す。声が漏れる。

「あいつを……追っかけるなって、言ったのに」

「知ってるのか。巡査を撃った奴を」

自分の声の凄《すご》みに気づいたが、引っ込められなかった。

ミチュは反応しない。その視線は相変わらず、床の方をゆらゆらと漂っている。

私は名状しがたい戦慄を覚えた。

「教えてくれ。それは、どんな奴だ」

私が問うと、土沢が鼻息荒く身を乗り出してくる。

「……あいつのこと……」

だがミチュは見事に、私たちの期待を躱《かわ》した。

「わかんない」

「……なんだって？」

「わかんないの」

その声に、私は空恐《そらおそ》ろしいほどの絶望を嗅《か》ぎ取った。うつむいた顔はそのまま真下を向きそうだ。この子は恐れている。そして、諦めている。

「分からなくてもいい」

私は力づけたかった。

「だれだか分からなくても。どこによく現れるか、見た目にどんな特徴があるか。教えてくれないか。知ってることだけでいい」

ミチュは動かない。土沢が苛々と足を踏み鳴らす。

「足ヶ瀬君の仇を取りたいんだよ」

私は言った。これならば気持ちが通じるだろうか、この子を奮《ふる》い立たせられるか……う

まくいった。ミチュは少し顔を上げたのだ。ところがこぼれ落ちたのは、

「王様はひとりぼっち」

という哀切に満ちた声。まったく理解不能。

「君はさっきから、何を……」

声が少し尖《とが》ってしまう。焦《あせ》りを抑えられない。

「分かるように言ってくれよ」

土沢も我慢の限界だ、口を出してきた。完全に逆効果だった。ミチュは顔を背けてしまう。この男は無視すると決めたようだ。足ヶ瀬巡査と一緒に会ったときの私と、同じ扱いか。

「ミチュ！」

私の背中から気配が迫ってくる。必死な声とともに。振り返ると、男の子がスロープを下りてくるところだった。最初の晩に会ったソンシだ。ミチュより少し背が小さいが、歳《とし》は上のようだった。顔を見る限り二十歳近い気もした。相変わらず小綺麗ななりをしている。ジャケットを着て髪にはジェルを塗っている。

「大丈夫か？　こいつは——」

私を誘拐魔《ゆうかいま》でも見るような目で見る。横にいる土沢の赤ら顔に気づいて、顔を歪《ゆが》めた。強張りきった拒絶の表情。

「なんだお前は」

土沢の方も大いに殺気立った。

「深夜徘徊の仲間か。こっちは警察だ！　補導してやろうか」

反抗的なガキは容赦《ようしゃ》しない、という習性。交番巡査時代に夜の街を巡回しては少年少女を叱り飛ばしていた光景が目に見えるようだ。熱血漢には違いないが、当の少年少女たちに感謝されているとは限らない。

ソンシは目玉を左右に痙攣させた。口の端もピクピク震えている、自分をうまく操縦できないタイプに見えた。追い詰められるとどうなるか知れない。

「ちょっと話をしていただけだ」

私は土沢を手で抑え、ソンシに向かってしっかり伝える。相手を宥《なだ》めたかった。ソンシは私の目を見て、少し落ち着いてくれたようだった。誘拐魔とは程遠いと思ってくれたのだろうか。

私はもう一度ミチュを見た。ミチュも私を見ていた。前髪の間に隠れている暗い目の光を探す。

「君たちは家に帰れ」

命令した。

「警官が何人も撃たれた。警察なんか怖がっていないような恐ろしい奴が、この街にはいるんだ。狙われたら、子供なんかすぐやられるぞ。死にたくなければ帰れ」

ソンシは殴られたように身を退《ひ》く。

「帰りたくない」

ぽつりと言った。吐き出されたその感情は、悲痛なほどに正直だった。その虚ろな顔
……私は衝撃を受けた。この子はそんなにも我が家が嫌なのか。親に会いたくないのか。事情は分からないが、本当に居場所がないのだろう。虐待《ぎゃくたい》されているか、そこまでいかなくとも言葉の暴力を受けている。あるいはネグレクトされている。とにかく親と情が通っていないことは間違いなかった。家に帰って顔を合わせるくらいなら、危険な街にいる方がマシなのだ。

私は考えた。この子たちを保護するべきだ。言っても家に帰らないなら、どこかに連れて行ってかくまう。襲われてからでは遅い。この街ではいま、何が起きてもおかしくないのだから。

「ね。公園で死んだ人、だれ」

すると稲築充代は思いがけない問いを投げてきた。

鴻谷元警視監が死んだ晩もそうだった、と思い出す。ミチュはあのときから気にしていた。死んだのは誰だ、と。

「知らなくていい」

私はそう切り返した。

「なおちゅけも、そう言ってたろ」

そうだった。まさに足ヶ瀬直助が言った台詞を私は使った。知らなくていい。

「おじいさん？」

だが相手は意に介さなかった。

「痩せた、優しそうな？」

私は動揺した。この子は初めから、どうしても確かめたかったのだ。軽い好奇心から訊いているのではない、何かが気になっている。

いくら私がなおちゅけの仲間とはいえ、この子は訳の分からない新参者《しんざんもの》のおっさんとは口も利きたくないはず。本当なら背を向けて走り去りたいはずだ。だが私の前に留まっているのはなぜか。

「あれも殺されたんでしょ。自殺じゃないでしょ」

どうしても確かめたいのだ。この子にとってあまりに大事なことだから。

「何が知りたい？　あの公園で死んだのは確かに、おじいさんといえばおじいさんだが……」

私も腹を決めた。この子の真剣さに応える。

「まだ六十ちょっとだけどな。痩せてる。優しそうなといえば、そうかもしれないが。あの鴻谷氏が、どうかしたか？」

　土沢が驚いて私を見た。名前を言ってしまったが、私はむしろ伝えたかった。機密保持よりこの子が何を気にしているか知りたい。

「やっぱり」

　ミチュは何度も頷く。

「おい。知ってる人なのか？」

　馬鹿げた質問をした、と自分を笑う。家出少女と元警察官僚になんの接点がある？

「あの人、前から来てた」

　だが少女の言葉は見事に、私の感覚を裏づけてくれた。

「なんだって？」

「ちょくちょく、渋谷に」

　私は絶句する。

「……本当か」

「この駅にも」

　私の脳裏《のうり》に新たな光が灯《とも》った。

第二章 密談《みつだん》

1

「晴山警部補。あんたはここに残れ」

外事第三課の男、区界が言った。

俺は息を呑んだが、

「なんだそれは。命令か？」

言い放つ。できるだけ不敵な笑みを押し上げた。

だが区界は、じっと俺を睨《にら》みつけるだけだった。

「分かった」

俺は呆れたように笑う。他の者たちは、そそくさと出て行くばかりだった。俺を気遣う者はいない。当然だとは思うが、不人情だとも思った。川内さんだけはちらりと俺を振り返ってくれたが、部屋に戻るには至らない。扉が閉じ、刑事部の全員が俺の視界から消えた。

がらんとした部屋に二人きりになる。

その途端、区界は思い切り顔を崩れさせた。

「あんたとおれは同級生だ。仲良くやろうぜ」

ぽかんとする。いきなり馴《な》れ馴れしくなった……なんと油断のならない男だろう。俺はなおさら警戒した。意外なことを言い出して隙《すき》を作る。他に誰もいない場所では親しげにして、相手を懐柔《かいじゅう》する。公安の手練手管《てれんてくだ》は多岐にわたっている。人を籠絡《ろうらく》するエキスパートたちだ。

「改めて自己紹介する。おれは区界浩《ひろし》。一応、警部だ。身分はあんたより上だが、偉そうにするつもりはない。なんたって同級生だからな」

「何が目的だ」

俺は硬い声で応じた。何を言われようが絶対に心を許さない。自分に念を押しながら。

「おいおい。まず、身の安全を考えろよ」

すると区界はますます気安い顔になった。不思議なほど無防備な、幼いとさえ感じる顔に。

「一介の刑事にはどうしようもないこともある。お前だって警察は長いんだ、そんなことぐらい分かるだろう。せっかく捜一まで上ってきたのに、余計なことをやって飛ばされんのかよ?」

砕けた口調。友達のつもりか。呆れるしかない。

「親切のつもりで言ってるんだがなあ」

区界は頭を掻《か》きながら言う。

「正義感に燃えて、一人ででも警察官殺しの真相に迫るってか？　無駄なことはよせ」

俺は口を噤む。この男は、あっさりぶちまけた。警察官殺しは紛れもない事実であり、自分たちはそれを隠蔽に来たと。何か言おうと思った、だが正しい言葉が見つからない。いや、ただの臆病か？　不用意なことを言って言質《げんち》を取られるのが怖いのか。

そんな内心の動きも見透かされたのか、区界はまたニヤリとした。

「お前さ。慣れないことをやって、尻尾《しっぽ》をつかまれるなよ？」

「……なんだって？」

「危ない橋を渡ってるだろ」

区界の口調は確信に満ちていた。

俺の顔に汗が噴き出す。我ながら正直な反応だ。だが必死に平気を装《よそお》う。

「何の話か分からない」

「お前がここにいられるのは、運がいいだけだ」

公安男の地が出た、と思った。エリート意識と傲慢《ごうまん》さが顔全体に沁み出している。

「お前は本来なら、どこぞの僻地《へきち》に飛ばされるか、警察を辞めさせられてる」

断定。俺は拳《こぶし》を固めた。ごく真っ当な怒りが、胸の底に燃えているのを感じた。

「俺に協力しろ」

そして命令。この男の日常。

「いい加減にしろ」

俺は腹の底から言った。

「あんたらは、上の望むように事実をねじ曲げたいだけだ。そんなことに協力できるか」

もう撤回できない。だが口は動き続けた。

「飛ばすなら飛ばせ。俺はもう、うんざりしてる」

後悔はなかった。本心だからだ。

「なんだ。おれを笑わせる気か？」

区界は動じない。むしろ楽しんでいる。

「もっと笑わせてやろうか」

俺は言った。この男の何かが我慢を失わせた。相手の理性を消し飛ばす術を持っている、これも才能か？

「北森は、あんたらの同僚でもある。当たり前だが。立派な刑事だった……それを殺したのが蓑田。やっぱり、同僚だ。刑事なんだからな。みんな府中で同じ釜《かま》の飯を食って、それぞれの場所で頑張ってる。犯罪者を必死に追っかけてるんだ。なのに……」

待て、感情を抑えろ。

「……仲間が仲間を殺してる。それを放っておくのか？　何も感じないのか？　上が、黙れと言えば黙るのか。隠せと言えば隠すのか？　それが警察か」

無理だ。感情を抑えられるはずがなかった。放っておけばどこまでも吐き出しそうだ、果てしない無念を。そうだ——俺は憎んでいる。他ならぬ自分の居場所を。

「警察のどこに正義があるんだ。あんたは、考えたことがあるのか」

うはは、と区界は笑った。俺の中で何かがぷちんと切れた。

「公安なんて汚い仕事ばかりだろ。よく耐えられるな！」

怒りのままに偏見《へんけん》と侮蔑《ぶべつ》をぶつけた。

「ほう。俺のメンタルケアをしてくれるのか。お前は、心理療法士か」

相手は皮肉たっぷりに応じた。

「おれが病んでるってか。汚い仕事ばかりさせられて人間性を喪失《そうしつ》してるってか？　有り難いねえ。お前はおれの親友か？　お前に人生相談するほど暇《ひま》じゃねえ」

紛れもない苛立ちを聞き取った。だが区界は、また皮肉な笑みを取り戻す。

妙な感心が湧いてきた。この男はペースを崩さない。抱える闇の深さが、この男の力なのだ。ちょっとやそっとでは動じない。生半可な覚悟では公安刑事は務まらない。相当にいろんなものを見聞きしてきたのだろう。

「おれの純粋な親切心が、伝わらないらしいな。じゃあ教えてやる」

区界はふいに声を低くした。

「蓑田の父親は、警察ＯＢだ」

俺は凍りつく。生存本能が背筋を固定した。ビリリと痛みが走る、だが動くな反応するな、誰にも聞かれるな悟られるな、この部屋は密室――大丈夫だ。

そんなことを俺は信じていなかった。初めから。ここは警視庁だ、どこに耳がありだれが目を光らせているか。あの蓑田だって仲間を盗聴していたのだ。安全地帯はどこにもない。

そして、この男が見ている。目の前の公安刑事が、いままでで一番暗い目で。

「知らなかっただろう。極秘事項だからな」

2

あの人、前から来てた。ちょくちょく、渋谷に。

この駅にも。

この子はいまそう言った。確かに。

本当か、と私は訊いた。うまく声になっていない。腹に力を入れた。

「公園で死んだあの男の人が、ちょくちょく渋谷に？」

ちゃんと問いになった。

うん、と少女は頷いた。

渋谷だ。初めから、この街が鍵なのだと思った。

この子はこの街を見続けている。だれより貴重な証言者。そしていま、重要すぎる情報をくれようとしている。

「どこで見た？」

「……駅の周り」

「周り？」

「うん。ぶらぶらしてた」

「ぶらぶら……歩いてた？　ただ、ぶらぶらと？」

「うん」

「用事があったんだろ。誰かと、待ち合わせてたんじゃないのか。ハチ公前かどこかで」

少女は首を振った。

「そうだと思って、見てた。でも、違った」

「見てた？　尾行したのか？」

「うん」

「な、なんで追っかけた？　なにが気になった」

「なんか、変だったから」

「なにが変だ」

私は少し詰め寄った。怖い顔をしてしまったかも知れない。だがミチュの目は逃げない。私なんか恐れていない、むしろ私の物分かりの悪さに腹を立てた。

「なんかって、なんか！　顔が！」

乏《とぼ》しい表現力。だが、伝わってくるものがあった。

この子は本当に変だと感じたのだ。観察しなくては、と感じるような何かを。

「……そうか。で、彼は、一人でいたのか」

「うん。一人でいて、店にも入らないし、ただ、ぶらぶら、ぶらぶらって歩いてた。で、駅に入って、駅の中もうろうろした」

「この中も？」

「うん。上行ったり、下行ったり。キョロキョロしたり、立ち止まったりしてた」

「なんだそれは」

土沢が思わず呟く。だがミチュは土沢を無視し続けた。私は訊く。

「それから？」

「電車乗って、どっか行った」

「ふむ。そういう彼を見たのは、いつだ」

「最近だと、一週間くらい前？」

「最近だと、って」

聞き捨てならない。

「何回も見たのか」

「うん。四回か五回」

「なんだって？」

経験の浅い刑事でも、おかしいと確信する異常さだった。そんなことを、あの元警察官僚は何度もやっていたというのか。怪しすぎる。

「鴻谷の自宅の場所、知ってるか？」

私は土沢に訊いた。捜査本部こそ立っていないが、捜一では晴山を中心に、内々に捜査を進めていることはあり得る。実際その通りだった。

「はい。王子《おうじ》です」

たじろいだように土沢が答えた。でかした……鴻谷の勤務先のＫＣＫ本社は日暮里《にっぽり》。渋谷に用事があるとしたら、なんだ？　たぶんＫＣＫの支社がある。だが支社へ顔を出すのなら、街をぶらぶらせず真っ直ぐ向かうだろう。ただぶらつくというのはあまりに不自然。では、全く目的もなく、渋谷に来て散歩。もちろんあり得ないとは言えない。だが年配者は渋谷は避けるだろう。若者の密度が高すぎるこの街が居心地いいはずもない。

人と待ち合わせているわけでもないのに、なにしに来た。そもそも、死んだあの公園に来たこと自体が謎なのだ。呼び出された、と考えるのが真っ当に思えるが、それ以前から何度も渋谷に来ていたとは。

私がここに配置される前から、鴻谷元警視監は渋谷の常連だった。

「他に何か気づいたことは？」

私は鋭く訊く。いま目の前にいるのは、またとない〝エス〟だった。

「ガイジン、見た。一回だけ」

「外人」

思いがけなさすぎて、私は反復した。なぜ話題を変える。いや……私は察した。この子の発言には理由がある。

「外国人が――一緒にいたのか？　鴻谷氏と」

「一緒にっていうか」

ミチュは首を傾げて、言葉を吟味《ぎんみ》した。健気《けなげ》な努力に感謝する。

「ちょっと、話をした、だけ。でも……」

ふつうの人間なら気にもとめないような、何気ない立ち話。道を訊いただけ。そう見えたのか。だがミチュは目を離せなかった。何かが引っかかったのだ。

「知り合いに見えたんだな？　だから気になった」

「うん」

ミチュは頷く。私は勢い込んで訊いた。

「外人って、どこの国の奴だった」

「分かんない」

「白人か黒人か？」

ミチュが首を傾げる。

「中東系か、アジア系か、それともラテン系か」

ラテンなんて言っても子供には分からないのに、私は焦って訊く。

「うーんと、白人？」

少女は視線を上に向けて言った。

「白人か……間違いないか」

「たぶん。白いし、鼻も高かったし。三人いて」

「三人も？　ぜんぶ白人か！」

土沢が性懲《しょうこ》りもなく訊き、無視された。私が代わりに訊く。

「髪の色は、どんなだった？」

「茶色とか、黒？　でも、マスクで見えない人も」

「マスクだと？」

「うん。アザラシみたいなマスク、頭につけてた」

流行りのマスクをつけた外国人。

さっき街中ですれ違ったんじゃないか？　私は苛つく。もっと早く知っておけば、もっと注意して連中を見ていた。だが、数が多すぎてマークしようもないが……

いずれにしても、決定的な証言とは言えない。この子の記憶がどこまで正確かは分からない。似顔絵捜査官に会わせて顔を描かせるか？　やる価値はあるかも知れないが、この子は協力してくれるか。

いずれにしても、日本人でない人間と鴻谷氏が渋谷で接触したことは間違いない。それがなにを意味するか？　思わず土沢と視線を交わす。

この街で、怪しい外人と言えばまず薬の売人《ばいにん》を思い浮かべる。だがたいがいはアジア系か中東系。白人もいないことはないが、白人というとまずは観光客を思い浮かべる。あるいはすでに何年も住んでいる定住者を。

売人から薬を買っていた。元警視監がジャンキーに成り下がった。売人たちと揉《も》めて殺された。それが真相だとしたら、あまりに俗っぽくて安っぽい。それで片づけようとする者も多いかも知れないが、事実は違うに決まっていた。

掘って現れるべきは、もっと恐ろしくて深い闇だ。

私のすぐ横を男が一人、スロープを下の方へ下りていった。後ろ姿は背が高く、髪の毛が金色。外国人だろう。長い足を包むジーンズの尻からぶら下がるスマイルマークのマスクを見て、胸がざわざわした。そのスマイルが嘲笑に見える。

外国人の顔は見えない。そのまま遠ざかっていく。思わずミチュを見たが、特に変わった様子はなかった。今の男には気づいたはずだが、反応しないということは見覚えがないのだろう。それはそうだ、鴻谷と喋っていた外国人が都合よくここを通るはずもない。

だが、私の本能が感じている。騒ぎが起こる直前の微かな臭いのようなものを、嗅ぎ取っている。

私はどうすればいい？

3

「父親の蓑田守彦《もりひこ》氏は、ノンキャリアながら警視正にまでなった」

外事第三課の男が淡々と告げてくる。

「最後は城西署の署長を勤め上げて退官された。叩き上げ、質実剛健。ま、警察官の鑑《かがみ》だな」

「……まさか」

俺はようやく言った。なぜいままで知らなかった？　警察官たるもの、誰が警察二世かは誰もが把握している。それが生き残っていく手段だからだ。名門の血筋は幾《いく》つも存在する。彼らの逆鱗《げきりん》に触れたら生きてはいけない。

「隠していたんだ。蓑田たっての希望でな。親の威光を振りかざしたくなかったんだろう」

　まさに蓑田らしい美徳だと俺は感じた。死してなお、あの男に対する感心は消えない。だから信じられないのだ。いまだに。

　何かの間違いではないのか。本当に北森殺しの実行犯なのか？　蓑田はこのタイミングでたまたま自殺しただけじゃないか。同僚殺しとは関係ない。そう思いたがっている自分がいる。勤務記録が指し示す事実も、そして最新捜査技術に頼るまでもなく、俺の中の歩容鑑定システムも、あの防犯カメラに映った男は蓑田だと直感しているというのに。

「その、蓑田の親父《おやじ》さんは……」

　俺は訊く。

「ご存命か？」

　区界浩は曖昧《あいまい》に首を振った。

「かろうじて、というところだ。介護施設にいるが……アルツハイマー。もう、ほとんどコミュニケーションは成り立たない」

故人のようなもの。そう言いたいのか？　不遜《ふそん》にも程がある。俺は非難を込めて睨みつけるが、相手は気にしない。涼しげな顔で受け止めた。

なぜこの男はこんなことを俺に教える？　裏に魂胆《こんたん》があるに決まっていた。こっちを怯えさせるため……闇の深さを知らせ、蓑田の身辺捜査から手を引かせるためだ。

この男が事実を言っているのは間違いなかった。そうでなくては効果は薄い。事実の重みで俺を震撼《しんかん》させようとしていた。つまり、キャリアではないにしても、蓑田の父も体制側だった。下々から裏金を吸い上げる構造を担い、警察官僚のために働き続けていた。堅《けん》牢《ろう》な組織を支える重要な下働きの一人だった。

息子《むすこ》の蓑田行夫も、警察閥《ばつ》の忠実な僕《しもべ》だった——この仮説は成り立つか。

父親の功績の見返りとして、息子も初めから閥の恩恵を受けていた。将来についての便《べん》宜《ぎ》も保証されていたのか？　幼少から恩義を叩き込まれていたとしたら、逆らうことなど考えもしなかったのかも知れない。もしそうだとすれば……哀れだ。

蓑田は何を思って警察にいた。誰の命令に逆らえなかった？　父親の代から恩恵を被《こうむ》ってきた誰か。調べれば糸口は、きっとつかめる。辿《たど》っていけば裏側にある指令系統が明らかになる。一番上に行き着く、論理的には。

蓑田は閥の〝エス〟だった。それが俺の中で確信になった。奴は求められるがままに支配者たちに情報を流していた。決して逆らわない蓑田は、いいように利用されたのではないか。そして――最悪の命令にも従った。抹殺《まっさつ》したのだ、閥の敵を。北森真寿男《ますお》は闇を暴こうとした。警察内の裏金を超える資金網の全容に迫っていた。体制を揺るがすような不届き者には、死あるのみ。

もちろん蓑田は命令を受けた証拠は残していない。実行犯は蓑田一人、あくまで自分の考えで手を染めた単独犯。露見したら自分を抹殺すればいい。

そして実際、躊躇《ためら》いなく自分に弾を撃ち込んだ。

俺は改めて震撼した。こうして閥は続いていく。盤石《ばんじゃく》の土台は揺るぎもしない。傷一つつかない。胸の底が冷え切っているのを感じた。かくも閥の支配力は圧倒的であり、警察族に忠誠を誓う者を完璧に操る。下々を駆使し、時には切り捨ててまでも目的を達成する。兵隊の代わりはいくらでもいる。

いますぐ秘密回線をつなぎたい、と思った。千徳《せんとく》さんに知らせる。この場の会話を聞かせたい、あの人であればもっと適切な判断ができる。警察の内奥《ないおう》に巣くう人脈をかなりのところまで把握しているだろう。誰がどこでつながっているか。誰が蓑田を操っていたのか。俺なんかが推測するよりずっと確実な推論を導ける。

そして、新鮮な驚きを感じた。俺が密盟に頼り始めてる？　〝クラン〟の一員に、身も心もなりつつあるのか？

そんな大層なことじゃないと思った。他によすががないだけだ。過度な期待はやめろ、相変わらず俺は薄氷に立っていていつ破れて落っこちるか分からない。真実に目をつぶってなにもかも忘れたほうがいいんだ、閥の逆鱗にさえ触れなければ、定年まで平穏に過ごせる。俺はまだそっちに戻れる……クランを抜ければ、命は助かる。

笑いたくなった。馬鹿だ、と思った。俺の不器用さが俺を殺す。もはや目をつぶることなどできないし、クランの面々を裏切れない。分かっていた。

何より俺は知りたい。本当に悪い奴を。支配者の顔を。

頂点にいる者の罪を問い、裁きにかけたい。報いを与えたい。

だから長生きできない。諦めろ。身体が反応するように、ズキンと腰に痛みが差した。殺される前に内部崩壊が始まってる。俺はただのストレスや過労で死ぬのかも知れない。だとしたら笑える。その程度の小物、ヒーローの資格がなかったということ。どこまでも虚無的な笑いが自分の顔を覆ってゆく。

死ぬ直前の蓑田の顔が甦《よみがえ》った。俺はあのときの蓑田と同じ顔をしていないか？　生気を全て脱色したような、なんと乾ききった……切ない笑みだったことだろう。

狂信者のように、何の躊躇いもなく閥のために行動し、自分の口を封じた。そう思っていたが本当か？　あの顔。蓑田も苦悩していたのだ。激しい内面の葛藤《かっとう》から逃れるために、自分に弾を撃ち込んで終わらせた。俺はそう思いたかった、あの若さで自分の命を絶つことに躊躇いがないはずがない……死にたくなかったはずだ。

くそったれ——ふいに奮い立つ。あんな真面目な刑事を死に追いやった連中を許せるか？ 追い詰めたのは俺でも上郷《かみごう》でもない！ 罪悪感などもう感じるな！ 乾ききってひび割れるかと思った俺の顔に、血が通い出した。潤《うるお》いが俺を救う。それは怒りという潤いだった。燃えるような烈《はげ》しい熱だった。

それを、公安外事課の男が見ていた。面白そうに。笑いたければ笑え。

「深追いはよせ。お前には、到底無理だ」

この男は言い募《つの》ってくる。あくまで親切を装って。因果な仕事だ、こんなことは根っこの方で病《や》んだ人間にしか務まらないと思った。この男はいつ魂を捨てた？ 初めから持っていないのか。

こいつはキャリアには見えない。実情は分からないが、ノンキャリアだとしたら俺と同時期に警察学校にいたことになる。その頃からこうだったのか。違うだろう。もっと純粋で、正義を夢見る若者だったはずだ。警察に入る前からこうだったとしたら、教官たちが追い出すべきだったのだと思った。警察官になど相応《ふさわ》しくないのだから。

いや、病んでいると見抜いたからこそ残したのか。適材適所。それで公安に配属した？あり得るのが怖いところだ。もはや俺は、警察という組織の隅々までを信用していない。閥の支配下にあり、その意志が行き渡っているとしたら、組織に順応しうる人間を優先的に採用し優遇する。そんな遠大な意図のもとに運営されているとしたら……

恐怖が誘発するとめどない誇大妄想《こだいもうそう》。もうたくさんだ。

「親切だな」

俺はせせら笑いながら言った。

「こっちがドツボに塡《は》まるのを、事前に防いでくれるってわけか」

「そうだ。おれの親切を無駄にするな」

臆面もなく区界は言った。俺は突き放す。

「お前の言うとおりになると思うのか」

「さあな。お前は昔、本部の意向に逆らって勝手に捜査してる」

さらりと過去のネタをつかみ出してくる。実に公安らしいと思って笑うしかなかった。

「国立《くにたち》署所属の時、お前は誰にも報告せずに独断で捜査を進めた。不法侵入なんか当たり前で、挙げ句には未成年の被疑者を追い詰めて、かえって暴発させた。だがお前には幸いしたな！　立て籠もった学校にお前は突入。結果、英雄になった。本当かオイ？　お前が英雄？」

さすがに息が詰まった。急所を突かれたのだ。最も思い出したくない記憶を乱暴にほじくり返された。分かりやすく逆上する。

「俺は栗林《くりばやし》さんに報告した！　独断で突入したわけじゃない」

「寛容《かんよう》な上司のせいにする気か？」

この男は何もかも知っていた。

「上司の信頼を逆手《さかて》にとって、好き勝手やったんだよ、明らかに。英雄だなんてとんでもない、お前が大惨事を誘発したんだ！」

納得した……この男は、このネタで俺を支配する気だ。

「お前は自分でそれを分かっている。気の咎めはないのか？　それどころか、捜一に呼ばれて天狗《てんぐ》になったんだな。まんまと夢を叶《かな》えてほくそ笑んでる」

「冗談じゃない」

声が怒りに震えた。

「俺は英雄なんかじゃない。だが、事件を引き起こした原因でもない！」

掛け値なしの本音だ。自分で自分に確認する。

「俺は、突っ走ったことを後悔してる。評価されたなんて思ってない。捜一に呼ばれたのは、自分でも意外だった」

「嘘つけ。目論見《もくろみ》通りのくせに」

外事課の男は鼻で笑った。こいつに取り調べられる被疑者の気持ちが分かった、蛇《へび》に睨まれるより夕チが悪い。瞼《まぶた》のない異様な生き物がじっと凝視してくるような感覚。呑み込まれる。あるいはいびり殺される。相手の精神を殺すことなどなんとも思っていない。

同い年ながら、この男はまったく違う人生を歩んできた。敵意とは別に、興味を感じた。

もし自分が公安に配属されてもこうなっていたか。それとも精神が崩壊していたか。

「おい、誤解するな」

区界はいきなり笑みを消した。

「おれはお前を逮捕したいんじゃない。辞めさせたいんでも、飛ばしたいんでもない」

意表を突かれて俺は訊いた。

「じゃあ、なんだ？」

「取引だ」

「取引？」

「ああ。利害が一致するなら、互いのためにいい話だろう」

俺は信じない。表情でそれを告げると、区界は眉根《まゆね》を険《けわ》しくした。

「でなきゃ、お前みたいな下《した》っ端《ぱ》に一対一で話したりしない」

いささか信憑性《しんぴょう》が出てきた。俺は黙っていることで先を促《うなが》した。

「田野畑さんがいなくなるのを待ってたんだ」

区界は面白くなさそうに言った。

「俺はあの人とは違う。上からの命令をこなすだけの機械じゃねえんだ。部の面子《メンツ》とか、手柄を立てたいとか、そんなんでもない。おれは常に全体を見渡してる」

「どうやって信じろって言うんだ。あんたを」

遮《さえぎ》った。どんな言いぐさも信用ならない。こいつが同じ部の先輩に反感を持っているのは本当かも知れないが、巻き込まれていいことは一つもない。

「少しは信じろよ。同級生をよ」

またもや、邪《よこしま》なニヤリ。なんと薄弱な根拠だと思った、こいつは同級生をいじめていた類《たぐ》いだろう。三つ子の魂百まで、昔からひねくれた厄介者《やっかいもの》に決まっていた。

「田野畑さんのとこなんか時代遅れだ。左翼なんて今時どこにいる？　それに比べて、おれんとこは最前線。今日日《きょうび》の花形だ」

無邪気な自慢を始めた。俺は相槌さえ打たない。

この部屋が盗聴されているとしたらこいつの立場は悪くなる。それを承知の上の放言か。いや、やはり罠《わな》だ……俺は不用意なことは言わない。口を噤むだけだ。

「東京もここんとこ、犯罪の国際化が拡大してる。刑事部だって大いに感じてるだろ？」

区界は上機嫌で喋り続けた。

「統計を見れば明らかだ。出稼ぎに来て、捕まる外国人が急増してる」

頷くまでもない。盗み。薬物。銃器。誘拐。暴行。殺人。犯罪の種類が増え、質も悪化している。その国籍も、アジア系や中東系だけではない。南米、中米、ロシア。ヨーロッパからも北米からも。つまりは、ありとあらゆる国から犯罪者がこの島国に乗り込んでいる。おかげで通訳捜査官の需要《じゅよう》が急増しているほどだ。多様な言語に対応する人間が必要だから、身分は警察官でも、日がな署の取調室に詰めて通訳しかやっていない人間がいる。彼らには同情しかない。たまには外を駆け回りたい気分だろう。

「あんたら刑事部も迷惑してるだろうが、こっちはその比じゃない」

区界は胸を張った。その通りだろう。公安部外事課は世界を股《また》にかけたスケールのでかい国際犯罪者が相手。特にこの男の第三課の対象はテロリスト。この男が普段どれほどの危険と直面しているか、俺には想像もつかない。むろん訊いても詳細は話さないだろう。捜査機密。公安のそれは、なおさら重みが違う。

「こう言っちゃ悪いが、刑事部がつきあってる連中は小物だ。まだ、逮捕して訴追できるんだからな。こっちにそんなケースはほとんどない。下手《へた》すりゃ国際問題になる」

この男は喋りすぎだ。こっちが心配になるほどだった。

「本物のクソどもに会いたいか？　悪すぎてしょっぴけないんだぞ。後ろ盾《うしだて》が巨大勢力だったり、有名企業だったり、外国の政府だったりするからな！　お前の想像もつかんほど汚《きたね》え世界だ」

想像はつく。だが、現実にそんな連中を相手にしている人間の口から話が聞けることはない。俺はつい訊きたそうな表情をしてしまい、区界は得意げにアゴを上げた。

「たとえば、日本のイルカ漁に反対して妨害活動する連中がいるだろう。エコテロリストってやつだ」

区界はサービスすると決めたらしい。旬《しゅん》の話題を提供してきた。

「正義の味方面して、暴力行為を正当化してる偽善者ども。吐き気がするが、あの連中は逮捕できない。外圧があるからだ。厳しい措置《そち》をとればとるほど国際的非難にさらされる。微罪で拘束できても、すぐ釈放《しゃくほう》するしかない。あいつらが抗議活動の最中にだれかを殺してくれたら、別だがな！」

物騒すぎる。だが公安なら、そんな陰険な作戦も検討しかねないと思った。

「ああいうずるがしこい奴らの中にこそ、本物のワルはいるんだ。グループの陰に隠れていくらでも入国してくる」

俺はこの男を諫《いさ》められない。気軽に質問もできない。だがこの男は勝手に闇を溢れ出させてくる。

「本当に悪い奴らは、初めから捕まらない」

区界はそう総括《そうかつ》した。

「しょっぴいてもすぐ釈放になる。こっちができるのは、国外追放にするか、入国するなりずっとくっついて、しつこく監視するぐらいなんだ。消耗《しょうもう》戦だ。とんでもなく疲れる」

俺はどうにか頷いてやった。逮捕して裁きを下せない、と分かっている連中を追いかけるくらい無念なことはない。徒労感が宿命的に仕事の一部だとしたら、同情するしかない。

もしそうやって、この男が人知れず日本国民の敵を追い払い、未然に危機を防いでいるとしたら。英雄の称号こそ相応しいことになる。どうしてもこの男が英雄には見えないが。

「ともかく、蓑田は国際犯罪者と接触していた。これは、言いがかりじゃない。事実だ」

俺は黙り込む。やっぱりこいつは絶対に英雄なんかじゃない。こうやってこっちの心を黒く塗る。重たくして、舌を縛りつけようとする。精神的虐待の一種だと思った。

「ロシアの麻薬組織か？　そんなでたらめ、俺は信じない」

「あれは、オブラートに包《くる》んだ。真実はもっと汚ねえ」

「嘘吐《つ》け」

「馬鹿野郎。蓑田が自殺に使った銃を見りゃ分かんだろ」

俺はぐうの音も出なくなった。一度も見たことのない銃だったからだ。

「ジェリコ９４１。イスラエル製だぞ。これだけでも、蓑田がろくでもない連中と接触してた証拠だ。現実を見ろ！」

何も返せなかった。

だが言い負かされたわけじゃない、と内心で負け惜しみを言う。入手の経緯が分からない。蓑田が自分で手に入れたのではなく、誰かから渡された可能性もあるじゃないか。お前の言うことなんか鵜呑みにしない……

「おれを信じろ」

同い年の男は、勝ち誇るでもない。不気味に遠い目をした。

「蓑田が接触していたのは……ロシアの麻薬組織より、よほど恐ろしい存在だ」

「よほど恐ろしいって、なんだそれは」

するとと区界は驚いたように目を見開いた。自分に驚いたように見えた。自分がどこまで喋るか不安になったのか。

「あのな……外国人犯罪の急増なんてのは、汚ったねえ闇の一部でしかないんだよ。とびきり怪しい連中が日本に集結し出してる。札付きのワルたちも、続々だ……まだ表沙汰になってないが、いまや完全にスクランブル。マークしきれないほどの大勢、多岐にわたる国籍。なんのために日本に来るか、分かるか？」

俺は答えない。想像もつかなかったからだ。

「会いに来てるんだよ」

区界はまた笑う。だが、顔だけだった。目は恐ろしく虚ろ。

「だれに」

俺は訊きたいのか？　と思った。

「だれだと思う？」

分かりやすく舌打ちしてやる。こっちの怯えを見せたくなかった。

「世界中のろくでなしどもが会いたいような奴が、日本にいるってこった」

区界はふいに、目の焦点を合わせて俺を見た。

「おれは直接訊いたことがある。捕らえた野郎に」

「なに？」

「お前はだれに会いに来たんだ、と」

「……………」

聞きたい。聞きたくない。

好奇心と生存本能がせめぎ合った。

4

「神、だとさ」

区界が言った。まったく理解できなかった。

「かみ？」

だから訊き返した。

「神様の神か？　なんの神だ？」

「神は神だ」

今や、区界の口はひん曲がってひっくり返りそうだった。世界でいちばん不謹慎《ふきんしん》な冗談を言ってのけたような得意顔。

「日本には、神がいるんだ」

急激に腹が立ってきた。訳の分からない冗談を聞かせるために、もったいつけて話を引っ張ってきたのか？　胸ぐらをつかみたい衝動に駆られたが、区界の表情に気づく。不謹慎さは変わらない。だが、眼差しの底に沈むとてつもない暗さ。

この男は絶望的な気分でふざけている。

「全世界のクソどもが、神を拝《おが》みに来てる！　おい、信じられるか？」

「だ、だから、その神っていうのは何だ」

「仏像や神社を拝みに来てるんじゃないぞ。奴らは、会いに来てる」

会いに。俺の背骨が軋《きし》む。

――生きた人間。だが、神。どういうことだ。

「新興宗教かなんかか？」

「違う」

即座に否定。

「いや、ある意味では、そうとも言える」

区界は首を捻った。右から左へ、思い切り。おかげでゴキリと鳴った。

「しかもそいつは、東京にいる。それだけじゃない。街の名前も分かってる」

俺は答えを待った。渇望《かつぼう》とともに。

だが区界は、ふいに笑みを消して頭を振ったのだった。まるで正気を取り戻したかのように。

「ダブルスタンダードを認める」

区界はほんの少しだけ頭を下げて見せた。謝っているつもりらしい。

「隠蔽しながら、真相を探る。それが上の命令だ」

「……なんだって？」

「北森の件は、蓑田が実行犯だということははっきりしてる。上だってすっかり承知してるさ。公表するかどうかは別だがな。問題は、鴻谷元警視監の方だ」

いいや、と俺は遮りたい。問題はそれを上が命じたことだ。

上層部のだれかが北森を殺させたんだろう！　そう怒鳴りかけて飲み込む。この男は認めない。いやそれ以前に罠で、俺に決定的なことを言わせて証拠にする気だ――

だがこの男は、どこまでもこっちの意表を突きたいらしかった。

「鴻谷氏をいったいだれがやったのか。おれたちは、それを突き止めなくてはならない」

区界はおれたち、と言った。

この部屋には二人しかいない。

「もう突き止めてるんじゃないのか？」

俺は疲れたように言った。

「いいや」

区界は首を振る。疑う俺の目を見て、言った。

「本当だ。でなくては、おれがお前と取引する理由がない」

「取引？」

ひどく危険な匂い。この男から即座に離れろ、と本能は告げた。

「なんの取引だ。俺に、どんな利用価値があるって言うんだ」

吐き捨てた。

「お互いの部が抱えてる闇を探る」

「なに？」

「分からねえか」

区界はふいに顔を寄せて、ひどいかすれ声を出した。

盗聴を警戒している、と直感した。耳に神経を集中する。

「刑事部にも、公安部にも、上層部のエスがいて情報を吸い上げてる。刑事を監視してる。警察に刃向かう奴に目を光らせてる」

背筋がうそ寒い。この男は本質を突いた。

これも罠か？　こいつは、俺に何を持ちかけてる？

「蓑田の件で分かっただろ？　歩容認証データや個人情報だけじゃねえ。おれたちの秘密や弱み、何もかもが握られてると思え。本当の目的に感づかれたら殺される！　北森や蓑田が死ぬのはまだ分かるんだ、下っ端の兵隊だからな……だが、元警視監なんて偉いのがなんでやられた？　よっぽどのことだ。やれと命令したのも大物だってことだよ。お前の部の大物を突き止めろ、慎重にな……やられる前にやるしかない」

「なにを……だれを」

俺の声は震える。隠しようもなかった。

「決まってんだろ！　金庫番だ」

区界の声のかすれは頂点に達した。

「裏の屋台骨を支えてる奴を特定しろ。で、差し出せ」

こいつの声をマイクが音を拾う、と俺は生きた心地がしない。

「おれの情報と照らし合わせて相関図を確定する。で、頂点にいる人間を割り出す」

「お前は……」

俺は呆然と問うた。

「だれの側だ？」

混乱した。相手の正体が全く分からない。自分の立ち位置までも自信がない。

「北森や、鴻谷氏は……上の命令でやられた。お前だって、上の命令で動いてるんじゃないのか？」

「一枚岩だと思うな」

それがかろうじて聞き取れる、区界の答えだった。

「おれは、生き残りたいだけだ。お互い死にたくねえだろ?」

区界は要点を返してくる。本音に聞こえた。

「なら、手を結ぶしかない。いちばんヤバい奴を特定してネタを握っておく。でないといつ背中から刺されるか分からん」

そして俺の背中をバンと叩いた。異常なまでに満面の笑みで。

「おい、脅かしたがな。安心しろ!」

「あ?」

「この部屋に盗聴器はない」

「なに……」

信じられなかった。だが区界のこのふざけきった笑み。

「ここへ刑事部を連れてくる前に、綺麗に掃除《そうじ》した」

全身からどっと汗が噴き出した。

「おい……なんで、早く言わない」

「お前が焦るのが面白いから」

いひゃひゃひゃひゃ、と区界は声を裏返して喜ぶ。

「悪かったな。だが、警視庁の他の場所じゃぜんぶ聞かれてると思え。ほら、これがおれの番号。いつでも電話してこい」

手渡されたメモには数字。私用携帯電話の番号か。

「お前も、ほっとけば北森の二の舞だ。半端な反逆者は犬死にするだけ。死にたくなけりゃ探り出せ。一日も早く」

噴き出す汗はまるで止まらない。こいつは、味方？　いやそんな単純なものじゃない、とあわてて自戒《じかい》する。

生き残るためだ。こいつは自衛本能の発達した抜け目のない男に過ぎない。ただ、情報源として有用であることは間違いなかった。裏の裏まで知る男だ。恰好《かっこう》にも、向こうから取引を持ちかけてきた。

俺は決断しなくてはならなかった。

選択の余地はないのか？　よりによってこんな厄介な男と共闘？　秘密を共有する？　平時ならこんな男には近寄りたくもない。一言だって信じない。だがいまはスクランブル、特殊な状況下のみに共同戦線を張るなんてことは、仇敵《きゅうてき》同士の国の政府でもやることだ。

いきなり電子音が鳴って心臓が跳ねる。俺の内ポケットからだった、あわてて取り出して表示名を見ると――川内さんだ。

俺は目で断って出る。

『柏木《かしわぎ》さんが戻ってきた』

　警視総監室から。

『内々の緊急会議をやる。お前は、まだ戻ってこられないか？』

「いえ……」

　区界を見ると、頷いてよこした。

『綾織も、上郷も呼んだ。柏木さんから、今後についての通達がある』

　昨夜の面子だ。図《はか》らずも、目の前で蓑田行夫を見送ることになった面々。

　再び集まるのは道理という気がした。蓑田を追い込んだのも俺たちなのだ。

「了解しました。できるだけ早く戻ります」

　そう言って切り、区界に告げた。

「柏木さんが捜一に戻った」

「総監も必死だからな」

　区界はまた、いひゃひゃと笑い出しそうだった。

「観念してんだろ。警視庁内で刑事が自殺したんだ。菱川さんは、終わりだな。時代が変わる……警視監たちは、浮き足立ってるぞ。次の総監はだれだ？　おれか？　ってな」

　俺は黙っていた。上層部の権力争いや責任のなすりあい。うんざりだった。

「また会おう」

区界は、ふいに真剣な調子で言った。

「早いとこ覚悟を決めろよ」

そして俺を出し抜いて、会議室から去って行く。余韻《よいん》も何もなかった。

最後まで孤独な獣《けもの》のような目つきをしていたな、と思った。

取り残された俺は、気づくと携帯機器を握りしめている。何かに縋《すが》らなくては耐えられない。本当に信頼できる誰かと話したい。今すぐ。

だが頭を振り、ドアに手をかけた。部屋を出る。

第三章　交錯《こうさく》

1

再びの面々が揃った。

刑事部の会議室。何時間か前の悪夢がまだ漂っている気がするが、このまま蓑田行夫の追悼《ついとう》の宴《うたげ》に移行するわけにもいかない。俺たちに立ち止まっている暇はない。

東京監察医務院から戻った綾織美音の顔はさすがに青い。ろくに寝ていない上に、同僚の死を看取《みと》るという重い経験を経た。気力も体力も切れかけているように見えた。対して、上郷奈津実《なつみ》の顔に疲れは見えなかった。電池仕掛けのアンドロイドではないかと疑いたくなる。

もちろん、だれよりも疲弊《ひへい》しているのは柏木一課長だった。いままで警視総監室にいたのだ。そして、捜査一課長として明日をも知れぬ身。部下の職場自殺を止められなかった。この心労の激しさは想像することもできない。この場にいて、前へ向かおうとしている。それだけで立派だ、どんな人間にもできない偉業ではないかと思った。俺はずっと柏木さんを見つめ、無言で励《はげ》まし続けた。何の足しにもならないとしても、この人には元気でいてほしい。

「歩容認証の鑑定結果と、三次元顔照合の結果が出ました」

上郷奈津実が切り出した。

「六本木の不審人物は、やはり蓑田さんで間違いありません」

この若い科学捜査官は、捜査支援分析《ぶんせき》センター員としての使命を確実に果たして戻ってきた。分析結果のプリントアウトを示してみせる。二つの別々の映像に映る人物が、同一人物である可能性を数値で表していた。九十パーセントを超えている。

蓑田は、年末の六本木を徘徊していた。

「勤務記録からも、蓑田が当日、捜査に従事していたことを証明するアリバイはない」

川内さんが補足する。上郷が頷いた。

「あとは、神奈川県警に保管されている拳銃と、極星會《きょくせいかい》に撃ち込まれた銃弾のライフルマークが一致すれば、北森さん殺害の状況は完全に解明されます。更に、蓑田さんが運転するワゴンが川崎まで行ったことを証明できれば、立件には充分すぎるでしょう。推測されるルートに設置された監視カメラ、GPS記録、Nシステムの記録などを分析中です」

とことんビッグデータを駆使する。最近の捜査のトレンドではあるが、上郷が最新の技術に精通していること、そして高い分析力と判断力によって、真相を割り出す速度が増しているこtとは認めるしかない。

「蓑田さんは有罪です」

断言。やはり蓑田が、北森殺しの犯人。

だれも何も言わなかった。そして、綾織を見なかった。かつての婚約者の表情を確かめないことは最低限の礼儀だった。

とめどない失調感が俺を襲う。なぜだ、なぜだと問いが繰り返される。昨夜の時点ではまだ立証できていなかったのに。状況証拠は揃いつつあったが、蓑田にはまだ言い逃れする余地も、何もかも振り切って逃走するという選択肢も、あったのだ。

だが速やかに自分の命を絶った。鋭い痛みが俺の胸を刺す。蓑田は、もしかすると……疑われることにすら耐えられなかったのではないか。

恥《はじ》の感覚。警察官でありながら人を殺したことを悔やんでいた。仲間の刑事に手をかけ、しかも隠していた。死んでも知られたくなかったのだ。だから、絞り込まれる、自分と特定される、と知った瞬間に決めた。この世から去ると。

感傷かも知れない。さっき区界と話したときには、蓑田がまるで狂信者のような状態だったと納得した。だがそもそも、よほどの外的圧迫がないとこんな結末にはならないじゃないか？　自分を支配する力に逆らえなかった。だから、恥と感じるようなことをやらざるを得なかった。罪の意識に押し潰され、毎日自殺を考えていたのかも知れない。だとしたら——ただただ哀れだ。

「蓑田さんが握っていたハンドガンですが、ジェリコ941というタイプでした」

上郷は変わらぬ調子で続ける。

「製造元はイスラエルのIWIという兵器会社。このタイプの拳銃はヨーロッパにもアメリカにも広く流通していますが、日本では滅多に見られない。込められていたKWT弾も含め、入手ルートを特定できれば相当いろんなことが分かるはずです」

区界からすでに聞いていたとおりだ。あの銃は本来、日本人には縁遠いものだった。どこから手に入れた？　いや、だれが蓑田に渡した？　コップキラーも一緒に。

——蓑田が接触していたのは……ロシアの麻薬組織より、よほど恐ろしい存在だ。

区界め。真実の断片を振り撒《ま》いて俺をもてあそびやがって。だが貴様の言うとおりだ。とんでもない巨悪がいる……厚いヴェールの向こうに。

胸の芯が燃えていた。許してなるものか、と思った。

「しかし、皆さん。渋谷の方は別です」

上郷が冷水を浴びせてきた。

なに？　と訊いてから、俺は思い至った。むろん鴻谷元警視監の件だ。

「渋谷の防犯カメラも分析したのか？」

「いいえ。渋谷の、南平《みなみだいら》三丁目公園を含むあの一帯は、カメラの空白地帯でした。都会の死角を狙った周到な犯行である証左です。手がかりは少ない。でも、蓑田さんがあそこに行っていないことは明らかです」

「なぜだ？」

「蓑田にはアリバイがある」

川内さんが言う。勤務記録で当日の捜一の刑事の動きを洗い出したのだろう。

「大崎の強盗殺人の件で一晩中出ずっぱりだった」

「それで間違いありません」

検視官、綾織美音も裏付けた。

「同僚の生田《いくた》検視官が現場で一緒でした。遺体の検視に手間取って、現場である大崎の高層マンションの上層階に足止めを食ったそうです」

「何で手間取った？」

俺は訊く。

「被害者の夫婦のうち、夫の方が極度の肥満体でした。脂肪《しぼう》が厚すぎて死後硬直の状態を判別するのが困難。所見を出すまでに時間がかかりました。おまけに、単純に重すぎて、部屋から運び出すのにも時間がかかったそうで」

「なんと……」

迷惑な話だ、と言いそうになる。被害者はもちろん気の毒だが、関わった捜査員が一番ついていない。

「だから、梶警部補のチームはほぼ一晩、大崎のマンションの中に留まっていた」

「その通りだ。さっき出雲《いずも》にも確かめた」

川内さんはデスクの係長にまで裏を取っていた。

「あの晩は、臨場して出ずっぱりだ。第二機捜や五反田《ごたんだ》署の連中も一緒だった。つまり蓑田はもちろん、六係の面々は渋谷には行けない」

川内さんは安堵を顔に出していた。ついでに梶長太郎のアリバイも証明されたわけだ。

「梶は、呼ばなくていいんですか」

俺は気がついて訊いた。ここにいない。蓑田のことを最もよく知る男なのに。

「梶はいま、公安に貸してある」

柏木さんが初めて発言した。

「戻ってきたら、話を聞こう。休ませてやりたいが」

真情が滲む。俺は柏木さんがますます心配になった。一番休みが必要なのはこの人だ。

確かに梶のことも心配だった。さっき見た奴の顔。あれほど脆《もろ》い様子を見たことはない。しばらくは捜査活動に従事できないかも知れない。その上、いま公安に引っ張られている。特別扱いは俺だけかと思ったら、公安本部で絞られているとは。ご愁傷《しゅうしょう》様だ。さすがにメンタルをやられる。

なにかとぶつかることも多いが、俺は素直に、奴を優秀な刑事だと思う。これほどの仕打ちを受けるのは可哀想だった。俺が奴の立場なら、立ち直れずに警察を去るかも知れない。

「つまり鴻谷元警視監を撃った実行犯は、別にいます」

上郷は分かりきった結論を口にした。だれもが口を閉じているが、いま感じていることはみんな同じだと思った。渋谷の件も蓑田であればいいとはだれも思っていなかった。だが、いざ蓑田でないと分かると頭を抱えたくなる。より事態が複雑だということだからだ。複数犯。より大きな勢力の暗示。

「でも、蓑田についても、まだ納得がいっていません」

俺は言わずにはいられなかった。

「蓑田が平気で人を殺せる人間だなんて、思ったことがない。奴は命令されて、逆らえなかったのでは？　本当はやりたくなかった。板挟みで悩んでいた。だから、自殺を」

「本当に自殺でしょうか」

声が遮った。そのトーンは冷たすぎた。

「なに？」

耳を疑う。この女にはやはり血が通っていない。俺は確信した。

「蓑田が……か？」

川内さんも啞然《あぜん》とした様子だ。

「蓑田さんが、トイレで自分を撃つ瞬間を、誰も見ていません」

一瞬、爆発的な怒りを覚える。この娘は人の感情に無頓着《むとんちゃく》なところがある。非情、とさえ感じる。生まれ育ちが違うから。あるいは、頭のできが違うから仕方ない。そう割り切るべきか？　冗談じゃないと思った。

俺の度量のせいじゃない。仲間に対する敬意の問題だ。

「誰かが殺したって言うのか」

俺の声は、腹の底からの怒声になった。

「自殺に見せかけた。この捜一で。つまり、ここの誰かがやったというのか⁈」

「上郷さん。大場《おおば》管理官がトイレの中にいた。自殺を目撃した」

綾織美音が、取りなすように言葉を挟んだ。冷静な状況判断で場を収めようとする。

「はい。さっき話を聞きました。でも大場管理官は、自殺の瞬間を見たわけではありません」

だが上郷奈津実は一貫して、先輩刑事たちの気遣いや怒りには無頓着だった。

「個室に入っていました。発射音が聞こえて、あわててドアを開けたらもう倒れていたと」

「上郷。さすがに他殺はない」

諫める川内さんの顔色は悪い。

「銃声のあと、大場管理官以外の人間はトイレから出てきていない。お前も見ただろう」

上郷は微かに頷いたが、納得した様子はなかった。俺はもはや爆発を抑えられない。

「いい加減にしろ！　なんで他殺にしたいんだ」

「したいわけではありません。ただ、自殺が確定していないということを」

「調子に乗るな！　賢《かしこ》ぶりやがって、何でもお前が正しいと思ったら大間違いだぞ！」

「もういい――」

力ない柏木さんの一言が、あっさり俺の感情を鎮《しず》めた。

「自殺か他殺か。決めるのは、どうせ俺たちではないんだ」

衝撃だった。こんな投げやりな台詞を、柏木さんの口から聞く日が来るとは。

すると柏木さんは、恥じ入ったように目を伏せた。気遣いの眼差しがボスを包む。捜一が捜査に関われない無念は全員が同じだった。上郷も微妙な目つきで柏木さんを見ている。

「渋谷の路上で発見されたKWT弾と、鴻谷氏が握っていた銃のライフルマークは」

やがて冷静に言い出した。

「予想通り一致しました。それでも、捜査本部を立てるには不充分。そういうことですね」

捜査一課長の無言は何より雄弁だった。事態は動かない。無力感が、流行りの風邪のように全員を脱力させる。

だが小娘はすんなり前を向いた。

「では、鴻谷氏殺害の実行犯を特定するしかなさそうですね」

「なに？　できるのか」

俺は素直に知りたい。この女を凹《へこ》ませるのにはどんな方法があるのかを。瞬く間に蓑田を追い込んだ昨夜のように、この娘は鴻谷の殺害犯も絞り込んでしまうのか？　そう期待する俺がいる。

だが上郷は首を振った。

「さっき申し上げたように、殺害現場は防犯カメラの空白地帯。目撃者もいない。まだデータが足りません」

鴻谷殺害に関しては、事はそう簡単ではないらしい。扱えるデータがなくてはユビキタスチームもお手上げ。

「そもそも、鴻谷氏はなぜ殺されたのでしょう」

だが上郷は前に進む。思案顔を検視官に向けた。

「綾織さん、確認ですが、あれはやはり自殺ではない？」

「他殺で間違いない」

即答。綾織は、自分で下した検視所見をあっさり覆《くつがえ》した。

「自殺に見せかけるやり方も、ずさん。自分の心臓を撃ったことはもちろん、銃把《じゅうは》の握り方も甘かった。自殺する人間は筋肉が緊張して、死後もしっかり握ったままのことが多い。でも鴻谷氏の指の筋肉は、そこまで硬くはなかった。撃った後に手に拳銃を持たせた可能性が高い」

「おい、そんなに粗《あら》かったのか」

抗議してしまった。意図的に検視の判定を逆にしていた綾織に。

だが綾織は悪びれずに言い切った。

「粗いと言うより、あれは挑発だと思う」

上郷が納得している。

「自殺に偽装したというより、〝自殺偽装〟を見せたかった、ということですね」

「なに……」

目の前が暗くなる。どうせ自殺にしたいんだろう？　なら自殺にしてやる。実行犯は警察にそう言っている。完全に見透かされているのだ。これほどの恥辱《ちじょく》があるか？

だが放っておけば警察官僚たちは喜んで乗っかってしまう。俺は深呼吸してから、慎重に訊いた。川内さんと柏木さんに向かって。

「我々ペイペイは、鴻谷さんのことをよく知りません。どんな人だったんですか。評判は……」

「堅実すぎるほど堅実。周りからの信頼は厚かった」

柏木さんが答えてくれた。

「取り立てて大きな功績もないが、不祥事は一度も起こしていない。順調に階段を上り、無難に定年を迎えている」

役人としてであれば理想的かも知れない。だが下々の警察官にリスペクトを得る経歴とは言えなかった。俺は投げかけてみる。

「関東中央警備に入ってからの仕事ぶりは、どうだったのか。探りを入れたいところですが……」

予想通りの渋面に迎えられる。

「ＫＣＫは、下手につつくと危険だ。上からストップがかかる」

柏木さんの歯切れの悪さに、川内さんも眉を下げた。言わせたくなかった、と表情が言っていた。俺も聞きたくなかったが、これが現実。

ＫＣＫに切り込めない限り鴻谷氏の自殺偽装の真相は暴けるはずもない。柏木さんも川内さんも忸怩《じくじ》としているのは伝わってくるが、上層部も自殺で押し切りたい。捜査本部を立てるなど夢のまた夢、捜一の猛者《もさ》たちは牙を抜かれて立ちすくんでいる。

綾織美音が力無くうつむいた。

上郷は上司たちの顔を冷静に観察している。全ては想定内、とでも言いたげな顔で。

腹が立つが、お前の分析通りだ。アンタッチャブルは存在する。つまり、虎の尾。関東中央警備には老いた虎たちが山ほどたむろしている。尾を踏んだ瞬間に寄ってたかって食い殺される。

たかが警備会社が、警察をコントロールしている？　笑い話にもならない。だがそれが現実。警察ＯＢたちが束になって動けば、実質、警察の方針は変わる。間違いなく。

閥の頂点にいる者が命令を発すれば、趨勢《すうせい》が決まる。それが実態。

いったい警察とは何なのか。独立独歩の、誇り高き治安維持機関のはずなのに――

何の力も湧いてこないと思った。だが、滲むように脳裏に浮かんできた顔に、俺はわずかな希望を感じた。警視庁本部内のどこを見回しても希望は見つからないが、外なら。

思わず携帯電話に手をやった。また握りしめる。今ここから電話するわけにはいかない。だが話したい、と思った。気休めでもいい。部下もあの人のところに出している。

「俺も長くないな」

ふいに柏木一課長が呟いた。

「な……何を言ってるんですか」

ショックのあまり川内さんの顔色が変わった。本音だと分かったのだろう。

「捜一にはいられなくなる。川内、分かってるだろう」

柏木さんはごまかす気がなかった。腹を括《くく》っている。そのことを、部下たちに伝えようとしている。

懺悔《ざんげ》であり惜別《せきべつ》。言葉にならない言葉を、俺はそう感じた。

空前の不祥事を受けて、刑事部の何人かの首がすげ替えられるのは確実だった。一課長だけではない、キャリアの青田《あおた》刑事部長も責任を問われる。キャリア同士の談合で降格は避けられるだろうが、配置換えは必至だ。

区界も言っていたように、警視総監も引責辞任は避けられない。時代が変わる。

「目を離さないでおけ」

まるで遺言のように柏木さんが言った。

「今後の人事から見えてくる。だれが捜一の舵《かじ》を取るか……刑事部長は、だれになるか」

「上層部の意向が、今後の布陣に反映される。ということですね」

上郷奈津実が遠慮なく訊く。

柏木さんは頷いた。

そうだそこから見えてくる、と俺は思った。本当の敵がだれかが。

2

午後の陽射しは真夏を思わせた。摩天楼《まてんろう》に乱反射して雑踏を照らし出す。

スクランブル交差点の袂《たもと》。頭を上げると眩暈《めまい》に襲われた。私は足を止めて収まるのを待つ。やがて目の焦点が合ってくる。交差点を囲むビルの壁の一角に、電光掲示の一行ニュースが流れている。

――◎警視庁で警察官が拳銃自殺。刑事部捜査一課、28歳の巡査部長。警視総監が経緯説明と謝罪の記者会見――

ああ、もう記者会見をやったか。無難な内容に終始したに決まっている。そして型どおりの謝罪。見なくても分かる。

ちくしょう、と横にいる刑事が電光掲示を見上げながら呟く。無念は分かる。だから私は言葉をかけない。

駅を離脱したばかりだ。ミチユもソンシも頑として帰宅を拒み、埒《らち》があかなかった。どこかの施設に入ることにも難色を示したので、私は苦慮《くりょ》した末に通告した。

「夜は、渋谷南署か交番に行け。泊めてやるから。困ったときや、変な奴を見かけたときもすぐ駆け込むんだ。必ずちゃんと相手をするから」

勝手に約束してから、その旨を藤根課長に電話して対応を頼んだ。もちろん困惑し、自分たちは児童福祉施設の職員ではないと言外に説《と》いてきたが、

「当面だけ、お願いします。家に帰るように、あの子たちを粘《ねば》り強く説得しますから……いまは緊急事態です。もし子供が撃たれたりしたら、寝覚めが悪いでしょう？」

『……そうだな』

物わかりのいい人で本当に助かる。警察生活では珍しく、上司に恵まれたことに感謝しながら、私は今また渋谷の真ん中を漂っていた。これでよかったのかは分からない。だが他にどうしようもなかった、と自分に言う。あの子たちを強制的にどこかに連れて行くことはできない。私の言うとおりにしてくれるだろうか……二人とも、私の頼みに最後まで頷きはしなかった。だが気持ちは通じたと思いたい。

足ヶ瀬直助にはなんと伝えたものか。気が重かった。病院に電話するのは迷惑だ。そう言い訳して、電話をしないで済ませようとしている。

そこでベル音が鳴った。私の携帯機器ではない。

横にいる若い刑事が電話を取り出して話し始めた。

「土沢です！　はい！　はい！　間違いありません、交番の巡査は無事でした……軽傷です！」

元気よく答えたあと、私にその電話を差し出してきた。

「晴山主任です。岩沢さんと話したいそうです」

ちょうどいい、私も話したかった。電話を受け取る。

「岩沢です」

『すみません、こんなのを使いに出してしまって』

謝罪から入った。

「いやいや」

私は土沢の顔をチラリと見て、ほくそ笑んだ。

「教育しがいのありそうなやつだ。私は、嫌いじゃないよ」

目の前ではっきり言う。土沢は固まってしまった。

「まあ、いつまでもいられると困るが」

『すみません。もう少し、預けておいてもいいでしょうか』

そうか。本庁はまだ混乱の極《きわみ》にある。修羅場《しゅらば》という言葉がこれほど似合う状況もないのではないか。若い部下の面倒を見る余裕はないのだろう。若手に見せたくないこともあるのかも知れない。

「分かった。それより、教えてくれるか？」

確かめる機会が来た。

「そっちで自殺した刑事が、自分に撃ち込んだ弾は」

『……ＫＷＴ弾でした』

やはり。私と足ヶ瀬巡査が見つけて、晴山に託《たく》したあの忌《い》まわしい銃弾。鋭角のフォルムが脳裏にちらつく。まさかそれを刑事が警視庁の中で放つとは。しかも自分に向かって。

「北森を殺したのは……刑事だったか」

全てを悟り、私は静かに言った。

『ただし、上は認めません』

晴山のこの、悲壮な物言い。

『北森を自殺のままにする気です』

二人して沈黙する。

予想はできた。だが、あまりに惨憺《さんたん》たる現実に、今更ながら言葉を失ってしまう。警察のどこを探せば正義が見つかるのか。

『足ヶ瀬巡査、無事だったんですね……』

ようやく沈黙を破ったのは、晴山の静かな声だった。

『良かったです』

それは本心だろう。だが、相手が確かめたいことは何か。それもよく分かる。私は答えてやった。

「運が良かった。暗い路地裏なのがよかったか、弾が当たり損ねた。ただ、銃弾が回収できてないから、こっちのがコップキラーかどうかは……鴻谷氏をやったのとおんなじ奴かどうかは、分からない」

『そうですか』

二度と見たくはない。だが、あの馬鹿げた貫通力を持つ弾がどこかで待ち構えている。

私と同じように、晴山もそれを強く予感している。

『岩沢さん。お願いがあります』

晴山刑事は畏《かしこ》まって言った。それから少し言いよどむ。

『ただ、お願いしていいものかどうか……』

「なんだ？」

『鴻谷氏の件です』

当然と言えば当然だった。まさに私が発見者となった男だ。

『具体的には、関東中央警備です。あそこは、捜査の鬼門のようです』

晴山はより踏み込んできた。

「だろうな。ヤメ警が多すぎる」

私は気安く返した。

『はい。探りさえ入れられません。このままだと、鴻谷氏は自殺で処理されてしまいます。岩沢さん』

どこから電話しているのか。人には聞かれない場所だろうが、晴山は更に声をひそめた。

『できる範囲で構いません。鴻谷氏について……捜査をお願いできますか』

「それを聞けて嬉《うれ》しいよ、晴山さん」

私は笑みを、その部下の土沢に向ける。

「喜んで引き受ける。というより、頼まれなくてもやる。私の庭で起きたことだからな」

『岩沢さん』

嬉しげな晴山の声が聞けて、私も嬉しい。

『もし、内密の捜査がばれて処分を受けるようなことがあれば、私が責任を負います』

「心配ご無用。うまくやるよ」

『しかし、お願いしてなんですが……どこから切り込みますか？』

「たしかにＫＣＫは伏魔殿《ふくまでん》だ」

私は素直に返す。

「いささか荷が重い。正面から行っても怪我するだけだ。搦《から》め手《て》を使わないとな」

『搦め手？』

「ああ。ちょっとした情報を仕入れたぞ」

私も声をひそめた。土沢が辺りを警戒し、耳を寄せてくる。

「鴻谷氏は、ちょくちょく渋谷に来ていたらしいんだ。少し前から駅の周辺で目撃されてる」

『そうなんですか！』

晴山は期待通りの反応をする。

『鴻谷氏の自宅は王子ですが』

「ああ。土沢君が教えてくれたよ。ＫＣＫ本社は日暮里。鴻谷氏の生活圏ではない。支社が渋谷にあることはあるが、駅から離れてる。どうも、そっちに立ち寄ったわけじゃないようだ」

『なんでそんなに、渋谷に行く必要があったんでしょう。しかも、駅ですか？』

「そこなんだ」

晴山と話しているおかげで、曖昧模糊《もこ》としていた頭の中が整理されていく。

「不審な外国人と接触していた、という情報もつかんだ」

『外国人……?!』

晴山の反応は目覚ましかった。

『岩沢さん。蓑田も、国際犯罪者と接触していたらしいんです。公安刑事からの情報なんですが』

「公安か」

私は思わず唸《うな》る。

「また面倒なのが出てきたな。まあ、これだけの一大事だ。当然と言えば当然か」

公安には嫌な思い出しかない。六本木時代に暴力団と、暴走族上がりの連中、いわゆる〝半グレ集団〟の衝突が絶えない時期があった。各集団が、箔《はく》をつけるためにいろんな団体に助けを求めた。右翼も極左も引っ張り出されてきて収拾がつかなくなってしまい、ついには公安が乗り込んできた。六本木の実情もろくに知らずにでかい顔で指図《さしず》を始めたので、引っ込んでいてくれと言って逆鱗に触れた。当時の公安部副部長、玉塚という男に呼び出されて叱責《しっせき》され、私は謹慎状態に追い込まれた。

だがしばらくすると呼び戻された。私がいない場では話をしないと言うヤクザが多かったからだ。公安はやり方を変え、私を矢面に立てて後ろに引っ込むようになった。不祥事が起きればぜんぶ私のせいにして収めるつもりだったのだろう。

ところが、六本木を西へ東へのドサ回りの末、どうにか事態は落ち着いてくれた。すると公安の連中は礼も言わずいなくなった。本部にどんな報告をしたかは分からない。私を渋谷に飛ばしたことと関係があるかどうかは分からないが、その後二年以上も六本木に留まれたことを考えると、私のことなどすぐ忘れたのかも知れない。それとも、私を六本木の重しとして利用した方が得策と考えたか。

『外事第三課の区界という男が、いくつか捜査機密を開示してくれて』

「あまり、信用しない方がいいと思うが」

『はい。確かに一筋縄ではいかない男で、真に受けてるわけではないんですが……国外から、そうとう厄介な連中が続々入り込んでいるのは、間違いなさそうです』

「どういうのだ」

『ええと……』

晴山は言いよどんだ。

『札付きのワルが、ありとあらゆる国から……そう言っていました。外国の政府や、巨大企業を後ろ盾にした奴ら。環境テロリストだったりとか』

歯切れが悪い。単純に、晴山も正確な情報をつかんでいないようだ。

『区界もぼやかしていました。本当にやばい情報は、だから、俺には開示しなかった。そうなると正体がよく分からないから、どこから切り込んだらいいのか』

「そのへんの機密事項、私なんかに教えて大丈夫か？」

冗談めかして訊いた。

『たいした機密じゃありませんし。それに、岩沢さんは数少ない味方です』

晴山は嬉しいことを言ってくれた。

『俺は処分なんか気にしてません。もう、そんなこと言ってる場合じゃない。警察は滅茶苦茶なところに差し掛かってる。どうにかまともな捜査に漕《こ》ぎ着けるために、何でもしなくてはと思っています。岩沢さん、助けてもらえますか？』

ああ、としか返せないことが残念だった。自信があるわけではない。晴山を元気づけたいが、そんな材料はまだどこにもない。

『怪しい外国人グループやなんかに、心当たりはありませんか？』

蓑田もそんな連中と接触していた疑いがあると聞いて、閃《ひらめ》くものはある。うまく言葉にはできないが……バラバラの点が線になりつつある気がする。そして、ミチュのあの顔。床に落ちる暗い視線。

『鴻谷氏が渋谷で何をやっていたか、糸口はつかめそうですか？』

「つかめそう、と言ったら安請け合いになる。だが」

やはり実行に移さねばならないようだ。思い切って。

「蛇《じゃ》の道は蛇《へび》だ。私の得意技を使うよ」

『というと？』

晴山刑事は期待に息を呑んだ。

私はいい格好をしようとしているのか？　いや。ただの欲求だと思った。昔から、ヤクザだろうとカタギだろうとやりたい放題のろくでなしは放っておけないのだ。そしていま追っているのは、警察族を殺し回っている最悪の狂人。どうして追わずにいられる。

「渋谷の裏社会から、切り込んでいこうと思う。裏のことは裏の人間に訊け、だよ」

晴山刑事は電話の向こうで、大きく息を吐く。

『組関係ですか』

「ああ。私は、それしかやり方を知らないんだよ。ちょうど挨拶に行かなくてはと思っていた。渋谷には何人か、大物がいるからね」

『どうかくれぐれも……』

「無茶はしないよ。揉めごとを起こしたりしたら、今度はどこに飛ばされるか分からん」

声に笑いを含めてみせる。

「教えてください、そうしおらしく頼むだけだ。情報をもらえるとは限らない。というより、望み薄だな。落ちぶれたマル暴崩れを歓迎してくれるわけもないし」

『でも、岩沢さんは六本木では有名だった。渋谷にも、名前は轟《とどろ》いてるんじゃないですか』

「とんでもない。飛ばされた、ざまあみろって笑ってる奴ばかりだ」

そうに決まっていた。ちゃんと確かめたわけではないが、極星會の真滝将《またきしょう》の口ぶりを思い出せば推して知るべし。

「無茶をするなってのは、あんたのほうだ」

私は釘《くぎ》を刺す。

『俺ですか？』

「晴山さん、あんたも流れに逆らってる。上が黙らそうとしても、黙ってるつもりがない。だからこうやって手を尽くそうとするんだろ。私なんかに頼って、可愛《かわい》い部下までよこしてな」

『いえ、土沢は、どっちかというと厄介払いで』

「だがあんたは、たとえ手足を縛られても捜査を続ける。そういう男だな」

私の目の前で、当の部下が目を輝かせている。兄貴分を誉められて気分がいいのだ。

『……どうでしょうか』

対して兄貴分は、自信がなさそうだった。

『刑事なんて、自分の判断じゃ動けない。兵隊よりも自由がない。そんなふうに思わされてばっかりです』

「捜一は花形に見えて、かえって不自由なことも多い。分かってるよ。代わりに所轄の私が動く。いい役割分担じゃないか」

土沢の目がギラギラ輝いていた。兄貴の分も働いてやるという意欲が燃えている。

本当は所轄の刑事などもっと、吹けば飛ぶような存在だ。だが言っても始まらない。

「やろうぜ。黙ってられるか、仲間がやられてるのに」

『岩沢さん』

交差点を向こうから渡ってきた男に目を引きつけられた。白人と黒人の混血のようだった。やがてすれ違う。振り返って見た。

半ズボンの尻からぶら下がるマイケル・ジャクソンのマスク。

腹の底から湧き出してくるこの焦りはなんだ。もう、きな臭いなんてものじゃない。雷雲がそこまで来ている。大気が帯電し今にも稲妻《いなずま》を放つ。そんな危機感。

だが言葉にはできない。晴山にも土沢にも説明のしようがない。

「それはそうと、晴山さん。まったく休んでないんじゃないのか？」

私は変に落ち着いた声を出していた。いい先輩ぶる自分に呆れるが、本当に気になったのだ。ぶっ通しで同僚の自殺の後処理に追われている。土沢の話を聞いても、晴山はきっと丸一日以上休んでいないはず。

『ああ……恐縮です』

晴山の声は感謝に溢れていた。憎めない男だ。

『これから、仮眠をとります』

「できるだけゆっくり休め。その間、私は捜査してるから」

『ありがとうございます……』

「まあ、お互い命は大切にしよう。切るぞ」

3

「まだしばらく、ご一緒させていただけるんですね」

土沢が嬉々《きき》として確かめてきたが、私は頷いただけで、間を置かず携帯電話を使う。番号を表示し通話ボタンを押す。かける相手を言わないので、土沢は戸惑い顔で私を見守っている。

『はい』

相手は名乗らない。当然と言えば当然。出てくれただけで感謝すべきだった。まず確かめる。

「厄介かけたな。事務所の現場検証は？　どうだった」

『来たのは、見かけない人ばかりでした。本部の刑事ですね？』

「ああ」

私は認める。六本木署の連中も案内には立ったろうが、実際に現場を仕切ったのは違う連中。予想通りだ。

『岩沢さんみたいなマル暴じゃない。かといって、殺人捜査の刑事にも見えなかった。あれは――公安でしょう』

やはりそうだったか、と思った。この男にも簡単にばれるようなやり口だった。

『物凄く偉そうでしたよ。名乗りもしない。ヤクザのことは人間と見なしてない。虫けら以下ですね』

真滝将は言葉の内容とは裏腹に、恨《うら》みがましくない。どこか達観した口ぶりだった。若《わか》頭《がしら》としての器の大きさか。

「私が送ったわけじゃない。勘弁しろ。本部の判断だ」

『いえ。いい勉強になりました。あれが公安なんですねえ。ほんとにヤバい件だと、ああいうのが出て来る』

「すまんな。刑事は刑事でも、まるっきり違う種族だ。連中の考えは私も分からん」

ホシを逮捕するのが目的じゃない。警察の汚点や悪を隠蔽するのが仕事なんだ、とはさすがに言えない。土沢がギョロリと目玉を動かした。いま話している内容を知りたくてうずうずしている。

「ところで、渋谷でつきあいのある奴を紹介してくれないか」

私は本題に入った。

『なんですって？』

「だれでもいいが、できるだけ大物がいいな。そこから、渋谷の顔役につないでもらうから」

『……唐橋《からはし》さんですか』

その名を口にするとき、さすがの真滝も畏まった。

『岩沢さん。なんで唐橋さんに会わないといけないんですか？』

「挨拶が済んでない」

『岩沢さんはもうマル暴じゃない。挨拶しなくていいでしょう』

「いや。訊きたいことがあるんだ」

『今度はなんですか。何を考えてるんですか』

真滝は腐って見せたが、興味も感じていた。私はうまく利用しなくてはならない。

「迷惑はかけない。渋谷の裏側を知ってる人間でないと、分からないことがある。それを教えてもらいたいだけだ」

　真滝はしばらく黙っていたが、諦めたように言い出した。

『唐橋さんとは、実は、知らない間柄じゃありません』

「ほんとか」

　期待していた答えが返ってきた。そう思ったのだが、真滝はおかしなことを言い出した。

『でも、紹介するわけにはいきません。私は、唐橋さんには大きな借りがある。迷惑はかけられないんです』

「……そうなのか」

　借り。ぴんときた。ついに分かった、と思った。

　何度も潰れかけている極星會の、隠れた後ろ盾。それは唐橋弥一《やいち》だったのか。

　疑ったことはあった。だが、いくら探っても真滝と唐橋の接点が見つからなかったから放っておいた。唐橋弥一は東京のヤクザでも三本の指に入る大親分だ。関東の主流、大前《おおまえ》組の顧問《こもん》のような立場にある。八十を過ぎているから隠居扱いしている者もいるが、いまだに義理を通している者も多い。

伝説の男だからだろう。昭和三十年代の話だが、当時猛威を振るっていた外人勢力、いわゆる〝愚連隊《ぐれんたい》〟を向こうに回してたった二十人で戦争を仕掛けたという。渋谷というシマを守るための防衛戦争だ。

唐橋の舎弟《しゃてい》の半分は殺されたが、愚連隊は撃退した。かくして渋谷は、今も昔も大前組のシマであり続けている。その伝説の全てが事実かは分からないが、唐橋はいまも一目置かれている。私は直接会ったことはないが、名前は方々で聞く。どこかで大きな戦争が起こりそうとなると、出てきて仲裁してくれることもあるようだった。

そんなふうに、〝任俠《にんきょう》〟の時代の名残りを色濃く漂わせる男だから、伝統ある組の存続を助けるのは自然。唐橋と真滝の絆《きずな》を知ったからと言って、私はどうしようという気もなかった。極星會や、その源流である八重樫《やえがし》組、それに唐橋が属する大前組が東京の癌《がん》ではないからだ。駆逐《くちく》すべき勢力は他にある。

「じゃあ、居場所だけ教えてくれ」

『は？』

「大前組の連中に訊いても無駄だろう。お前にしか訊けない。お前に聞いたとは、だれにも言わないから」

『私は知りません。お仲間の方が詳しいでしょう。組対課のどなたかに訊いてください』

真滝の指摘はもっともだった。隣の課の連中に訊けばいい。外の人間ならそう思う。

だが訊けない。いま私は生活安全課。渋谷の組人脈に首を突っ込んでくるなと反発される。回り回って藤根課長に迷惑をかけることになる。

「署内に、私の動きを知られるわけにはいかないんだ」

私は正直に訴《うった》えた。

『だからって……』

同僚でなくヤクザを頼るのか。そうだその通りだ、と自虐的に笑う。今に始まったことではない。このねじれた構造こそ私の人生であり、刑事としてやっていける理由。ヤクザがいるから私がいる。

『仕方ないですねえ』

真滝のこれ見よがしの溜め息。

『調べますからちょっと待ってください』

調べるというのはポーズだった。何度も唐橋のところを訪れているに違いないのだ。だが私は相手の面子を立てる。

「すまん」

『くれぐれも、私が教えたとは言わないように』

「ああ。恩に着る」

『またですか。聞き飽きました』

乾いた笑い声。この男は、北森を殺した銃弾を提供してくれた。今度は、恩義のある大親分の居場所を教えてくれる。もう管轄も部署も違う刑事が、いつまでも頼ってくることが煙たくないはずがない。

『また連絡します』

真滝はそう言って電話を切った。もう連絡が来ないのでは、とは思わなかった。約束は守る男だ。それ以上に——あの男は楽しんでいる。

うまく押し隠してはいるが、私が持ち込むヤマやトラブルに、内心は興味津々《しんしん》。いま警察に何が起きているか奴は注視している。隙あらば自分の利益にしようと目論んでいる。

ああ、楽しめ。実際に動くのは私。お前は裏から、高みの見物をしていればいい。それが見返りだ。私が電話をしまうと、

「いま、話していた相手って」

土沢が堪《こら》えきれずに訊いてきた。

「ヤクザだ。変わり種のな」

身を乗り出してくるこの若者に、どこから説明したものか。

真滝とはいつの間にか長い。初めて出会ったときは、まだヤクザではなかった。

そもそも、六本木に配属となった十年ちょっと前はまだ分かりやすい時代だった。ヤクザ者はそれと分かったからだ。だが、年を追うごとにいろんな人間が入り込んできて、カ

タギとそうでない者の区別がつけづらくなった。最近では、世界中から欲に駆られた与太者《よたもの》が集まってくる国際都市・六本木の夜を仕切る連中は、極道者にはまったく見えない。世界を股にかけるエリートビジネスマンのような風貌《ふうぼう》をしている者もいる。流行りのスーツを身にまとい、手にはパソコンかタブレット。英語やスペイン語や中国語を話せさえする。そして簡単には、どの団体に所属しているかを明かさない。

少し前に暴力団対策法が「改正」されたせいもある。表だって組の看板を掲げられなくなったら、地下に潜るのは当然のこと。古いヤクザのイメージしかないお偉いさんたちの想像を超えて暴力団は「マフィア化」している。つまり地下組織に近づいているのだ。

連中の商売相手は、六本木に集まってくる一般の外国人だけではない。各国の大使館の職員まで含まれている。任期中は日本でできる限り遊んで帰ろうと考えている世界中の外交エリートたちは裏社会の連中に引き寄せられやすい。

ところが極道者たちは、小さな利益を得ることで満足したりしない。国立のスポーツ施設や巨大なレジャーランドの利権を得るために入札に加わった、という話を聞いたときにはさすがにひっくり返りそうになった。外国の業者との仲介をすることで巨額のマージンを得るためだ。今日日のヤクザは、一流商社の商社マンよりも優秀。実際にどでかい商談をいくつもまとめている。

国や、国に税金を納めている一般企業が関われない利権は当然、国益にならない。政府の頭越しに莫大な利益を得るチャンスを手にしているのが裏社会の連中。国の敵として摘発しなくてはならないはずだが、警察の態勢が追いついていない。法整備も不十分。その間にならず者たちは肥え太り体力を蓄《たくわ》えようとする。したたかに生存競争を乗り越えようとしている。

古い体質の極星會が取り残されるのは当然だった。真滝が加わる前、潰れるのは時間の問題だと私は思っていた。

堅気《かたぎ》の頃、真滝は六本木に会員制のバーを開きＶＩＰを続々招き入れた。前職のホストなど元手《もとで》を作る手段に過ぎなかった。六本木の顔役は軒並み、真滝の店の常連となった。真滝は会社を設立して事業の手を広げ、若き実業家の評判はどんどん広がった。東京中から会って話をしたいという者たちが日参するようになった。夢中になるのは女ばかりではない、男も、外国人も大勢やってくる。語学も堪能《たんのう》な真滝は、通訳なしでいろんな人間と盛り上がり、交友関係を広げた。店は繁盛《はんじょう》し、目だった敵もいない。真滝はどんな将来でも選べた。最も力のある者と組んで天下だって取れたはずだ。

だが、真滝が親分として選んだのは極星會の先代組長の飯島大伍《いいじまだいご》だった。自分から忠誠を誓い、周囲に分かるように盃《さかずき》を交わし、正式に舎弟となった。裏でつながるに留まっていれば、儲《もう》かっていた店も続けられたし、それまで築き上げてきた交友関係も白紙に戻さずに済んだのに。何一つ得がないと思われる選択を自分でした。そして、いわゆる反社会勢力の一員となったのだ。

関東大手の八重樫組系であるにも拘《かか》わらず、極星會は異端だった。本家の方針に従わず、麻薬や売春のシノギに加わらなかった。そのくせ取り潰されず破門にもならない。私は初め、極星會の立ち位置が不思議だったが、むしろ特殊な立ち位置故に本家から重宝されていることに気づいた。八重樫組の若手養成所といった趣で、年端もいかない若手や、だれも抑えられないような厄介者が極星會に送り込まれては、やがて本家に戻って行く。

それを可能にしていたのが先代の飯島大伍の人望、人徳だった。極星會は飯島の一枚看板で保《も》っていたのであり、飯島のいない極星會など存続し得ない。私はそう決め込んでいた。だから飯島が入院した、癌らしいと聞いたとき極星會は終わりだと思った。

真滝はその直前に若頭に任じられていたのだが、運のない男だと思った。折しも、八重樫組とセットで特定抗争指定暴力団の認定を受けたのも不運としか言いようがなかった。本当に危険な反社会団体は他にあり、数え切れないほどの非指定団体、準暴力団がのさばっているというのに、だ。

飯島はそれから半年と経たずに世を去った。瞬く間に組を支えていたメンツは四散した。内心は極星會の古い体質に見切りをつけていた者ばかりだったのだ。先代組長への義理でどうにかまとまっていたが、新参者の真滝のために留まろうとする者は、若い者がわずかにいただけ。夜の街では大人気だった真滝も、任侠の世界では大勢をつなぎ止められるカリスマに欠けていた。ついこの間まで堅気だったのだ。ならず者たちと身体を張って命のやりとりをした経験がないのはいかんともしがたかった。六本木の夜のプリンスは、傾いた看板を必死で建て直そうとする哀れな素人ヤクザと成り下がった。自ら組長を名乗ることもなく、いまだに若頭として、私財をなげうってまで組の看板を維持しようとしている。

極星會の正式な組員になる前も後も、真滝将の印象は変わらない。極めて現代的で、実利的なビジネスマンのようなあの男が、どうしてここまで先代に義理立てし、意地を張って組を存続させているのか理解できなかった。もしや、先代の隠し子ではないのか？　そんな突拍子もない勘繰りまで思い浮かぶ。戸籍を調べたり身元調査をしたわけではない。西洋人風の色男である真滝に、飯島大伍の面影は微塵《みじん》もない。先代親分は獅子《しし》っ鼻《ぱな》でちんちくりんだった。

「今回のヤマに、ヤクザが関係あるんですか？」

とりとめもなく真滝のことを考えていた私に、土沢岳司が痺《しび》れを切らして訊いてきた。ヤクザという単語に反応し、逸り出す若者に私は、悲哀を感じた。

斜陽《しゃよう》の極道と私との腐れ縁を伝える言葉などない。どちらも、滅びゆく種族なのだ。

「関係はない」

私はごく簡単な言葉を返すに留めた。

「ヤクザと警察は、切っても切れない。影でつながってる、兄弟みたいなもんだってだけだ」

土沢は分かったような分からないような顔で私を見返した。

マン・オン・ジ・エッジ　5

会いに行くなり、文句を言われた。

「警視庁の科学捜査官を名乗る者たちが現れたぞ」

フリーランスの事件記者、六原登志郎《ろくはらとしろう》が懸念に眉をひそめていた。

「所属は、捜査支援分析センターだと言っていた」

「ふむ。SSBCが来たか」

おれはしたり顔で顎《あご》を掻いた。

「部署はなんと言っていた？」

「ええと……機動分析課。分析捜査第三係、だそうだ」

「ユビキタスチームだ」

吐き捨てる。

「上郷め、早いな」

「上郷？　そういう名前の捜査官はいなかったな。伏原《ふしはら》と、丸沼《まるぬま》。そう名乗った」

「二人とも男か？」

「ああ。凄く若くて驚いた」

「あそこは、そういうところだ。オタクの溜まり場だよ。警察官らしいヤツは一人もいない」

六原は微かに笑った。

「たしかに。最初は、大学生のOB訪問かと思った」

「油断するな。頭の出来が異常な奴らばかりだ」

おれは警告する。

「それは感じた。IQが高そうだったな。だが、無機質な連中だった。感情を感じさせない」

「どんな用件だった？」

「それが、よく分からないんだ」

六原は血色の悪い顔を傾ける。

「わざわざ来たのに、たいしたことを訊いてこない。身体の調子はどうだとか、おかしなヤツが接触してこないかとか」

「おれのことをチクッたのか」

六原は、おれの表情に気づいて笑った。

「正直言うと、迷った。あんたから彼らに乗り換えようかどうかと」

「勝手にしろ。それで気が済むんなら」

「冗談だよ。あんたを信頼すると言っただろう。行くならとことん、地獄《じごく》までだ」

六原の笑顔には死がまとわりついている。それが、どこか心を打つことは認めなければならなかった。

「ただ、彼らは面白いことを言った」

「何を」

「我々は、表現の自由を尊重する。あなたは秩序を乱す者ではない。あなたを狙う者こそ、反逆者なのだ」

言われた調子をそのまま再現してくれた。なんという棒読み。おれはニヤつきながら、不覚にも少し、背筋が寒くなった。

「我々はあなたを守る。いつでも頼ってほしい……そう言って、連絡先を置いて帰っていった」

「額面通りに受け取ったり、しないだろうな」

「もちろんだ。だが驚いた。てっきり、勝手なことを書くなという脅しかと思いきや」

「奴らのやり口だ。懐に入っておいて、情報をぜんぶ盗み取る。いつの間にか丸裸だ」

「……そうか」

「奴らは、逮捕なんかしない。気がついたらあんたの恥部や、過去の罪や、後ろ暗いことがぜんぶさらけ出される。ネットやマスコミに流れて、ハイエナみたいな暇人どもの格好のネタにされる。事実かどうかは関係ないんだ、もっともらしくさえあればいい。チームの女リーダーはどんな汚い捏造《ねつぞう》でもするぞ、目的のためならな」

六原は戦慄に顔を強ばらせた。

「だとすると……あんたら公安より、よほど不気味だ」

「他に言い方はないのか」

おれは思い切り顔を崩す。いまさら気を悪くなどしない。むしろ、どこよりも陰険なことを自慢したくなるほど倒錯している。

「危ないところだったな。俺が先にあんたと接触してなければ、担《かつ》がれてた。ジャーナリストとして、終わるところだったぞ」

「あんたと出会えて、私は幸運か。本当にそうだといいが」

六原の憎まれ口に乗っからない。おれはなおも警告した。

「連中だけじゃない。他にも接触してくるぞ。想像もつかないような奴らがな。気をつけてくれ」

「おかげで、警察内の勢力争いが透けて見える！」

六原は目を輝かせている。記者魂が迸《ほとば》っている。

「高い知能とテクノロジーを駆使して、勢いづいている若い世代。なかなか興味深い」

「だれの差し金か分からん」

おれは不機嫌に釘を刺した。

「なぜ、身分を明かして出張ってきた。現場レベルの判断か。それともサッチョウの指示か？　確かめるか……めんどくせえな」

おれは独りごちる。六原の食い入るような視線を感じながら。

「警察庁。高級官僚のみなさんが、直接使者を送ってきたってことか。私の取材に頑として応じないが、別の形で答えた。あるいは、私を騙し討ちにしたいだけか？」

「サッチョウは蛇の巣だ。何十匹もいて、お互いを食い合ってる。おれはサッチョウへ行くと肌がかゆくなる。生理的に受けつけねえんだ」

六原は暗い喜びに顔を輝かせた。

「権謀術数《けんぼうじゅっすう》はあんたらのお家芸だろう？　公安以上に陰険なところなどあるのか」

「公安の体質は、キャリア連中の体質そのまんまだ！」

おれは言い切った。

「いるだけで病んじまう。だれも互いを信じてない。相手を出し抜いて自分が出世することしか考えてないから、疑心暗鬼と被害妄想で凝り固まってる。結果、無意味な命令や異動や構造改革で税金が無駄遣いされる。裏金がいくらあったって足りないはずだ！」

「その裏金の、最新の状況を教えてくれるという約束だが」

六原はいやににこやかだった。

「データを持ってきてくれたのか？」

「がっつくな」

おれはもったいつける。ゆっくりと、ちっぽけなＵＳＢを取り出した。

六原は死にゆく者とは思えない輝きを顔に宿した。

第四章　深淵《しんえん》

1

『石櫃《いしびつ》町の、グリーンハイツです』

大通りを避け、路地裏の鄙《ひな》びた喫茶店《きっさてん》で休憩を取っていると、真滝将から連絡があった。渋谷の郊外《こうがい》に当たる住所と部屋番号を告げ、

『くれぐれも失礼のないように。相手はご老体ですから』

と言ってそそくさと電話を切った。私は横にいる刑事に告げる。

「一人で行く。君は、待っててくれ」

土沢岳司は目を剝いた。

「オレはヤクザなんか怖くありません！」

「いや。二人は駄目だ」

私はきっぱり首を振る。

「こっちが一人の方が警戒しない。内々に話を聞きに行く、という形を取りたいんだ」

それに、若い刑事に聞かせたくない話が多く出るに決まっていた。裏社会は警察のすぐそばに存在している。表裏一体。それを若いうちに知ればいいというものではない。それでなくとも、警察にいる限り穢《けが》れ、すり切れていく運命なのだ。

「しかし、岩沢さん……」

「君はヤクザには不慣れだ。連中には連中のルールがある」

私は有無を言わせない。土沢はようやく、怒《いか》らせていた肩を落とした。

「ここで時間を潰しててくれ。ああ、一度本部に戻ったらどうだ？　晴山さんも、そろそろ君の手が必要なんじゃないか」

「……はい。電話してみますが」

土沢は迷っていた。ここで帰るのは、私を見捨てるような気分か。嬉しくないことはないが、元来私は一人だ。常に誰かといると息が詰まってくる。因果な性分だった。

「任せる。とにかく私は、行ってくる」

そう言って喫茶店を出た。幸いにも、石櫃町はここから歩いて行ける。

ますます鄙びた郊外へと入り込んで行くと、懐かしい気分になった。都市の郊外はどこも似通った雰囲気を持つ。子供の頃過ごした阿佐谷《あさがや》の外れにも似ていた。年老いた両親の顔を思い浮かべつつ歩いていると、ふっと何区にいるのか忘れそうになる。

渋谷だ。今も何かが起こっている街。銃を手にした誰かが警察官を狙っている街。日が暮れてきたおかげで、私は身の危険を感じ始めた。ぼうっとしてる場合じゃない。土沢を連れてくるべきだったかと後悔した。いや、だめだ。私は常に、ヤクザとは一対一で会う。そうでなければ腹を割れない。相手はこっちを男と見なさない。それでなくても伝説的な大親分だ。緊張してきた。

ほどなく、真滝が教えてくれたマンションを見つけた。意外だったのは、高度経済成長期の公団住宅と見まがうような古い造りだったこと。辺りの景色も込みで時代に取り残されたようなうらぶれた雰囲気で、大親分の隠居場所には相応しくない。ヤクザの行き着く先などこんなもの。そう思うべきか。時代の流れもあるのだろうが、割に合わない感は否めなかった。

いや。ふいに思う。これは真滝の罠ではないか？　ここにいるのは唐橋ではなく、もっと危険なヤクザ——鉄砲玉かだれか。あるいは、何の関係もない一般人の住処《すみか》かもしれない。私は担がれたのだ。

ふだん姑息《こそく》なことはしない男だが、恩義のある親分を守るためなら平気で刑事を騙すだろう。だが、躊躇っている場合ではないと私は思い直す。罠なら罠と確かめるまで。ドアの前に立って部屋番号をチェックすると、私はドアベルを鳴らした。中で鳴っているかどうか分からないから、ドア自体もノックする。

しばらく反応がなかった。私は注意深く耳を澄ます。

「――だれだ」

やがて返ってきた声は、若かった。

「私は、岩沢と申します」

「どこの岩沢だ」

「渋谷南署の岩沢です」

しばらくの間。

「そんな奴は知らない」

しごく硬い声。

「新顔です。この間まで、六本木署にいました」

「六本木……岩沢」

考えるような声が、奥へと消えた。人が会話しているような気配が伝わってくる。

だがだれも出てこなかった。ドアはピクリとも動かない。

このまま無視される。そう諦めかけた頃、前触れもなくドアが開いた。ゆっくりと隙間が広がる。

顔が見えた。目つきの恐ろしく鋭い、二十歳前後の男だ。腹の据わった奴だということは一目で分かった。私がちょっとでも不審な動きをしたら襲いかかってくる。私はただじっと立っていた。顔の筋肉からも力を抜く。間違っても殺気は発しない。

すると、更にドアの隙間が広がった。

男の背後に坊主《ぼうず》頭の老人がいるのが見えた。

「ほう」

私の顔を見て、一言発した。その目は柔和《にゅうわ》だった。だが奥底に凄みを感じる。予想通りの迫力。ヤクザだろうと警察官だろうと、腹の据わった人間だけに感じる畏怖だ。

「お前さんが岩沢か」

老人は口元を緩めた。

「いっぺん、顔を見てみたかった」

「それは恐れ入ります」

私は深く頭を下げる。そして上げ切らずに言った。

「唐橋さんですね。きょうは、お願いがあって参りました」

「お願い、か。儂《わし》にできることがあるかな」

すると若い男がドアを開け放った。拍子抜けするほどだった。

「入りなさい」

ひとまずホッとした。私の六本木時代の評判がこの大親分の耳に届いていたとしたら、ヤクザたちに感謝するしかないと思った。客人として迎え入れられるとしたら、少なくとも際だった悪評ではなかったわけだ。

居間に通された。広くはない。テーブルの上には新聞や急須やおかきが載っている。庶民そのものの生活感が溢れ出ている。テレビがついていて、ニュースが映っているのかと注意して見たが、若い男がリモコンで消してしまった。

一人がけのソファを示される。恐縮しつつ私は座る。

「儂を逮捕するつもりなら、帰ってくれよ」

私の正面にある肘掛《ひじか》け椅子に座ると、唐橋弥一は冗談めかして言った。

「もう隠居したんだ。ただの年金生活者だ。昔の子分たちはみんな、不人情でな。看板を譲り受けたら、もう何の援助もしてくれない」

冗談に違いなかった。極道者が真面目に年金を払っていたとは思わないし、子分たちがこの男を見捨てるはずもない。子分と言っても、いまや各団体の組長クラスだ。

そして横にはとびきりの用心棒がついている。私はチラリと、唐橋から離れない若い男を見た。

「こいつは、ユキヤ。義理の孫だ」

唐橋がニヤリとしたので、冗談か本気か分からなかった。

「儂の介護のために来てくれてる」

孫と呼ばれた男はピクリとも表情を変えない。ただ冷たく私を睨んでいる。

「介護ですか。しかし、唐橋さん、お元気そうですが」

「いや。もう駄目だ」

上機嫌に言う。自分を指差しながら。

「緑内障。糖尿。血圧も高い。それに、筋肉が落ちると、どうもだめだな。腰も膝も古傷が痛み出して、最近じゃ散歩さえできん」

そうですか、と気の入らない返事をしてしまう。また若い男を見た。

ユキヤには隙がない。私のような、物騒とは正反対に見えるはずの男の前でも気を抜いていないのは、感心した。若い割りに頼りになる。

だが、用心棒はこの男一人きりか。いささか不安だった。さすがに唐橋弥一は肝が太いと言うべきか。

「逮捕なんて滅相もない」

私はあくまで下手《したて》に出る。

「教えていただきたいだけです。この街のことを」

「ふむ。この街の、なにを知りたい」

唐橋は目を細めた。まるで好々爺《こうこうや》。だが私はかえって気を引き締めた。

「お耳に入っていますか？　二日前、元警察官僚が公園で死にました。拳銃で。自殺に見えますが、違います」

うんうん、と唐橋は機嫌よく頷く。このへんは真滝と同じだ。警察の人間が死ぬことは、掛け値なしに慶事。

「そして昨夜。交番勤務の巡査も撃たれました」

「聞いたよ。まだ若いんだってな」

それには同情を見せた。本気かどうかは分からない。

「はい。十九です」

自分と親しい、とは言わない。警視庁で刑事が自殺したことは省《はぶ》く。どうせニュースで見ただろう。

「極道を疑ってるのか？」

唐橋が訊いてきた。ユキヤがにわかに殺気を走らせる。

違います、と私は否定する。

「お仲間ではない。まったく別の連中を疑っています」

「だれだ」

警察、とは言えなかった。私は矛先をずらすことを試みる。

「最近は日本の外から、怪しい連中がずいぶん、この街に入り込んでいますね。舎弟の皆さんは、困っているんじゃないですか」

「舎弟じゃない。みんなそれぞれ、立派な主《あるじ》だ」

唐橋は釘を刺してから、続けた。

「外人連中が入ってくるのは、時代だろう。致し方ない。小競り合いぐらいはあるだろうが、殺し合いや戦争になってはいない。特に気にすることもないと思うが」

お気楽なこの反応に、嘘は見えなかった。私はがっかりする。

それを察したのか、唐橋は邪気のない笑みを見せた。

「儂はもう隠居なんだ。なんにも知らんよ。養老院の老人よりおとなしいんだ。だが……懐かしいな。外人どものさばると、警察とヤクザが手を組んだもんだ」

かつての大親分は目を細めて回想した。

「外圧があると、街を守ろうと団結する。そんな時代もあった。戦後まもなくだがな。渋谷事件っての、聞いたことあるか？」

「すみません。勉強不足で」

私は頭を下げた。本当に聞いたことがなかったので、素直にお伺《うかが》いを立てる。

唐橋は気を悪くすることもなく、ゆっくり説明してくれた。

「闇市のショバ争いがでかくなって、戦争になったのさ。当時の華僑《かきょう》――台湾《たいわん》人は、手がつけられなくてな。戦争中の日本人に対する恨み辛《つら》みも積み重なってたんだろう。警察の取り締まりに平気で応戦した。集団で警察署に押しかけたりもした。図に乗った華僑はしまいには、渋谷に台湾人街を作り出したんだ。手を焼いた警察が手を借りたのが、極道だ」

横のユキヤが感心しながら聞いている。若者には想像もつかない時代の話だ。

「警察と極道が銃や日本刀を持ち寄って、何百人の合同部隊を作って正面衝突さ。撃ち合いと斬り合いの大戦争。おかげで台湾人は、退散した」

「そんなことが……いまでは、考えられない話ですね」

私もユキヤと大差ない。自分が小僧っ子に思える。

「じゃあ、少年ライフル魔事件なら、さすがに知ってるだろ」

唐橋は訊いてきた。私は頷く。

昭和四十年に、渋谷の銃砲店に少年が立て籠もって銃を乱射した事件だ。少年はたしか、百発以上撃ったのではなかったか。たった一人で渋谷に戦場を作り出したという異常すぎる事件だった。今でも時々、過去を振り返るテレビ番組で取り上げられる。ただ、私が生まれる少し前の話なので実感は持ちづらかった。

「あれも実は、ヤクザが一枚嚙んでる。警察だけじゃ戦力が足りなかった。組に連絡が来て、儂らも一緒になってガキを取り囲んだんだ。むろん表には出てないがな。それぐらい、持ちつ持たれつだったんだよ。昔はな」

「なるほど」

私は本心から頷いた。かつては本当にそうだったのだろう。若者は、ヤクザになるか警察に入るか真剣に悩んだという。それぐらい、近い仕事に思える時代もあったということだ。

「庶民のためには手を組んだ。世のため人のため、これぞ任侠道ですね」

私が言うと、唐橋は嬉しそうに笑う。だがすぐ目をすぼめて宙を睨んだ。

「いや、綺麗事を言ってるのは分かってる。ヤクザはしょせん、クズの集まりだ。だが昔は、本当に、義侠の心を持ったヤツもいた。もう、絶滅したかも知らんがね」

私はなんとも返せなかった。ユキヤの目が爛々《らんらん》と輝いている。自分への言葉と捉えているのかも知れない。自分は義侠の士となる。そう決めているとでもいうのか。

「岩沢さん。知ってるか？　渋谷って街を作り上げるのにも、ヤクザが一役買ってる。たとえば、地下鉄だ」

「地下鉄ですか？」

オウム返しに訊いた。意外だった。

「渋谷の地下は、だれが掘ったと思う？　むろん、鉄道会社が雇《やと》った坑夫たちだが、いつでも人が集まると思うかい」

「いや……」

考えたこともなかった。だが、重労働であることはだれでも分かる。

「儂らは、若い衆をずいぶん貸したもんだ。公の記録には、そりゃ載ってないだろうがね。ヤクザは掘るのが得意なんだよ」

冗談かどうか分からず、私は曖昧な笑みで返した。

「儂も嫌いじゃなかった。よく、一緒になって潜ったもんだ！」

「地下に？　本当ですか」

親分自らがトンネル掘り。よほどの酔狂でもない限り、考えられない。

「今の渋谷があるのは、儂たちのお陰もある。そんな自負もあるのさ。古いヤクザにはな。笑われたって構わんが」

「笑ったりしません。面白い……話ですね」

控えめに言う。唐橋は大いに頷いてくれた。

「カタギと、そうでない人間との分け隔てのない、おおらかな時代があったんですね。なんだか羨《うらや》ましいです。いまは、別の意味で分からなくなってきてる。カタギの中にろくでもないヤツが隠れてるから」

「難しいな。同情するよ」

もったいない言葉だった。私は頭を下げる。

ユキヤがなんとも言えない表情で見ていた。妙に頼りない、不安げな眼差し。初めて年相応に見えた。

「私も、警察では冷や飯を食っている方です」

気づくと本音を漏らしている。

「ほう」

唐橋の優しい眼差しにほだされて口を滑らしそうになる。私の来歴、だれにも言っていない過去を。

私も巡査時代には、架空《かくう》の領収書を何枚も手渡され、上から言われるままに経費請求書にサインしていた。その頃、若かった私には罪悪感も何もなかった。命令に従っただけだし、同僚もみんなやっている。警察にとって必要なことだとさえ思っていた。それに裏金は、ぜんぶではないにしても、現場で汗をかいている警察官たちのために使われている。私は長い間そう信じていた。

だがいつの日か、真実から目を背けられなくなった。どう見てもすべてはキャリアの利己的な用途に消えていた。遊興《ゆうきょう》費、異動の際の祝い金、付け届け。クソみたいな話だ。ノンキャリアの中で役付きになった連中も「闇手当」を受け取っていることを、やがて知った。受け取ったら、もう一味だ。支配階級の分け前にあずかったことになる。上からの口止め料のようなものだと知りつつ、薄給でひもじい思いをしている現場の警察官の弱みを突いた巧妙な、卑劣なやり口。金をくれる人間を誰が裏切れる？

昇進試験を通って巡査部長になった頃には、私はもう理解していた。警察は組織ぐるみで連綿と犯罪を続けているのだと。以来、私はどんなに上から言われても身に覚えのない書類にはサインをしなくなった。あれからは架空の領収書など一枚だって書いていない。

日本で初めて声を上げ、裏金問題を追及した記者や弁護士を、私は心の底から尊敬している。それに良心を刺激され、勇気を得て、一部の警察官と警察ＯＢたちが問題を明らかにしたおかげで、国民は初めて警察の犯罪を知ることができた。腐敗しない組織はないという真理を学んだ。

だがおかげで、大勢の末端の警察官が苦しんだのも事実だ。不正が明るみに出ると「捜査上の秘密」で逃げるのが警察の常套《じょうとう》手段だが、証人と証拠がそろってどうにも言い抜けできなくなると、全ては末端の署員が勝手にやったことになり、キャリアたちは徹底的に責任逃れする。上層部の指示に従っただけなのに。

そして上層部は心を入れ替えたように見せることに躍起になった。実際には裏金作りに慎重になり、やり口を巧妙にしただけだ。体質は変わっていないと私は知っている。

六本木署の前にいた江戸川《えどがわ》署では、特に裏金への依存がひどかった。署の幹部の無能さの表れだが、私は連中には絶対に協力しなかった。するとついには、お前に経費は回せないと意地悪をされた。それでけっこう、と経費はぜんぶ自費で出していた。交通費も、情報を取るためにエスに握らせる金も全部自腹だった。それで給料の大半が消え、女房に溜め息をつかせたことは数え切れない。

汚いことに目をつぶりながらも、刑事として成果を上げることで埋め合わせする。街の治安を守り、揉め事を解決することで、自分の良心をどうにか宥める。私も開き直るのがうまくなった。だが人生なんてそんなものだろう？　どこの勤め人でも同じ。どんな立場の誰であろうと、真っ白に生きている人間の方が珍しい。

だが、いずれ警察にいられなくなる。そんな覚悟はある。クビになったら組に世話になろうか？　そう思ってほくそ笑むこともある。そう、警察官からヤクザになるのだ。

それ以外では潰しがきかない。本気でそう思った。実際、裏社会と絆を深めた警察ＯＢも知っている。ごくわずかだが、組に入った人間もいる。しごく自然な成り行きなのだ。

やはり警察とヤクザは双子のようなもの。

だがまさか、目の前の男に仕事の斡旋《あっせん》を頼むことはできない。冷や飯喰らいの警察官には珍しくもない屈折した怨念《おんねん》と懺悔とを、伝説の男に打ち明けるなどできるわけがなかった。私は自らを笑い、できるだけ控えめに言った。

「私は、上の言うことを聞かないもので。渋谷に異動したのは、たぶん見せしめです」

「面倒な街をあてがわれたか」

唐橋弥一は喜んだ。

「たしかに、面倒だよ。年々面倒になる。傷でもなめ合うか」

笑みに、愁《うれ》いと諦めの色が混ざる。

「時代が変わったんだ。儂もあんたも、とうに時代遅れだ。情の入る余地はない。恩も義も、筋目もなにもない」

「おっしゃるとおりです」

「外国人や、外国生まれの連中が入ってきて、自分らのルールで好き勝手やって、それをだれも止められない。六本木もそうだったんじゃないのか？」

「確かにそうでしたが、しかし」

「うむ。渋谷は、その先を行くかも知らんな……」

まだ軽い口調だった。だから初めは気づかなかった。

「この街は、いろんなものを引き寄せる」

だが——唐橋の様子が変わっている。それが天気だとしたら、微かに風向きが変わった程度だ。だが私の背筋が反応している。ちりちりと帯電して、風に潜む見えない電圧を知覚する。

「街の見た目は、どんどん綺麗になっている。過ごしやすくも、なっているんだろうな。これだけいろんな人種が集まるようになった。いまやどんな奴がいようと、おかしくない。だれも気にしない」

電圧が急激に増している。不穏な空気の動きを察知する野鳥のように、私は恐れおののく。

「思い当たることがある」

「……はい？」

唐橋の目が据わっている。ここからの言葉が大事だ、と伝えてくる。

隣のユキヤの表情を見ても分かった。今まででいちばん剣呑《けんのん》な目つき。殺し屋の目だ、と思った。この若い男は知っている。これから唐橋が何を言い出すかを。

「渋谷には、しばらく前から」

私は耳を疑った。

2

夕刻。俺は渋谷にいた。

覆面パトカーのレガシィＢ４を駆り、警視庁捜査一課を出た。仮眠室で、短いが深い仮眠を取られたので頭は割合にすっきりしている。車を発進させたとき明確な目的があったわけではない。だが自然に渋谷を目指していた。街のシンボルであるスクランブル交差点に乗り入れようとしたが直前で、通過するだけで無駄に時間がかかると思い直し、少し離れた場所に適当な駐車場を見つけて入れた。

そして交差点に向かって歩き出す。気づけば目が、人人人の波の中に見知った顔を探していた。岩沢さん……土沢。いないか。いない。見つかるはずがない。こんな街で偶然に会えるはずなんかない、だから電話しろ。

岩沢さん、晴山です、渋谷に来ています。合流したいんですが。そう言え。できるなら足ヶ瀬巡査に面会したかったし、彼が銃撃された場所にも行きたかった。遅ればせながら、現場検証はどうだったのだろう？　渋谷南署を訪ねて説明を聞きたい。

だが待て。もう少し渋谷を感じよう。鴻谷元警視監がしばしば訪れていたというこの街を。喉に刺さった骨より気持ちが悪かった。鴻谷は外国人と接触していた……何のために。そして殺された。なぜだ。

だが携帯機器に手が伸びなかった。俺はいま、一人でいたい。そう気づいた。それでなくとも濃密すぎる警視庁で、悲惨すぎる事件から抜け出してきたばかりだ。喋り疲れたし、深刻な顔をした人間の顔を見るのにも疲れた。

捜一を出るとき、平倉皆子を連れて出ようか一瞬迷ったが、やめた。警察開闢《かいびゃく》以来、最悪に空気がよどんでいるあの場に残してくるのは忍びなかったが、川内さんのそばに誰もいなくなるのも申し訳なかった。堪え忍ぶのが似合うあの二十七歳の巡査刑事は、一言の愚痴《ぐち》も俺に漏らさなかった。だが本当に心細そうな目をしていた。仮眠明けの目をこすり、俺はその視線に気づかないふりをして出てきた。今になって気が咎める。あとで電話してやろう。

駅の方からスクランブル交差点を渡ってきた、二メートル近くある白人の二人組とすれ違った。俺はじっと目を当ててしまう。

彼らは頬《ほお》を上気させ、辺りをぐるぐる見回していた。初来日なのか、噂《うわさ》に違《たが》わないこの交差点の混雑振りに興奮している。手にはカメラ。いい思い出になるのか、こんな場所が。

――蓑田は国際犯罪者と接触していた。これは言いがかりじゃない。事実だ。

――とびきり怪しい連中が日本に集結し出してる。マークしきれないほどの大勢、多岐にわたる国籍。なんのためか分かるか？

公安の区界浩の台詞が甦る。あの部のイメージに相応しい、クセの塊のような男。決して愉快《ゆかい》な男ではなく、奴が口にしたことが本当のことばかりとも思わないが、真に迫る台詞や表情が幾つも焼きついている。奴と喋った後にこの街に来ると、見かける外国人がみんな不審に見えた。

世界の人々は原発事故の報道にも慣れっこになってしまったのか。関東では起きていないから大丈夫だと思っているのか、東京に観光客が激増しているのは間違いない。犯罪発生率も、同じく。だが本当に、区界が言うほどの大物、得体の知れない者たちが続々と入国しているのか？　証拠や具体的なデータを見せられたわけじゃないから実感がない。

交差点に足を踏み入れたところで、内ポケットの携帯機器が震えた。確認して、胸が跳ね上がる。

画面の隅に〝C〟の旗が閃いている。

それは、赤く点滅していた。非常呼集。アジトに集まれ、という合図だった。俺は踵《きびす》を返して交差点から出る。後ろ髪を引かれながら、渋谷を離れるために駐車場に向かう。重かった足は、いつしか前へ前へと出ていた。秘密の仲間たちに訊きたいこと、言いたいことが次から次へと湧き出してくる。

一人でいる時間は終わりだ。

3

「渋谷には、しばらく前から」

唐橋弥一はゆっくりと、その単語を吐いた。

「神が棲《す》まう」

えっ、と小さく訊けたのみ。

この人は――神、と言ったのか？

あまりに思いがけなかった。

「それが、伝わったんだろう。ついに、世界の隅々にまでな。だから、求める連中が、続々集まってくるのは……儂には不思議でも何でもない」

私は唾《つば》を呑み、それから声を出す。

「……何をおっしゃっているんですか」

本音は、訊きたくなかった。聞かなかったことにしたかった。この大親分は正気を失っている。耄碌《もうろく》などしていない、そう思っていたのだが。

「皆、神を求めている」

実は深いところで病んでいる。正気に見えるほど深い狂気を蔵している。そう考えるしかなかった。いきなり神。信心狂いか？　だが、この歳ではそれも無理のないことか。ヤクザは心のバランスが常人とはまるで違う。よほど強いドラッグがなければ潰れる。賭博《とばく》や女、酒や覚醒剤への溺《おぼ》れ方も徹底的。サラリーマン以上のストレス社会だからだ。実は、それに匹敵するのが警察なのだが。

やはり同じ穴の狢《むじな》だ、そして伝説の大親分が塡まった心の闇はだれより深い……私の腕の肌が盛大に粟立《あわだ》っている。背中に冷や汗がだだ流れている、私は間違った場所に来てしまった……

「ふふふ。岩沢さんよ」

私の内心は完全に見透かされていた。

「お前さんが戸惑うのも、当然だ」

私は三度、唐橋弥一の表情を見直した。

その表情は淋《さび》しそうだった。理解されない、信じてもらえない悲哀。

唐橋の澄んだ表情には狂気が見えない。

「いったい、それは……」

話を聞くしかない。私は、腹を決めた。

「何の話ですか」

「だから、神の話だ」

渋谷の老ヤクザは繰り返した。

「神。でも、そんなものはいません」

返す自分が阿呆《あほう》に思える。

「いわゆる神様のことですか？　だったら、その……生きた人間じゃないでしょう」

ふふふ、と唐橋は笑う。

「だが、儂は、会ったことがあるんでな」

「会った？」

「まあ、会った、というよりは、見たと言った方がいいか」

唐橋は遠い目をした。

私はぐらつく。この老人が狂っていない、という確信が霧散《むさん》しそうだ。

「神は――地下の底にいた」

それ以上聞きたくなかった。何を聞いても意味がない気がした。

いや。聞くのを恐れている自分がいる。

「暗がりにな。だから顔は見ていない。儂は、見ないようにした」

唐橋ははっきりそう言った。

「本能だ。生きたければ、見ない方がいい。あのときの儂の判断は、正しかった。だからまだ生きている。お目こぼしを喰った。だが儂の代わりに、あの暗がりに頭を突っ込んで死んだ奴もいる。可哀想なことをしたよ。儂がたたらを踏んだせいで……臆病風に吹かれたせいで、命が惜しくなったせいで。ここでこうして、のんびり余生を送っていられる」

画《え》が浮かぶ。暗がりにいるだれか。

なぜだ、と思った。神はそこにいる——突如私は、肌で感じたのだった。六本木時代から感じていた、だれにも説明できない奇妙な予感と結びついた。包囲される、逃げ場がなくなる……弱い者から一人一人狙い撃ちにされる。何かが雪崩《なだれ》を打って崩壊に向かっている……警察官が次々に暗闇に呑まれ、ある者は命を失い……ある者は闇そのものとなる。

夜の夢でしか見ない悪夢が、いつからか脳の中に湧き出して巣くっている。私の中から、去って行かない。

それは理由なきことではなかった。本能が警告していたのか？

「儂は恵まれている。ヤクザのくせに、こんな歳まで長らえた」

まるでいまわの際のように、しみじみした言葉が続く。

「兄弟分は皆、とっくの昔にくたばった……文句なんか言ったらバチが当たる。畳《たたみ》の上で死ぬなんてのは、恥だと思っていたが」

「その神は、どこにいますか」

私は言っていた。

直後に後悔したが、私の中のだれかが勝手に行動を始めることはよくあった。自分で言うのも口幅《くちはば》ったいが、刑事の権化《ごんげ》みたいなヤツだ。こいつはいつも後先考えず動き出して、おかげで私は出世もできず嫌われ飛ばされ、それでも刑事を続けている。全く、損な話だ。こいつさえいなければもう少し楽な人生だった。

「会えますか」

おまけにそんなことまで言い出す。こいつは死を恐れない。

「渋谷に、いるんですよね」

なおも訊く。こいつは本当に私か？　死を恐れ、平穏を願う私とは真逆。いわゆる二重人格か。実は私は、どんなヤクザより病んでいるのか。

「おいおい。私の言うことを、聞いてなかったか」

唐橋は動揺も露わに私を見返す。

「聞いていました。私は、その神に会いたい」

「お前さん、死ぬ気か」

大親分の余裕は、保たなかった。笑みが溶け崩れ、血走った目と震える唇に取って代わる。

「儂の話を、聞いてたか？　長生きしたいなら、近寄らないことだ」

「しかし……その神を目指して、いろんな連中が集まってきているんでしょう？　見逃せません」

唐橋は話したことを後悔していた。静かに頭を振るその姿は、力無いただの老人。

「おかげで渋谷は物騒になった。訳の分からない奴らが集まって、裏で押し合いへし合いして、もしかしたらヤメ警まで巻き込んで、その結果……警察官が死んだんだとしたら」

私の口は、自分でも呆れるほど揺らぎがない。大親分を見据えて続ける。

「元警視監が死んだのも、巡査が撃たれたのも……その神に、関わりがあるとしたら」

唐橋は否定しない。

思った通りだった。つまり唐橋は、関わりがあると思っている。

「教えてください」

私は真っ正面から訊いた。なんの駆け引きも、遠慮も要らないと感じた。

「神の居場所を。すぐにでも行きたい」

雄々しい男。あるいは、無思慮で意固地な馬鹿者か。自分でもさっぱり分からないが、ここぞとばかりに突っ走っている。私の生存本能はときに綺麗に消滅する。今まで生きてこられたのはただの幸運だ。愚かだとは思うが、そんな自分が嫌いではなかった。

唐橋は動かない。電池の切れた古人形と化した。

「唐橋さん。あなたの街が、すっかり余所者《よそもの》に好きなようにされてる。それで平気なんですか」

私は滑《なめ》らかな挑発に移った。

「どんな連中が入り込んできても、闘ってきたんでしょう？　かつては、ヤクザと警察が手を組んで、庶民のために闘った。今だって同じだ」

言いながら自分で納得する。これは現代の〝渋谷事件〟だ。

「力を貸してください。正直、守るための庶民がどこにいるか、私にはよく分からない。でも今日日は……可哀想な子供たちが渋谷に集まってるんです。ご存じありませんか？」

唐橋よりユキヤが反応した。自分の歳に近い者たちが、夜っぴて街を徘徊していることを知っている。家に帰りたくない子供たちだらけだと知っている。

「彼らも危険にさらされています。私は、彼らが傷つくのが忍びない。実際、子供たちを守ろうとしていた巡査が撃たれました」

「行くなら一人で行け」

老人は匙《さじ》を投げた。

「儂はもう、これ以上寿命を縮めたくない。それでなくとも死にそうなんだ」

死に近い者の笑みは、枯れきって美しい。私は場違いに感動する。

「もちろんです。ご迷惑はかけません」

即答した。

「唐橋さんに、表に出てこいなんて言いません。行くのは私です」

「どうして、喋っちまったんだろうな。お前さんの顔を見てたら、つい、魔が差した……」

老人の笑みは苦しみに歪んだ。

「これで死ぬかも知れないのは、儂じゃない。お前さんだ」

「構いません」

私が言うと、老人はうつむいて目を閉じ、眉間《みけん》に力を入れた。

「二度は言わない」

この人の覚悟も定まった。

「儂がこれから言うことを、一字一句、頭に叩き込んでおけ」

揺るぎない声。

「神の名を初めて聞いたのは、そう……三年ほど前だ」

4

「千徳さん。まさかこんなことになるとは、思ってませんでした」

顔を見た途端、俺は振り絞るように言葉を吐いていた。

「刑事が、職場で死ぬなんて、あまりにも」

絶句する。表現できる言葉がどうしても見つからなかった。だがだれが表現できるだろう。同僚の前で自分に弾を撃ち込む、そんな死に様を。

赤羽《あかばね》の河原《かわら》で盟約を結んだメンバーが再び集まっている。時刻はあのときと同じ夕刻だが、俺たちはいま、夕暮れの闇に包まれているわけではない。

ここはアジト。集まるのは二度目だ。室内は、静かだった。完全防音設備で固めてあるらしい。何を喋っても安全だが、声を張らないと音が吸収されてしまう気がする。いや休息が足りなくて、体力がなくて声が出ないだけか？　仲間のはずの人間たちに、声を届けるのがどうしてこんなにしんどい。

「それだけじゃない。渋谷で、交番巡査も銃撃を受けました」

「命に別状はなかったようですね」

足ヶ瀬直助巡査を知っている上郷奈津実が言った。渋谷の公園で、姿を見ている。ただ話はしていないはず。

　みんなが一人がけのソファに座っている。参謀を任じている上郷だけが、立ってこの場にいた。俺は横目で睨む。こいつの発言にはいちいち苛立ってしまう。あまりにビジネスライクな物言いに感じられた。巡査が重い怪我でなかったのは幸運に過ぎない。

　そもそも、足ヶ瀬直助は書類に記載された事実じゃない、血の通った仲間だ。

「言うまでもなく、北森もそうです」

　上郷を無視して俺は言った。元婚約者の綾織に気を遣い、詳細は今さら口にしない。

「警察官が狙われている。あまりに死にすぎている。こんなこと」

　上郷と違い、千徳光宣《みつのぶ》長官官房首席監察官の表情は沈痛そのものだった。まるですべての責任を背負っているかのような眼差し。

「蓑田の父親も警察ＯＢだったそうですね」

　だが俺は自分の口を止められない。

「蓑田守彦さんを、私は直接知っている」

　千徳さんは逃げなかった。

「刑事課の現場に立ち、コツコツとホシを挙げ続けた。だれからも慕《した》われ、ついには城西署の署長にまでなった。退官されるその日まで、警察官の鑑だった」

「なぜ、その息子の、蓑田行夫だったんですか」

俺は問いをうまく形にできない。

「あいつは、なぜ、仲間を殺すことを命じられた。そんなことを強制できるなんて、どんな」

また絶句。だが千徳さんは察してくれる。

「蓑田行夫君は、警察閥に背くことができなかった」

弔辞のようなその調子。この人は苦しんでいる。

「父親の存在が、常に頭にあったのだろう。警察族のために働け、逆らうなという教えでも、あったものか……たしかに彼は真面目すぎた。忠実すぎた」

「蓑田さんは〝エス〟として、閥の者たちに情報を流していた」

上郷が口を挟む。

「そして、命じられるままに抹殺した。閥の敵を」

北森。

綾織美音が充血した目で上郷を、そして千徳さんを見つめた。女検視官の顔色はまるで良くなっていない。果たして仮眠は取れたのか。さすがに取ったとは思うが、目を閉じても深く眠るのは難しいのだろう。

俺は言葉もなく、こめかみを押さえた。蓑田の姿を思い浮かべる。彼の人間そのものを思い出す――やはり、苦悩していたに違いない。そう思った。その果てに命を絶ったのだとしたら、蓑田も犠牲者《ぎせい》なのだ。北森の命を奪ったことは許しがたいが、逆らえない命令だったとしたら。

俺は憎かった。警察閥を支配している連中が。命令を発した者が。

知りたかった。頂点にいるのが、どんな奴か。

だが捜査は禁じられている。刑事部に所属する人間は表だっては動けない。

「俺たちに、何ができるんですか」

こんな言葉は士気を下げる。

「あまりに重い。自分なんかに、何ができるのか」

こんな情けないことを言うべきじゃない。だが止まらない。

「それに……」

俺は千徳さんの顔色をうかがった。その目の奥を覗き込んだ。

そんな俺を上郷がじっと見ている。こっちの内心を見透かされている。

「私を、信じるに値するか。そう考えているんだろう」

完全に察していた。そして千徳さんは、思い惑うように目を伏せる。

その様子に、俺はどこか救われた気分だった。この人も人間だと思えた。

「信じろと言っても、君の心まで服従させることはできん。だから信じろとは言わない」

首席監察官はひどく繊細で、弱気にさえ見えた。

「だから私は、お願いするだけだ。警察の上官としてではなく、一人の人間として。不服従も、逆らうのも自由。秘密を口にさえしなければ、〝盟〟を抜けるのも自由だ」

何もかもをさらけ出した正直な顔。責める俺の方がつらくなった。

「そもそも見返りのない、危険な仕事だ。得られるものと言えば、良心を満足させることぐらいか」

「いや、それは……一番大事なことです」

言ってしまう。なぜ相手をフォローする？　馬鹿か。俺はお人好しすぎる。

綾織美音が妙に温かい眼差しで見ていた。俺はそれを見ないようにする。

「正義では飯も食えないし、命の保証もない。だが私にはこの道しかない。一人でも続けるよ。今までの罪の、贖《あがな》いのためにも」

千徳さんは目を細めて、揺るぎのない信念を明らかにした。

「警察庁長官と警視総監は一人ずつしかいないが、その下の警視監は、私も含め四十人近くいる。その誰もが同等の権限を持っている。そしてその中に、味方はほぼいない」

千徳さんは自らに不利な、非情な事実を淡々と口にした。

「まったくいない、わけではない？」

綾織が期待を込めて訊いた。

「うむ。ゼロとは言わない」

千徳さんは頷く。俺もにわかに、期待に胸が高鳴った。〝盟〟の陣頭指揮を密《ひそ》かに執っているこの人は、権力の頂点まであと少しだ。長官官房首席監察官は出世コースの王道。この人が警察庁長官に上り詰めることは夢ではない。そうすれば、警察の改革に乗り出すことも可能ではないか。

「だが、私や、本当にわずかな味方が、トップに上り詰められる保証などない」

千徳さんはあっさり冷水を浴びせてくる。

「警察庁長官に就任できたとして、任期は二年。その間にできることは限られている。何かを本気で改革しようとしても、閥勢力の決死の抵抗に遭うだろう。ＯＢたちは束になって圧力をかけ、トップをすげ替えようと画策する。大多数の警視監たちは数の論理で潰そうとする」

明るい見通しは一つもなかった。俺は眩暈と吐き気に襲われる。

この人は、本当に俺を引き留める気があるのか？

「結局は閥が勝つ。警察は何も変わらず、盤石の体勢の中で彼らは支配者であり続ける。そしてこの国を、自分たちに都合のいいように動かしてゆく。よほどのことがなくては、それを揺るがすことはできない」

甘いエサなど撒いてくれない。ただただ覚悟を促してくる。ひでえもんだ……俺は過呼吸になったまま、もはやうまく言葉も吐けない。

「首席監察官の権限を生かすことはできないんですか」

綾織は俺よりずっと冷静だった。やはり覚悟が違う。婚約者を奪われている。

「期待を裏切るようで悪いが」

だがやはり、千徳さんは気休めなど言わなかった。

「実のところ、私の立場は相当難しい。権力者に見えるかも知れないが、振舞いには細心の注意を要する」

「その通りです」

上郷が訳知り顔で余計な合いの手を入れる。

「私がもし、本気で悪徳警察官を取り締まり、警察の闇に切り込んだらどうなるか？　すぐ失脚だ。どこか地方管区の閑職にでも飛ばされる。もしくは、公安に逮捕されるか何か、するだろうね」

淡々とした語り口があまりにリアルだった。紛れもない真実を語っている。

「警察に牙を剝く監察官は要らない。警察は自浄能力があるように見せかけてはいるが、監察は本来の仕事をしてはならない。警察の警察、として真に機能したことは、かつてない。言うまでもないがね」

聞けば聞くほど力が抜ける。なのにこの人はまだ気が済まない。

「下の階級ならまだしも、同等の警察官僚を聴取したり、査問にかけることはできない。

権限という意味では、不可能ではないよ。だがそんなことを始めたら、警視監全員が申し合わせて私を引きずり下ろす。あるいは不祥事をでっち上げられ失脚させられる。あるいは、暗殺される」

最悪のシナリオ。凍りつく気分だというのに、上郷は更に詳細な解説を加えてくる。

「千徳さんにはもちろん、上の階級の人間を監察する権限もない。警視総監と警察庁長官を追及することはだれにもできません」

「外部はどうなんですか。警察を監視する……」

綾織が冷静に現状を把握しようとするが、千徳さんは頭を振った。

「検察にも、裁判所にも、頼りになる人間はいないと考えた方がいい。どんなに正義感に燃えた人間がいようと、警察が懐柔して取り込んでしまう。現役とOBとに拘わらず、警察族の影響力は絶大だ。だれも敵に回したくないんだ」

「そして、最高幹部を監察することは、国家公安委員会にしか行えない」

上郷が付け加えた。そうだ、と俺は若い女を振り返る。警察を監視する組織も存在するのだ。ただし。

「国家公安委員会が、実質的に機能した例を知りません」

綾織がすぐに絶望を漏らす。

「おっしゃるとおりです」

上郷が、優しいとさえ言える表情で言った。

「国家公安委員会は国務大臣を長とし、五人の委員で構成されますが、これほど形骸化した組織はない。そもそも委員を選ぶ基準がはっきりしない。委員は警察法に基づいて衆・参両議院の同意を得、内閣総理大臣が任命する、ということになっていますが、どれほど使命感と危機意識を持った人材が登用されているか？　実質は御用機関と言わざるを得ない。彼らの定期会合は、ただのセレモニーです」

これほどおおっぴらなお飾り組織は他にない、ということだ。絶望的だった。国の仕組みは全て警察に有利にできているのかと思うほどだ。千徳さんも身内の恥のように目を伏せる。

「委員長の国務大臣が、我々の味方であれば、また違うかも知れないがね」

「味方なんですか？」

期待を込めて訊いてしまう。だが千徳さんは痛々しく見える笑みとともに反問してきた。

「いまの国務大臣が誰か知っているか？」

知っている。そして改めて絶望した。

保身と日和見《ひよりみ》が身上の、現政権で最も汚いと言われる男。だれよりも黒い噂に彩られながら、追及をかいくぐり前政権から生き残った。旧体制からは裏切り者と呼ばれ、現政権からも鬼っ子のような扱いを受けている。あの苦み走った、というより皺《しわ》だらけの黒い顔を思い出して気分が悪くなった。「上司にしたくない男」「父親だったら嫌な男」のアンケートの一位に輝きそうだ。

磯鶏尚仁《いそどりなおひと》議員は、味方であることが最も嬉しくない男。そもそも、決して味方になるような人間ではない。

「だが政治家などもとより、明日をも知れぬ身だ。我々は常に綱渡りを強いられる。明日には後ろ盾がいなくなり、味方だった者たちが敵となるかも知れない。そういう世界に生きているのだ」

やっぱり俺たちは、長生きできそうにない。この盟約の中にいる限り。

「だから、革命は……警察内部の人間が、自分の手で成し遂げる以外にない」

それがわずかな可能性か。口で言うのは簡単だ。俺たちが夢見られる一縷《いちる》の望みは、蟻《あり》塚《づか》の蟻、一匹二匹の叛乱《はんらん》。やはり絶望的。

「千徳さん。警察庁や警視庁にも、その……」

さっきから綾織美音が訊きたそうにしていた。瞬時に分かった、綾織の訊きたいことを。そして、あたしは訊きたいのか本当に？　と思いが挫《くじ》ける心の動きまでをも。ならどうして訊くんだ？　俺の中の負け犬がどこまでも腐《くさ》す。

「裏金か？」

千徳さんはあっさり答えた。

「むろんある。あるどころではない、とてつもない額が、裏金庫に眠っている。むろん全国の警察から上納された金だ。何十年もかけて積み立てられている。全ては、国民の血税だよ」

沈黙が部屋を覆う。

自分たちは、桁違いの不正のすぐそばで生きている。見て見ぬふりをしながら、良心を宥めながら生きる以外にない。それを改めて思い知らされる。

「私はそれを知っている。ずいぶん前からね」

軽快、とさえ感じられる調子で、現職の警視監は続けた。

「警視長になる頃にはほぼ実情をつかんでいた。だが私は、内部告発をしなかった」

その声を遮るものは、外界から隔絶されたこの部屋にはなかった。

「裏金の存在を知らなければ、いや、使い方をわきまえていなければ、このポストに就くことはできない。私は、警察の罪を知りながら、ここまで上り詰めたのだ」

言い切った。

最も深い懺悔だと思った。俺たち下々の人間に、かけられる言葉などない。

「私は、警察に従順な、最も典型的な官僚に見えているはずだ」

自虐の笑みが痛々しすぎる。

「実際、そうやって生きてきた。言い逃れをするつもりはないよ。生きている限り警察閥の恩恵を受けたい。死ぬまで支配階級、搾取《さくしゅ》階級に属したい。そう望んでいるように、見えるはずだ」

そして、勇気ある質問をぶつけた綾織美音に正面から答える。

「警察が溜め込んでいるのは、全警察官に相当の額をばらまいても、まだ余るほどの莫大な額だよ。なんのために必要かって？　ＯＢのためだ。彼らを支えるためだ」

聞きたくなかった真実。まるでたかりだ。国民の体液を吸い続ける寄生虫。

「本当に尊敬すべきＯＢは、ごくわずか。閥を形成するヤメ警たちの団結の前に、沈黙させられている。ジャーナリストと組んで実態を公表しようとした、本物の警察官魂を持った人もいたが、巧妙に封殺されてきた」

「そう……なんですか」

聞かずとも予想がついた事実だが、千徳さんは更に詳《つまび》らかにする。

「うむ。地方の県警が、ずさんな裏金管理を暴かれなければ、全国の裏金工場は存続し、どこまでも金を生み出し続けただろう。勇気ある地方のマスコミの報道のお陰で、どうにか裏金の実態が一般市民の知るところとなったが、そのダメージは最小限に抑えられている。警視庁を始め、追及を巧みに逃れた県警がまだ多数派を占める。堕落したのは一部のみ、というイメージをどうにか保った。警察という、唯一国に公認された治安維持組織の威光は、強いよ。無邪気な信仰のようなものだ。ほとんどだれもが膝を屈する」

それは、現に警察という組織を構成する自分たちも同じだった。この組織を敵に回したらどうなる？　想像するだけで恐ろしい。裏切り者になる勇気のある者はいない。

「みんなも肌で知っているだろう。裏金作りの態勢は、根絶とは程遠い。ただし、おおっぴらにはやれなくなった分、裏金庫に積まれる額は減っている。閥を支配する連中は危機感を覚えている――これでは足りなくなる」

足りない？　いや、本音はもっと欲しい、あればあるほどいい、だろう。なんと恐ろしい連中なのか。

「盤石の態勢を維持せねばならない。全ては警察族のため。そう信じ、ますます巧妙に、ますます手段を選ばず、裏で暗躍している者たちがいる。我々はそれに迫る」

「俺たちだけですか？　メンバーは、これだけ？」

俺には無理です。もっと他に頼りになる人を！　本当はそう言ってこの場を逃げ出したかった。

「頼りになる仲間を、もっと増やせばいい。捜一には信じられる人もいます。柏木さんや川内さんは信じていい」

「ほとんどが敵だと思わなくちゃ駄目だと思います」

上郷がすかさず異を唱える。その瞬間、噴き上がってきたのは怒りではなく悲しさだった。横で、俺と上郷を交互に見る綾織の潤んだような瞳もそれに拍車をかけた。

ほとんどが敵。若い娘にこんなことを言わせるとは、なんと業《ごう》の深い組織だ。仲間を疑わないと自分の命も守れないなんて。

「お前は、あの人たちとつきあったことがないから……」

かろうじて言ったが、すぐ途切れる。俺自身がどこかで疑いを持っているからだった。苦しい……せめて川内さんにだけでも打ち明けたい。あの人さえ知ってくれたら心が軽くなる。あの人ならこういう秘密の活動も認めてくれる。もし、あの人自身に後ろ暗い思いがあるとしても、俺たちを応援してくれるんじゃないか。そんな期待をしてしまう。

「駄目か？　どうしても、この〝盟〟のことを話しては、いけないのか……」

「あたしだって洞泉《どうせん》課長に話してない」

綾織が顔を伏せた。いくら気丈な女でも、感情のコントロールが無理な域に来ていた。

「ぶちまけたくなることもあるけど……絶対に信頼していい人なんて、いない。あたしもそう思う」

「だが」

「駄目ですよ晴山さん。これは確率の問題」

上郷がことさらに冷たい声で言う。

「信頼度だけの問題ではないんです。クランのことを知っている人間が増えれば増えるほど秘密漏洩《ろうえい》の危険は高まる。たとえば、川内係長が敵に捕まって、拷問されたら？」

平気でろくでもない可能性を挙げた。そんなことはあり得ないと言い返すのは簡単だが、それでは自分に嘘をつくことになる。いまや起こりえない事態は何一つない。

俺は上郷奈津実を睨むしかできなかった。こいつには人の血が流れていないのか、と思う一方で、この密盟の参謀役として頼もしいとも思う。これほどの冷徹さ。ブレない軸。下手な情など判断力を曇らせるだけ。警察にどっぷり浸かってきて、しがらみに囚《とら》われた俺たちにはできないことが、外から来たこの娘にはできる。

「だが、俺たち同士はどうなんだ？」

言ってしまう。組織の悪にうんざりした者同士。共通点はそれだけで、信頼できるという保証がどこにある。

「誰か裏切り者が混じっているなら、我々はとうに生きていない。破滅しているよ」

千徳さんは穏やかに言った。

「そんな人間には初めから声をかけていないつもりだ。もちろん、絶対などないが。これから裏切る人間もいるかも知れない」

達観の極みだと思った。そして、肩にずしりと重みを感じる。

この人は俺たちに命を預けている。

「警察族の力は果てしない。閥を支配する者たちは、その頂点にいる者は、我々の存在を知れば首根っこをつかんで自分の側に寝返らせようとするだろう」

彼らにとっては造作ない。金、名誉、脅し。あらゆる手段がある。

「いや……それならば慈悲《じひ》深いな」

命の保証もない。そう言いかけて、千徳さんは笑みを見せた。

「油断しないでくれよ。私だって餌食《えじき》になるかも知れない。やはり命が惜しい、と相手に寝返るかも」

「千徳さんが寝返ったら、俺たちなんかどうなるんですか」

俺は泣きそうな声で言ってしまった。

「ジョークも分からないんですね」

上郷が言った。また俺を馬鹿にした目をしていると思いきや、思いがけず真剣な顔だった。

「晴山さん。少数精鋭でないとできないことがあるんです」

いつになく優しい口調。こいつは、俺をケアしているつもりだと思った。カウンセラー役も任じているのか。

「少数精鋭？　俺も入ってるのか？」

「いずれ分かります」

自虐には取り合ってくれない。

「もちろん、警察内に味方は多い方がいい。でも、秘密活動をする仲間としてでなく、違う形で力を借りなくてはなりません。クランのことは絶対に伏せておいてください」

「つらいな……」

俺は頭を掻きむしる。

「正義を行うのは容易《ようい》ではありません」

小娘は真顔で言い切った。

「我々の忍従も苦痛も、すべての警察官のため。そう信じてください。使命感さえあれば耐えられる。我々はだれよりも困難な任務に就いているのです」

内心驚いた。この娘も実は熱いものを内に秘めている。

「時々、後悔しないと言ったら嘘になるよ」

千徳さん。この人間味だ。どうしようもなく優しい、壊れそうな笑みが狡《ずる》いと思ったし、この人を裏切れない理由だった。

「こんなに報われない仕事も珍しい。だが、こんなにやるべき仕事もない、とも思うのだよ。こうやって、みんなを集める役割を果たしてはいる。自分に務まる資格があるかどうかも知らないが、今は私がやるしかない」

お願いします、と言って俺は頭を下げた。この人だからついていける。それは本当だ。

綾織の顔を見ても、俺と全く同じ気持ちのようだった。

だがいつかは打ち明ける。俺はそう誓った。捜一の仲間に背を向けたまま警察を去りたくない。本物の警察官と信じている人には、全てを明かしたい。いつか必ず。俺にとって、川内さんはその筆頭だった。

そしてもう一人の面影が頭を過《よぎ》る。

「岩沢さんは？」

俺は口に出した。

「あの人は、出世する気がない。警察の闇をよく知ってるからだと思います。それでいて、達観しながら刑事を続けてる。自分の仕事を黙々と。あの人だったら」

「この前も言ったが、彼のことは、ずっと見ている」

千徳さんは穏やかに応じた。

上郷も何も言わないところを見ると、手応えありだ。俺は勢いづく。

「鴻谷氏の件をお願いしてあります。渋谷南署もおおっぴらには動けないが、岩沢さんは気にせず動いてる。あとで処分されるかも知れないのに。自分で見つけたホトケさんについて、黙ってるつもりはないとさ！」

綾織の目にも生気が戻った気がして、嬉しくなって俺は言い募る。

「撃たれた足ヶ瀬巡査も真っ先に見つけて、病院に運んでくれたんだ。そっちの線も含めて、足で捜査してくれてる」

「有り難いわね」

綾織が素直な感謝を表に出す。南平三丁目公園の現場検証の時に会っているから、岩沢さんの人となりは理解している。信頼できる所轄刑事だと分かっただろう。俺は心から頷いた。あの人がこの件に関わってくれていることで、どれだけ助けられているか。

「部下の土沢をつけてある。岩沢さんなら、いろんな手で真相に迫ってくれると思う」

「千徳さん。鴻谷貴男《たかお》氏の、現役時代のことを教えていただけますか」

綾織が訊いた。自らが検視した男のことを。いまや検視官の枠を越え、警察官として事件の全体像を考えている。この女も、真実を知るためならどんなことでもするつもりだ。

「鴻谷さんは、決して上に逆らったことはない」

千徳さんが言い、俺は身を乗り出す。キャリア同士として現役時代の鴻谷氏の素顔をよく知っているのだ。

「だが、汚いことに手を染めた形跡もない」

「本当ですか？」

思わず訊くと、千徳さんは乾いた笑みを浮かべた。

「極端に汚いことには、という意味だ。警察の裏側はよく知っていた。むろん、裏金の維持にも貢献していた。不祥事が起これば隠蔽に力を尽くした。だが、他のキャリアに比べれば、目に余るほどの振舞いはない。表でも裏でも」

「ということは……」

どう考えたらいい。千徳さんは更に俺たちを困惑させた。

「彼には、警察の体質を嘆いていた節さえあった」

「そう……ですか」

「そういう意味では、人間味のある人だったよ。出世に血道《ちみち》を上げることはなく、ただ、与えられたポストで真面目に職務をこなしていた。だから、彼が警視総監や、警察庁長官になると思っている者はだれもいなかった」

「わりと好感の持てる人だったというのは、分かりましたが……」

俺の言いたいことを、綾織がうまく要約してくれた。

「結局は天下《あまくだ》りしている。閥の力を活用している」

「そうしないと、逆に閥から睨まれるからでは？」

上郷が指摘する。確かにもっともだ。

「斡旋を断れば角が立つ。天下りを辞退する警察官僚は逆にマークされる。せっかくの厚遇を無にするとは何様だ。そう思われて、不利な立場に追い込まれる恐れがある」

「なるほどね」

綾織が頷く。全く因果な話だ。警察族は死ぬまで警察族であり、縛りから逃れられない。縁を切ることはヤクザ者から足を洗うよりよほど難しい。これほど業の深い組織が他にあるか？　知っていたら警察の門などくぐらなかったのに。

「もしかすると彼は、自らの過去を悔いていたのかもしれない」

千徳さんの目には遠い追想がある。現役時代の記憶の断片が舞っている。

「退官してホッとしたところに、新たな闇に直面したとしたら。もし、自分の新しい仕事までが、汚い仕事だったとしたら」

「関東中央警備の顧問の仕事が、ですか？」

千徳さんは小さく頷いたが、目はじっと宙を睨んでいる。考えている。

「実態は分かりません。本来なら顧問など、そう多くの仕事はないはずですが」

上郷が間を埋める。

「ＫＣＫが天下りの警察官僚をこき使うはずがない。あそこは、お偉いさんの保養先みたいなところだろ？」

俺は言い切った。辛辣《しんらつ》かも知れないが、それが実態のはずだ。

「でも、経営に密《みつ》に関わって、業績を伸ばした人もいます」

上郷が俺の意見を覆した。いちいち癪《しゃく》に障《さわ》る。

「その筆頭は、槍田芳太郎《やりだよしたろう》氏」

上郷の挙げた名前に、千徳さんがわずかに動揺を見せた。

なに、と俺は声を上げる。綾織も目を見張っている。警視庁の人間ならだれでも耳にしたことのある名前だ。ほんの数年前まで……

「槍田氏は、警備部長でした。階級は、鴻谷氏と同じ警視監」

「だが、定年前に辞職してＫＣＫに移った」

千徳さんが低く言い、俺は唸った。

「そうか……」

綾織もますます顔色が悪くなっている。すぐにでも寝かせた方がいい、いつ貧血で倒れてもおかしくないように見える。横目で見守りながら俺は言った。

「警備会社に、元警備部長だからな！　そりゃ箔が付くよな。だが、定年前に移るとは」

「だからこそ転職と言い抜けできる。天下りという誹《そし》りも、定年組よりは和らぐ」

上郷が鋭く指摘する。

「いまは専務です。経営の手腕も見事で、次々事業を拡大してる」

「てことは、鴻谷氏みたいなお飾りとは違う、ヘッドハントか」

俺の言葉に千徳さんは眉をひそめ、内心の複雑な思いを垣間《かいま》見せた。もしやこの人は、以前は槍田氏と親しかったのかも知れない。

「相当な年俸を提示されたのかも知れません。いずれにしてもいま、警察官僚の給与を遥《はる》かに上回る収入があるに違いありません」

上郷は淡々と説明を加える。

「鴻谷氏も、実務では貢献できなくとも、いるだけで会社の利益です。社会的信頼が増すんですから。そして顧問であれば、会社の活動を詳しく知る権限がある」

俺の頭に、幾つもの黒い噂が浮かんだ。あれは六原登志郎の記事で読んだのだったか。警察との癒着《ゆちゃく》はむろんのこと、政界、経済界との太いパイプ。隠蔽されている不正や不祥事の実態までが列挙されていた。

「関東中央警備の仕事は、多岐にわたる。傘下《さんか》の子会社がたくさんある」

千徳さんの言葉を受けて上郷が解説する。

「日本全国、いろんな分野の警備業を請け負っています。たとえば、世界中に支社を持つ有名商社の警備を一手に担う、パシフィック警備保障もその一つ。どこの商社の警備担当か、分かりますか」

「篠塚《しのづか》商事か！」

答えた後に悔しくなる。なんと簡単なクイズだ。上郷はむろん、こんな余興では満足しない。難易度を上げてくる。

「財閥系の企業グループ。自動車工業系、電機メーカー等、様々な大企業もそれぞれに、KCK傘下の警備会社と契約しています。どこも、業種に応じた警備のスペシャリストが必要だという名目で。極端なところで言うと、核燃料の再処理施設の警備に特化した会社まであります」

利権の臭いがぷんぷんした。委託先を選定する基準は企業秘密。だが裏では、天下りした官僚同士の癒着があるに決まっていた。

「鉄道会社や空港など、交通機関の警備を専門とする子会社もあります。国際空港では、手荷物検査まで受託している会社も」

「そんなことまで……」

意外だった。そんな重要な業務は航空会社が共同で行っていると思っていたが、警備のプロが外部から入っているのか。

嫌な感じがする。俺はまた、六原の記事の内容をなんとなく思い出した。

「まさか……密輸の手助けなんかを？」

明らかに不用意な、人の耳がある場所ではアウトな発言だった。だが綾織が、俺の貧しい言葉に肉付けしてくれる。

「麻薬とか、違法なものでも、パスするように細工できるってこと？」

すると上郷は表情も変えずに頷いた。

「可能性としては、です。確たる証拠は上がっていませんが。なお、ここの社長や監査役も、元警察官僚です」

千徳さんがまた目を伏せる。関東中央警備傘下の警備会社にいるヤメ警たちが、日本と外国の水際を暗躍し、組織犯罪に手を染めている——そんな疑いが、根拠のないことではない。そう認めるかのように。

「では、鴻谷氏は……たとえば」

俺の舌が縛られたように動かないのを見て、綾織が接《つ》ぎ穂《ほ》を継いでくれた。

「自分のいる会社を告発しようとしていた？」

だから殺された。

いや、これは全て推論に過ぎない。全員が分かっていた。だが、全員の顔色が悪い。

千徳さんは肯定《こうてい》も否定もしなかった。

「我々に、できることをしよう」

ただ静かに言った。俺たちにできること——秘密裏の捜査。

暗躍している者たちとの、対決。その宣言だった。

「計画を立てました。一連の警察官殺害、殺害未遂の首謀者に迫るための方策について説明します」

有能な参謀、上郷奈津実が改まって声を張る。

「まず神奈川県警は、蓑田巡査部長と同罪。六本木から運ばれてきた北森さんの遺体を自殺として処理した。すべてを知っていて隠蔽に協力した可能性が高い。もしかすると、死体遺棄幇助《ほうじょ》さえしたかも知れない。綾織さん、捜査を担当したのは？」

「刑事部の俵《たわら》警部補」

綾織は答えた。

「あたしは何度も電話して、直接問いただした。正式に、調書の開示要求も出した。でも俵は、上長の捜査一課長、谷山《たにやま》警視正ぐるみで、北森の死を自殺と決めつけて早々に捜査を打ち切った。絶対に許せない」

怨念が、眼底から光を発しているように見えた。

「綾織さん。今一度、俵に当たりましょう」

上郷が言い、綾織は目を瞠《みは》る。

「俵を落とすんです。あたしたち二人で」

「二人で？　本気か？」

俺は揶揄《やゆ》するように言ってしまう。女科学捜査官だけでどうする。取り調べの経験もないこの二人が、厄介な犯罪者と渡り合ってきた海千山千の刑事をどうやって攻略するのか。

「俺も行く。男がいた方が相手もビビる。同じ刑事部の刑事だしな」

当然の申し出をしたつもりだった。

「いえ。私たちだけの方がいい」

だが上郷はあっさり俺を袖《そで》にした。

「男同士だと、角突き合わせたケンカになりがちです。生産的な結果は生まれない。来るのが女だけなら、相手も油断します。それにこれは――綾織さんの戦いなんです。あなたが前面に出たら、ブレる」

「なんだと？」

馬鹿にしやがって。だがこいつの言うことも、分からないではない。

北森の弔《とむら》い合戦。ホシをだれより捕らえたいのがだれかは、言うまでもない。

「晴山さんは、蓑田巡査部長の鑑捜査をお願いします」

上郷はあくまで理詰めで押す。

「餅《もち》は餅屋。蓑田刑事の人脈を探ることは私たちより、同じ部署の晴山さんの方がふさわしい」

「公安は、俺の捜査を許さないがな！」

冗談めかして訴えた。そして、遅ればせながら報告する。主に千徳さんに向かって。

「公安はあからさまに、隠蔽に動いています。事実を突き止めた上で、闇に葬るつもりのようです」

「公安と話したの？」

綾織は意外そうな顔だ。

「ああ。というより、部屋に閉じ込められて、一方的に話をねじ込んできた。外事第三課の区界という男が相当のくせ者で、あることないこと並べ立ててきた。なんで外事課が出て来るかと思ったら、蓑田が不審な外国人とつながってたとか、東京にどんどん国際犯罪者が入り込んでるとか、突拍子もない話ばかりだ。挙げ句に、取引を持ちかけてきた」

「取引？　どうして」

早く言わないの？　綾織の不満顔ももっともだ。だが話すべきことが多すぎたのだ。

「刑事部にも、公安部にも、上層部のエスがいて情報を吸い上げてる。慎重に突き止めろ」

区界の台詞を甦らせて口に出している間、この場の全員が俺の顔に釘付けになった。

「裏金を管理してる金庫番を特定して、差し出せ……そう、奴は言った」

言いながら、改めて実感した。区界は尋常ならざることを口にした。

「そんなの罠。引っかからないで」

綾織が吐き捨てる。

「そうだな。俺もそう思う」

頷いた。今更だが、そうに違いないと思えた。話を持ちかけられたときは混乱していて正しい判断ができなかったが、ハムなんかの言うことを信用する方が馬鹿なのだ。

「あいつは……上層部も一枚岩じゃないと言ってた。おれを信用しろとは言わない、ただ生き残りたいだけだ、ともな。真の敵を特定して弱みを握っておく。でないと、いつ背中から刺されるか分からんから……北森の二の舞には、なりたくないと」

俺は口を慎む。そして内心の揺れを押さえつけて、綾織に向かって断言した。

「奴は公安のはみ出し者かと思ったが、危ねえ。奴に魂胆がねえはずねえな。俺を騙しにかかった……上からの直接の指令か」

自分で言いながら凍りつく。

「うまいこと丸め込まれて、誘い出されて、俺も殺されるか。コップキラーで」

「足ヶ瀬巡査を撃った弾はまだ見つかっていない」

上郷は最新情報を仕入れていた。

「臨場した鑑識から、直接聞いたのか？」

「はい。まだ捜索中ですが。ＫＷＴ弾でないとしたら、いままでの銃撃とは関わりがないかも知れません」

「公安には本当に気をつけて」

綾織が俺に詰め寄った。鬼気迫る表情だ、このアレルギー反応は普通ではない。

「玉塚の悪名高さは知ってるでしょう。こっちをどんな罠にかける気か分からない」

「公安と絡んだことが？」

訊くと、綾織は頷いた。千徳さんの方も見ながら説明する。

「極秘裏に、公安の協力依頼に応じたことがあります。外国の大使館での不審死事件で二度。新宿の高級ホテルのスイートに、複数の他殺死体が放置された現場にも呼ばれた。どれも表沙汰になっていない」

「身元は？」

「分からない。情報は一切与えられなかったから。そして口止めされた」

「玉塚部長にか」

「もちろん」

「鑑識課の職人芸が必要だったんだろうね」

千徳さんが頷きながら言う。

「公安部だけでは対処できなかった。もちろん青田刑事部長と、洞泉鑑識課長に話を通したのだろうが。青田部長は、捜一の現場には一切知らせていない。捜一の刑事が邪魔だった。それだけデリケートな状況だった」

「国外の政府から、官邸《かんてい》を通して要請があったんでしょう」

上郷が断言する。

「だからおおっぴらにできなかった」

「東京でスパイ戦争でもやってたのか？」

茶々を入れたつもりが、綾織が厳しい表情で頷いた。

「そう。被害者は全て外国人。ほとんどが白人だった」

俺は力が抜ける。クソ迷惑。人んちの庭で殺し合いなんかしやがって。

「いつの話だ？」

「去年の夏から秋にかけて」

なるほど、と思った。この女はこういう形でも、警察の闇を見てきた。葛藤を抱えつつも上からの指令に従ってきたのだ。

「でもあたしは、我慢できなかった。北森に伝えた」

突然の告白だった。

「北森は考え込んでた。もし、あたしのもたらした情報が、北森の寿命を縮めたんだとしたら……」

言葉は途切れる。聞く必要はない、と思った。なぜこの女が出鱈目な検視所見の山を出すほど捨て鉢《ばち》になったのか、なおさら納得がいった。

「日本は、エージェントが潜伏するのには格好の国ですから」

上郷が皮肉な笑みで言う。綾織への気遣いでもあるのだろう。

「水際の監視が緩い上に、東京には常に大勢の外国人が出入りしているので紛れやすい。*Meeting Place*、待ち合わせ場所と呼ばれたりします」

「不審な連中が増えてるってのは、そういうことか？」

「いいえ。各国のエージェントにとって便利なのは、今に始まったことではない。東京に国際犯罪の容疑者が増えているのは、別の理由でしょう」

「どんな理由だ」

上郷は答えない。首を傾げるだけ。

――とびきり怪しい連中が日本に集結し出してる。札付きのワルたちも、続々だ。

思い出したくない顔が浮かぶ。

――なんのために日本に来るか、分かるか？　会いに来てるんだよ。

区界の台詞など口にする気がしない。奴のことを上層部の走狗《そうく》と決めつけたせいもあったが、そもそも与太話すぎる。〝神〟だのなんだのというのは、世迷《よまい》い言《ごと》。公安の奴ら特有のパラノイアに違いなかった。あいつらはみんな病気だ……ただし。

「公安のつかんでる情報を握れたら……」

俺は言いながら、思わず千徳さんの顔を確かめる。この人と公安は、どんな関係なのか。陰険極まりない秘密部隊と、監察の親玉だ。仕事がかぶることもあるだろう。だが、お互いの間に信頼や協力はなさそうに思える。セクト主義は大概、お互いの足を引っ張る形で作用する。時には主導権争いで正面からぶつかり合う。捜査対象がかぶる場合は分かりやすく〝敵〟になる。それを喜び、煽るのは常に支配階級。素知らぬ顔で競わせて成果だけを吸い上げる。

「彼らを恐れすぎることはない」

千徳さんは答えてくれた。

「我々の動きに感づかれたら厄介だが、だからといって萎縮《いしゅく》することもない。いざとなれば、私も公安部に働きかける」

まう。

「知っている者が何人かいる。もちろん万能ではないので、買い被らないでもらいたいが」

「可能なんですか？」

詳しく訊くことは遠慮した。だが公安の中枢《ちゅうすう》に昵懇《じっこん》の人間がいるようだ。期待してし

「晴山さん。あなたは公安が妨害したからって、引っ込むタマですか？」

上郷奈津実があからさまに挑発してきた。

「煽るなよ」

俺は歯を剝き出しにして見せる。

「言われなくても、おとなしくしちゃいない。奴らに脅されたって、俺はやりたいようにやる。仲間が目の前で死んだんだ！」

そして、俺なりの方策を打ち出した。

「蓑田の周辺を徹底的に洗う。警視庁内のだれとつながってたか。蓑田の父親の人脈から探るのが近道だと思う。そこから、蓑田が世話になって、裏切れなかった人間がだれか……きっと見えてくる」

「よし。全員のやるべきことが定まったな」

千徳さんが晴れやかな顔になった。

「晴山君は蓑田の件。綾織君と上郷君は、神奈川県警の俵に。では私は――ＦＩＵの四倉《しくら》に直接当たる」

「千徳さん？」

綾織がポカンとした顔で首席監察官を見つめた。

「みんなが対決に臨むのに、私だけ高みの見物というわけにはいかないさ。腕が鳴るよ」

「召喚するんですか？　四倉警視長を」

上郷が鋭く訊く。

「そうだ。私の権限をフルに使うときだ」

上郷はつかつかと千徳さんに歩み寄った。目の前で訴える。

「私が探るつもりでした。まだ手をつけられていませんでしたが」

この娘は本気で悔やんでいる。

「千徳さん。どうか任せてください！」

「いや。私が当たった方が早い」

「でも、お一人では心配です……」

「大丈夫だ。こう見えても、尋問や心理ゲームは得意だ。君も知ってるだろう」

実の孫娘のように、上郷を温かい顔で見上げる。上郷の細い肩は震えていた。この娘も本気で人の心配をする。決してマシンではない。そう思って見れば、いとおしさを感じないこともなかった。

「首席監察官室に呼ぶんですね？」

「ああ。私のホームだ」

「と言っても、ボディーチェックはしてください」

千徳さんはにっこりする。

「彼が武器を持って乗り込んでくる？　まさか」

「どんなこともあり得ます。いまは非常時です」

「……分かったよ。警備部から人を呼んで、ガードを頼もうか」

「それだけでは足りない」

上郷は今度は、部屋の中をぶらぶら歩き出した。顎に手を当てて考える。

「――バックアッパーを立てましょう。二つの作戦を同時進行で。司令塔は、この人に任せます」

上郷の手が、ぱたっと俺の肩を叩いた。

「はぁ？」

我ながら、間抜けの親玉みたいな顔をしてしまったと思う。

「し、司令塔って何だ？」

「重責ですよ。失敗は許しません」

冷徹な指揮官のような声。綾織がきらきらと興奮した目の光を向けてくる。

「よろしい。作戦決行は本日。この夜のうちに成果を出す」

千徳さんが宣言した。

第五章　雎雄《しゆう》

1

『DNA鑑定の結果は明らかです』

ヘッドセットに慣れないうちに始まってしまった。

『北森警部補は、六本木で殺された。それを自殺と処理したあなた方の意図は？』

最新式の極小ヘッドセットだと聞かされた。確かに外から見ても目立たない。左と右、二つのイヤホンがあるが、つないでいるのは細くて透明な強化プラスチックであり、マイクも短くて目立たない。だが発声者の声はしっかり拾うそうだ。これなら第三者が見ても、遠隔地の人間と喋っているとは分かりづらいだろう。

俺たち専用の回線。ふだん携帯機器で使っているそれをヘッドセットに飛ばしている形だ。音質は恐ろしくいい。だが俺の付け方がおかしいのか、耳の穴が痛い。張り込みをするときや、チームで交代しながら尾行するときに使うイヤホンには慣れているが、上郷が俺に与えた機材は高価で高性能すぎる気がする。おかげで臨場感はたっぷりだが。音が立体的に聞こえるし、現場の小さな音までしっかり拾ってくれそうだ。相手の息遣いさえ。回線の先にいる上郷奈津実もさぞ高性能のマイクを使っているに違いない。お陰で俺は、みんなが去ったアジトに一人残り、ゆったりソファに座りながら女たちの闘いに耳を傾けていられるのだった。

二人の女科学捜査官が向かったのは川崎のシティホテルの一室。すでに午後九時半を過ぎている。万全を期してわざわざ予約を取った。

『私は……信じません。あなた方の言うことを』

これが俵和也《かずや》。神奈川県警察本部刑事部捜査第一課の警部補は、俺と同年代のはずだ。出る前に上郷に写真を見せられたので顔は分かる。丸顔。目が小さくて地味。善良そうに見えた。だがこの声を聞く限り、親しみは持てない。

『警視庁が……それを公表する予定が、あるんですか』

不気味な印象だった。口調こそ丁寧だが、抑揚がまったくない。

『県境を越えた特別捜査本部を立てて、合同捜査すればいいのに。そんな様子はないですね』

女たちが黙る。俺は歯噛みした。足許《あしもと》を見やがって……上層部が動かないことを知っている。隠蔽こそが警察の意向。そう高を括って安心している。だから要請に応じて、聞き取りに応じた。この男は身の安全を信じ切っている。

『偽証罪であなたを訴追します』

綾織美音が負けまいと宣言した。

『あなたは意図的に捜査結果をねじ曲げ、犯罪の隠蔽に荷担した』

『できるものなら、どうぞ』

俵はまるで平気だった。

『私は、職務を果たしたまでですので』

言葉が最小限なのは、盗聴・録音を警戒しているに違いない。聞いている限りでは旗色が悪かった。だが、言われっぱなしになっている女たちではない。

『あなた個人の罪は、訴追できます』

上郷奈津美の出番だった。

『俵警部補。勤務中のあなたは、神奈川県警の意向に沿った動きしかしていないので安心かも知れない。でもあなたは今年の三月二十一日、勤務時間外に渋谷に赴いていますね』

今度は俵が黙る番だった。さあ、面白いことになってきた。俺はワイシャツの腕をまくる。あのビッグデータの使い手はしっかり弾を用意してきた。

それにしても——と俺は思う。こいつもいつも渋谷か。

『そして郊外を徘徊している。何をやっていたんですか？　時間外勤務？　警視庁の管轄で、警視庁に断りもなく何を？』

答えがない。痺れを切らした綾織が、上郷に訊いた。

『この人は何をやってたの？』

『外国籍と思われる男と接触しています』

上郷は断言した。ふう、と俺は思わず息を吐く。

『しばらくの間、路上で頭を寄せて立ち話をしています。俵警部補、これは職務質問ですか？　違いますね。この映像を見てください』

上郷が畳みかける。俺はヘッドセットに手を当てて唾を飲み込んだ。残念ながらこれは急造の中継網なので、音声のみ。上郷が現地でパソコンを使って上映しているであろう映像までは見ることができない。

『何か物品のやりとりをしている』

上郷の断言。凄《すげ》え、と口の中で唸った。あのＦＢＩ仕込みの帰国子女捜査官は、勝てないケンカは初めからしない。勝利至上主義ゆえ、徒手空拳で挑むことがない。勝率さえ事前に細かく弾《はじ》き出しているのだろう。そういう女だ。

プライベートではそんな女はたまらない。だが戦場では頼りになる。

『俵和也警部補。リサーチ不足ですね。この区域にも防犯カメラが設置されていることをご存じなかった。あなたは死角を突いたつもりだったかも知れませんが、某店舗の出入り口にあるドームカメラが、あなたの姿を捉えていました』

『鮮明じゃないな』

俵が初めて反論した。

『これはオレじゃない』

『言い抜けするつもりですか。すでに歩容鑑定システムで分析済みですが』

スマッシュを打ち込む。俺は痛快さを感じながら、同時に怖さを抑えられない。

六本木の映像を見たときと同じだ。捉えられた蓑田の姿は長期保存のデータの中に残っていた。しかも上郷は、警視庁所属の現場捜査員たちの歩容データサンプルと照合して蓑田だと特定した。だが今回は、相手は警視庁の人間ではない。神奈川県警の刑事のデータまで手に入れて分析にかけたのか？

まだ二十代半ば、たかが巡査部長の身分で、これほどの権限はどこから与えられている。警察庁から特命でも下っているのか。捜査支援分析センターなら直轄組織だからあり得ないことではない。だが、上郷が独走すれば警察の闇にぶち当たる。それでは自爆だ。そんなことを上層部が許すはずがない。

千徳さんが自分の権限において特権を付与しているとも考えられる。だとしたら危険だ。露呈して上に咎められれば無事では済まない。上郷は、千徳さんに累が及ばないように繋《つな》がりを隠しているはず。

となると答えは一つ。上郷が独断でやっている。好き放題をやって危ない橋を渡っているのだ。最新技術に通暁《つうぎょう》し、おそらくは優れたハッカーでもあるこの娘は、タブーなしにあらゆるデータベースから情報を盗み出している。

　むろん合法ではない。だから本来、そんなものは証拠として使えない。だがオフレコの次元では強い効力がある。有《あ》り体《てい》に言えば脅しのネタだ。

『これには証拠能力がない。そうおっしゃいますか？　構いません。ではこれをだれに届けるか。あなたが選んでください』

　あくまで日常的なトーンで、最後通告が突きつけられた。

『婚約者の渡辺《わたなべ》美咲《みさき》さん。あるいは、そのご両親』

　俵が唖然としているのが目に見えるようだった。訴追のためではない、知られたくない秘密を誰かに知らせるだけ。最も知られたくない誰かに。俺はただ痺れた。上郷は陰険さで相手を上回っている。

『あなたのお父様の、昭三《しょうぞう》さんでも構いません。それとも新聞や週刊誌のほうがいいですか？』

　しかも「あなたの上司」が選択肢に入っていないことが賢明だった。署員の覚醒剤使用を隠蔽しまくった過去のある神奈川県警を、端《はな》から信頼していない。それより家族とマスコミに知らせる。これほど効果的な脅しがあるか。

『やはり、フィアンセの渡辺さんがいいでしょうね……私たちは、悪徳警官に騙されて人生を棒に振ろうとしている一人の女性を、救うことができそうです。それだけでも大変な達成感。今日ここに来た意味がありました』

上郷の暗い笑みが見える。底意地の悪さでは横綱クラスだ。

『どうせクスリでしょう？　まったく、チンピラみたいな奴ね』

綾織も嵩《かさ》に懸かった。蔑《さげす》みきった物言いは美人によく似合う。相手へのダメージが増幅する。今まで足蹴《あしげ》にされてきた恨みが爆発していた。

『いいえ、綾織さん。これを見てください』

ところが、上郷が言った。沈黙に変わる。

上郷がパソコンの画面を操作してズームでもしているのだろう。俺は現場の様子を見たくてたまらない。映像も送ってくれ今すぐ、お前なら簡単だろうと上郷に訴えたくなる。実際に俺がそう言えば上郷に伝わるが、ぐっと堪えた。二人の真剣勝負を邪魔はできない。

『……この形』

綾織が呆然とした声を出した。

『これは何ですか？』

上郷は嫌みたっぷりに相手に訊いた。俺は焦《じ》れて手を揉みしだく。

だが俵はまったく答えない。その場から消え去ったかのように。

『拳銃。そうですね』

思わず俺は立ち上がる。その拍子に汗がたらり、とこめかみを流れた。緊張のあまり身体を強張らせていたのは大失敗だ、腰の痛みがいつの間にかメーターを振り切っていた。もはや一秒も座っていたくない。

『何に使うつもりだったんですか』

上郷の静かな問いに、

『だれを撃つのに使ったの』

綾織のマグマのような怒りが被さる。にわかに場が沸騰している……俺の頭の中も同じだ。

『ただの首なし拳銃だ』

ようやく声が聞こえた。大人の男とは思えない弱い声。

『点数を上げるために、だれでもやってる』

首なし拳銃とは、輸入元が不明で、だれの所有物かも特定できない拳銃のことだ。暴力団を相手にする組織犯罪対策課がよく使う用語。

『あなた、組対課でもないのに？』

『組対課に、恩を売るためだ……珍しくもない』

『下手な言い訳ですね。まあ、言わせておきます』

上郷は余裕綽々《しゃくしゃく》。

『様々なビッグデータを使いこなすのが、我らが捜査支援分析センター、第二捜査支援機動分析第三係の真骨頂です。私のチームがいまこの瞬間も、総力を結集して分析中。あなたの不審な姿が他にも見つかればすぐに連絡が入ります』

ユビキタスチーム。鴻谷氏の殺害現場にも顔を見せていた、警察官らしくない連中だ。だが有能さに疑いはない。蓑田の一件だけでもそれは証明された。最新のシステムを使って膨大なデータから有用な情報を摑《つか》み出してくるだろう。

『……ちくしょう』

俵の口調が変わった。

『汚えぞ。そんなところを押さえやがって……』

鉄壁と思われた無感情の牙城が、崩れた。

『どの口が言うの⁈』

綾織美音が鞭《むち》の勢いで返した。興奮している。言うな、と思った。綾織やめとけ、落ち着くんだ——

『あなたが鴻谷氏を撃ったんでしょう！』

綾織は言ってしまった。ああ、と俺は頭を抱える。取り調べとしては失策。肝心な答えは、取調官が口にするものではない、相手に言わせるのだ。だが俺も興奮していた、これはビンゴか？　鴻谷殺害の実行犯の尻尾を踏んでるのか、この女たちは……踏んづけたまま捕らえられるか。決め手を繰り出して首輪をかけられるか？　この数分が勝負だ。

『この拳銃のタイプは？　分析できる？』

綾織が上郷に確かめた。

『映っているのは一瞬ですが、いま試みています』

ドームカメラの望遠で、取引の一瞬だけ映った拳銃のタイプまで割り出すのは、さすがに至難の業《わざ》に違いなかった。だがそれが何かと同定されれば事態は大いに進展する。マカロフか？　鴻谷が握っていた拳銃と同じもの？　俺の血圧はとめどなく上がる。

『俵さん。あなたは、鴻谷元警視監を知っていますか』

上郷の冷徹さは変わらない。綾織の勇み足を気にせず、逆に勢いにして切り込むつもりだった。

『知らない。会ったことがない』

当然の返答。次に上郷はアリバイを訊く、と思った。四月四日深夜、どこにいたかと。

だが裏切られた。

『では、蓑田巡査部長のことは、知っていますか』

なぜだ？　蓑田は北森殺害の実行犯だ。いまは鴻谷殺害の件に絞るべき。だが上郷は蓑田との繋がりを気にしている。それを口に出してしまったのだ。上郷も実は素人、取り調べの経験などない。自分の訊きたいことを訊けばいいというものではない。やはりこの二人に任せるんじゃなかった、と俺は後悔に震えた。

だが——俵が完全に黙った。

どうした？　この反応は予想を裏切られた。動揺しているのか。ということは——

生前の蓑田を知っている？　上郷の睨んだとおりに。

『答えてください。あなたは、蓑田さんのことを知っていますか』

綾織までが息を呑んでいるのが分かった。

俵と蓑田はつながっていた。そうだったのか⁈　だがそんな情報はどこにもなかった。

俺は興奮して部屋を歩き回る。これは大きな鍵だ、闇の奥に沈んでいた人脈の一端が見える表の警察組織とはまったく別に、県警の枠を越えていろんな奴がつながっている役割を分担して、だれにも見えない形で事を推し進めている……恐ろしく汚いことを。

仲間をどうやって殺すかという算段を。

ちくしょう上郷には意図があったのだ、思う方向に話を誘導している。そして求めている答えは——

『答えられないんですか』

それが答えでもある。相手は追い詰められている。

『では、こう訊きましょうか。あなたは、なぜ蓑田さんが、北森刑事を殺した弾で自殺したか、知っていますか』

コップキラー。電波を介しても、刑事たちの間にある凍った空気が運ばれてきた。

『知っているんですね』

俵は今度こそ、その場から消えたかのように気配をなくしている。あるいは石化したのか。

『チームから新たな映像が届きました』

そこで上郷が言った。あくまで事務的に。だがこれが、俵にどれほどの恐怖を与えているか分かる。小さなメガネ娘が底知れない怖さを存分に発揮している。

『届いたばかりで、私も内容は知りません。一緒に見ましょう。楽しみですね』

その後はだれも喋らない。俺に届けられるのは、ただの静寂。いてもたってもいられなくなる。いったい、シティホテルの一室で三人は何を見ている？

『これは！』

一等先に耳に鮮やかなリアクションをくれたのは、綾織美音だった。

『鴻谷氏……間違いないわね、上郷さん。これ、鴻谷よね！』

『そのようですね』

二人の女が、でかい獲物に舌なめずりしていた。息の合った掛け合いで更に追い込んで行く。

『俵さん。あなたは、鴻谷氏に会っていた。上郷さん、この映像の日付は？』

『三月の十六日。場所はやはり、渋谷だそうです』

『さっきの映像より前ね。ということは、鴻谷氏と会ったあとで拳銃を手に入れた。やっぱりあなた……』

ぐう、という獣じみた唸りが聞こえた。

鮮やかすぎる追い込み方に、俺はかえって不安になった。上郷はもしや、あらかじめ全てを用意していたのではないか？　最も効果的な順番でチームに届けさせた。あの女ならやりかねない、アメリカで犯罪心理学も修めたという上郷は、悪徳警官にもその論理を適用した。確かに効果的だが、この容赦のなさは逆に危険だ。音声だけで顔が見えないおかげで、俺の脳内では俵の凶悪さが際限なく膨らんでいる。二人は本当に大丈夫か？

すぐ現場に駆けつけたい。女だけでは男の暴発を抑えられない。

耳に甦るのは、呪《のろ》わしいあの音。深夜の捜一のトイレから漏れ出してきた破裂音……追い込まれて自分の命を絶った同僚。その死に顔を、たった一秒か二秒だが、俺は確かに見た。それ以上は見られなかった。こめかみに穿《うが》たれた穴はいまも鮮やかに、鮮やかすぎるほどに脳裏に刻まれている。コップキラーが警察官を殺した、いや警察官が自分で自分を殺した。それほどに強大な力が警察官一人一人に加わっている。この俵に対しても、そうなのか。だとしたら俵は――何をやってもおかしくない。

こいつもコップキラーの持ち主なのか。北森の殺害を隠匿《いんとく》しただけでなく、自らの手で警察族を殺したのか？

『……何か言っていますね』

上郷がとどめを刺しに掛かったのが分かった。俺はやめろ、と言いたくなる。

『私のチームは、リップリーディングも得意です』

読唇術。いったい幾つの武器をその手にしているのか。

『あなた方が、会話の中で何度か口にした言葉がある。通常の会話では使われない言葉のようです。解読結果は』

一瞬の間。

『――キリメイキュウ。そう繰り返している。どういう意味ですか？』

『キリメイキュウ……霧、迷宮？』

綾織が言ったお陰で、俺の頭の中でも漢字になった。だがまったく意味は分からない。

『*Fog Labyrinth*。あなた方は、そう言っていたのですか？』

『知らない』

その一言で充分伝わってきた。俵は完全に我を失っている。

『どういう意味だと思う？』

『何かの暗号。でしょうね』

綾織と上郷が推測を交わし合う。おい、と俺は小さく言ってしまった。なに余裕こいてんだ目の前の男から目を離すな——こっちが漏らした声は聞こえたはずだが、上郷は反応しない。

『二人の間では、これで充分通じる。でも第三者からは見当がつきませんね』

目の前の男に向かって改まって問う。

『意味を教えてください』

むろん俵は無言。

『これだけじゃない。日付も口にしているようです』

上郷が言い、綾織が食いついた。

『日付？』

『四月六日。まさに、今日ですね』

上郷はまた、俵に向かう。

『今日、何があるんですか？』

何気なさを装うが、声は緊迫していた。

そして静寂。オンラインで届けられる空気は今までで最も凍っている……俺はぶるりと震えた。冷気にあてられたのだ。そして強烈な予感。

『動くな』

自分の耳元に囁《ささや》かれたかのように俺は凝固した。

『オレは……ここから出る』

俵が銃を構えている画がくっきり見える。ついに音《ね》を上げた、二人の女の前で自分の有罪を認めたのだ。

『追ってくるな……追ってきたら撃つ』

銃を構えたままドアに向かっている様子だ。俺は撃つな、と叫びそうになった。その目は血走ってるに違いない追い詰められた獣だ、女たちよ手を出すな刺激するな。そのまま逃がせ。

『どこへ行くと言うんですか』

上郷が無謀にも呼びかける。よせっ、と俺は鋭く言った。

『黙れ！』

ヒステリックな叫び、バタバタと身動きする音……俵が離れてゆく。部屋から外へ逃亡したようだ。銃声がなかったことに安堵する。

「おい、無事か⁈」

我慢できずに訊いた。

『こっちは大丈夫です』

上郷が冷静に返してくれた。

『俵は逃走しました。追跡します』

上郷の声は弾んでいる。走っているのだ。

「おい、無理するな！　俵は正気を失ってる」

『このチャンスを逃せない。彼は、撃ちません』

「なぜだ？」

『自殺する気概がないからです。蓑田さんとは覚悟が違う』

俺は唸った。たしかに俵は追い詰められても自殺せずに逃げた。つけ込む余地がある。

だがそう考えるのが正しいか？　向かう先がどこか分からない。助けを求めて逃走したのか？　俵の行く先に黒幕がいる——であれば絶好のチャンス。だがそう単純ではない、みすみす黒幕のところへ追っ手を誘導するだろうか。

「罠じゃないか？」

俺は警告した。

『もちろん警戒しています。慎重に追います』

上郷も思い至っていた。だが安心はできない。

「距離を保てよ。綾織は？」

『少し後ろから、バックアップしてくれています』

「俵は県警に逃げ帰ろうとしてるのか？」

『分かりません。車に乗りました。私たちも、車で追います』

音がくぐもった。車の中に入ったのだ。

「上郷。お前もう少し、やり方を考えろ」

我慢できなかった。あからさまに説教する。

「容赦なさ過ぎるんだ、もっと相手に逃げ場とか、考える余地をやるんだよ。追い詰めたら暴発する。かえって危ねえ」

『そんな迂遠《うえん》なことをやっている場合ですか』

真っ向から否定された。

『私たちは大丈夫です。それより、千徳さんは大丈夫ですか？』

「あ？　ああ。まだ音声が来てない」

そのとき、俺は失態に気づいた。二十二時十五分にスイッチを切り替えろと言われていたのに、とうに過ぎている。川崎の様子に夢中で、忘れていたのだ。クソッと言ってスイッチを押す。

『晴山さん？』

ヘッドセットの声が、右と左で別れた。左からは変わらず上郷の声。そして右からは。

『……警察庁刑事局、組織犯罪対策部に、犯罪収益移転防止管理官が設置されてから、まる八年が経ちましたが』

聞き覚えのない、耳障りな掠《かす》れ声だった。

2

『海外のＦＩＵとの交流を通して、最新のノウハウを取り入れたおかげで、マネー・ローンダリング対策については大きく進歩しました。今やＪＡＦＩＣ発信の提案も始めています。我々は、国際的にも存在感を増しています』

喋っているこの男は、自らの仕事を細かく説明している。成果についてアピールしている。それは俺にもなんとなく感じ取れた。

『君の上長、犯罪収益移転防止対策室長は、高木《たかぎ》警視長か。君の二年先輩だったかな？』

千徳さんが、ゆったりした口調で訊いた。詰問する調子では全くない。

『はい。さようでございます』

相手は最敬礼で答えた。鼻につくが、もともと上役には卑屈な男なのかも知れない。

『意外に所帯は小さいんだね』

『高木室長を、私が補佐する形です。あとはほとんどが事務官で』

『にもかかわらず、エグモント・グループとのパイプをしっかり確立しつつ、ＩＣＰＯにも食い込んでいる。さすがＪＡＦＩＣ、と言うべきだな。経済と数字のスペシャリストを選《え》りすぐっただけはある』

『ありがとうございます』

上郷に教わったことを俺は思いだした。うろ覚えだが、FIUは資金情報機関、世界中のブラックマネーやマネーロンダリングに目を光らせている組織のこと。そして、日本でその役割を果たしているのがJAFIC。犯罪収益移転防止対策室の略称だ。

『四倉警視長。特に君は優秀。ICPOの総裁にも、立候補しているそうだね』

『はい。若輩《じゃくはい》ではございますが』

この男はどこまでもへりくだる。

『当選の見込みは？』

『それは、なんとも申せません』

はにかんだような様子が伝わってきた。貴族同士の会話だ、と思った。ふだんは絶対に聞くことのできない雲の上の人たちのやりとりを直接聞いている。妙な気分だった。捜査で詐欺《さぎ》集団の会話を盗み聞きしているのとは訳が違う。長官官房首席監察官室で行われる接見など、最も耳にすることができない類いだ。

だが部屋の主がそれを許している。警視監が、一介の警部補に。密盟を結んだ仲間としての特権。そして、本来なら指揮官の位置にいる千徳さんが、こうやって直《じか》に動いて身を削っている。一対一で敵に対し、成果を得ようとしているのだ。固唾《かたず》を呑んで聞き入るしかない。

千徳さんと一対一で腹を探られたことがある俺は、頼もしさを感じていた。好々爺に見えて、いざ刃《やいば》を抜いたときの迫力は尋常ではない。

『だが君は、すでにＩＣＰＯの執行役員として成果を上げているそうじゃないか。アジア各地に出向して、東南アジアの金融ブラックプールを明らかにしたのは君の功績と聞く。ヨーロッパの警察組織からも評価が高いね。のみならず、サーベイランス機能強化の意味で、常設監視機関の構想を独自に提言している。立派だ。大いに、総裁に推される可能性は高い』

『そうだとよいのですが』

耳に心地よい褒め言葉が続き、四倉は気分が良さそうだ。だがこれでは終わらない、と俺はほくそ笑む。千徳さんがいつ切れ味鋭い刀を抜くか。緊張が高まってくる。

『しかし、大変だろう。世界中の犯罪組織の動向に目を光らせ、ブラックマネーの流れを把握するのは』

『大変と言えば、大変ですが。やり甲斐《がい》があります』

四倉の声はあくまで低く、聞き取りづらい。警視監が大いに持ち上げてくれているのだから、もっと喜んで礼を言うべきだろうと少し苛々する。謙虚なのか覇気がないのか。

『日本にも、その金は相当流れ込んでいる』

千徳さんの口調が微妙に変わった。

『日本の企業がからんだ取引でも、犯罪収益の疑いのあるものが急増していると聞く。だから君は』

効果的な、短い間。俺は己の聴覚に集中した。

『刑事部捜査二課、企業犯捜査の刑事に、集約し分析した情報を提供し、捜査を要請した』

その言葉を受けて、四倉は怯えたように黙った。しばらくして、聞き取りにくい声を更に低くして答える。

『私は、要請しただけです。そのあとのことは……分かりません』

警戒心の塊と化した。

『北森警部補は独自に動いていた。私に具体的な報告が上がる前に、彼は』

『——鬼籍《きせき》に入った。それを君は、どう考えている』

千徳さんの声の張り。そして静寂。

二人のやりとりは明らかに、雑談から攻防に移っている。

そのとき左の耳から、デメットという低い呟きが耳に入った。俵を追跡中の上郷だ。悪徳警官を追いながら首席監察官室のやりとりに耳を傾けている。器用な奴だ。上郷も千徳さんの様子が気になってたまらないのだ、だが大丈夫か。気が逸れて俵に反撃されないといいが。綾織美音が横についてはいるが、荒事は苦手だろう。

『君は全面バックアップを約束したはず。だからこそ北森は危ない橋を渡ったのだ。だがその結果は、銃殺だ』

厳冬の吹雪《ふぶき》のような声だった。警視監に相応しい威厳。

『北森警部補は……自殺だと聞いています』

苦しげな呻《うめ》きが返ってくる。

『君がそれを信じているのか？』

千徳さんは呆れたような声を出して見せた。

『だとしたら、職務怠慢《たいまん》だ』

しばしの沈黙。四倉の顔を俺は知らないが、悩み悶《もだ》える神経質な細面《ほそおもて》が見える気がした。

警察官僚にはままある風貌、だが出世頭ではないタイプ。小役人だ。

『せ、千徳首席監察官。くどいようですが……羽佐間《はざま》長官のご許可は、本当に……』

俺の目の前に小さな火花が散る。羽佐間長官。現警察庁長官の名だ。全国二十五万の警察官の頂点に君臨する男。

『この件について、ここで語ってよい。長官は……そういうご意向なのですね』

『もう、説明はしたはずだが』

千徳さんは穏やかに返した。

『羽佐間さんには確認を取ってある。知っているすべてを、ここで話せ』

親しげに、長官をさん付けで呼んでみせた。相手を安心させるためだ。

千徳さんの言うことが本当かどうか俺には分からない。一介の刑事の身分では、警察庁長官と直に話す機会などあるはずもない。それどころか遠すぎて評判さえ届いてこないから、人となりを知らない。噂だけだ。警備部畑を歩いてきた、厳格な性格。それぐらいしか。

だが――キャリアの親玉だ。味方のはずはないと思った。閥の昵懇、警察族を支配する者たちの忠実な配下に違いない。でなければ頂点に達するのは難しい。ＯＢたちの後ろ盾があってこそ、安定な治世を得られるのだ。

『記録は……？　していますか』

『オフレコだ。心配するな』

千徳さんはしっかり嘘をついた。こうして俺が聞いているし、上郷にも届いている。そしてむろんすべてを録音している。

『君は誰から命令を受けて、北森と組んだ？』

千徳さんは口調を改めた。穏やかな、相手を包み込む柔らかいトーンだ。親密さを演出し、仲間意識を煽る。

うん、うおほん、という耳障りな咳払《せきばら》いのあと、

『いや、すみません。恐縮ですが……』

四倉祐人《ゆうと》は言い出した。

『加茂《かも》刑事局長に、直接訊いていただけますか。私程度の権限では、なんとも……判断いたしかねますので』

なんと慎重な男だ、と俺は唇を嚙む。卑屈さを織り交ぜて、口の堅さと組織への忠誠心をアピールしている。だが所属上長に責任をなすりつけた、とも言える。

刑事局長ともなると、むろん警視監だ。千徳さんと同等だから事は簡単にはいかなくなる。警視監同士の権力争いこそが、警察の中で最も熾烈《しれつ》。暗然たる闘いを日々繰り広げているといってもいい。誰かの落ち度を見つけたら容赦しない。千徳さんがいつ背中から刺されるか分からないし、千徳さんの方も、邪魔者を排除するために情けはかけないだろう。

そうやってこそ今の地位がある。

『その、加茂刑事局長か。君に命じたのは』

千徳さんは答えやすいようにイエスノー形式にした。

答えはなかった。

四倉は土俵際《どひょうぎわ》で踏ん張ると決めたのだ。目の前の権力者、長官官房首席監察官の不興を買ってでも。

相手が敵か味方か、誰の派閥に属するかしっかり確かめてからでないと自分の本音を明らかにしない。小役人という評価は間違っていた、ここまで階段を上がってきただけはある。生き残る種族だ。組織の中でしぶとく失点を防ぎ、絶対に失脚しない生存本能の強さ。

『単刀直入に訊こう』

すると千徳さんも豹変《ひょうへん》した。

『北森はなぜ殺された』

声だけでも、充分伝わる気迫。この人も覚悟を決めた。

『……分かりません』

四倉はあくまで逃げを打つ。

『心当たりぐらいあるだろう。北森は、捜査一課の蓑田に殺されたのだ』

これは試金石だった。事実がどこまで伝わっているのか。知っていて、どう反応するか。

『それは……』

だが四倉はあくまで躱す。

『知りませんでした。では、その蓑田に訊いてください』

『しらばっくれるのか。蓑田は自殺した。だから君を呼んだのだ』

顔が見えない。だが、苦痛を感じた。

千徳さんがペースを乱している。この人らしくない感情が声に滲んでいる。

『知らぬふりをするつもりか！　それでよくのうのうと、警察官の端くれですという顔ができるな』

胸がすくような台詞。だがこれは、千徳さんのやり口とはかけ離れている。

『今がどれほどの事態か分かっているだろう。警察存立の危機だぞ！ 保身で警察を傾かせる気か。私たちキャリア一人一人の肩に掛かっている重みを、考えたことがあるか。今すぐ事実を明らかにしなくてはならない……勝手に権勢を振るっている者を、止めなくては』

『首席監察官。あなたは、まだ新任でいらっしゃる。ご自分の仕事に酔っておられるのでは』

俺は思わず拳を握る。ついに四倉は、恐ろしい生意気を言い出した。

『刑事の死の原因を是が非でも炙《あぶ》り出して、責任者を吊《つる》し上げたいお気持ちは分かります。しかし、それはあなたの勇《いさ》み足《あし》。いえ、筋違いだと考えます。ぜひ長官や総監、刑事局長に今一度お確かめを。あなたの行動こそがむしろ、警察を傾かせるやも知れません』

左の耳に舌打ちが聞こえた。あの女も固唾を呑んでいる。千徳さんの闘いに一喜一憂している。

『……忠告してくれるのか』

少しの沈黙の後、千徳さんは言った。

『よほどの後ろ盾がいるようだな。君は……東大では、中御門《なかみかど》学派だな。菱川総監と昵懇か？』

黙り込む四倉。

『総監にでも長官にでも、好きに泣きつくがいい。私は自分の仕事をするまでだ。真実を言え』

不動の決意に俺は感動した。この人はここに勝負を賭けている。自らの地位を危うくしてまで、黒幕を暴く気だ。

『蓑田が単独犯なはずがない。そんなことは子供にでも分かる。誰かに命令を受けた。意に染まなくても、手を下したのだ。引き裂かれるような思いでな。蓑田と、その父親の守彦さんが警察になした貢献がどれほどのものか、考えたことがあるか？』

『いえ、それは……』

『北森が迫っていた勢力。それと繋がりの深い、だれかの指図だ』

『私は知りません』

『貴様。北森に全て押しつける気か。恥というものを知らないか』

その哀切な響きに、俺は一瞬我を失った。千徳さん、と呼びかけてしまったのだ。それは首席監察官室の部屋の主の、耳に収まるイヤホンに届いてしまっただろう。申し訳なかった。

『では――お前だな』

だが俺の声は千徳さんの勢いに影響しない。

『分かったぞ。お前が、北森を裏切った。そして殺させた』

その声音は別人かと思うほど冷たかった。

『北森はお前を信頼し、助けてもらえるものと思って全てを打ち明けていた……だが、北森の暴き出そうとしている事実が恐ろしくなったお前は、北森を切り捨てたのだ。そして仲間に仲間を殺させた！　よくそんなことができたな』

『私ではない！』

四倉警視長は初めて大声を出した。

『首席監察官、あなたは誤解しておられる！』

『蓑田は命令を断ることができなかった。逆らえない、裏切ることのできない何かに支配されていた。すべての秘密を抱え込んで死んでいった。あの若者はどれほどつらかったか。不憫《ふびん》でならん……警察のためと信じ、殉じた。間違ったもののためにな！　恐ろしく傲《おご》った何者かがいる。我々のすぐそばに』

『私は断じて……そんな指図は……』

『それがお前だ。万死《ばんし》に値する。若い刑事の命を無残に潰した！』

『私にそんな権限はない！』

悲痛な叫び。つかんだ、と思った。

千徳さんは四倉の胸の奥底から一本の筋を握って引きずり出した。良心という、ほとんどの人間が持つ脈打つ暖流を。

『お前ではない。では、だれだ』

うう、という呻きのあと、

『首席監察官！　あなたは、誰のために動いて……』

混乱の極に立った四倉は声を振り絞った。今日の味方は明日の敵。誰の下につき、誰を裏切るべきか。そんな毎秒の判断が自分の生死を決める。四倉はいま、相手が誰の派閥のどの序列にいる人間か必死に考えている。一連の事件の発生で警察内の力関係も激変している、生き残るには時には非情に、手を結んでいた者を裏切らねばならない。ひでえもんだ、信じられる仲間がいないというのは……俺は思わず部屋を見回した。

今は俺一人。だが、ヘッドセットに触れた。これが仲間をつないでいる。それぞれの闘いを共有している。

俺は仲間たちを、信じているか。

心の奥底にあった。自分でも意外だったが、不思議なほど揺るぎない信頼が。

千徳さん。綾織。上郷。俺はその一人として、本心のところまで理解しているとは思わない。誰もがそれぞれの深い闇を抱えていて、不安と猜疑《さいぎ》と苦痛で顔が晴れることがない。

それでも、俺の直感は迷っていなかった。三人は仲間だと。

一蓮托生《いちれんたくしょう》だ。俺たちは助け合わなくては生き延びられない、コップキラーを避けつつ最も醜《みにく》い暗部に迫る。自分たちが生きる組織の癌に。腫瘍《しゅよう》をつかんで抉《えぐ》り出すためには、力を合わせるしかないのだ。

俺も行く。本当は今すぐ首席監察官室に駆けつけたいが、事前に許可を取っていない限り俺ごときは門前払いされて終わり。だから二人の女のところへ行く。一刻も早くサポートをする。

もう気づいていた。司令塔なんて役割はお飾りで、それぞれのミッションに最適なメンバーで臨みたかっただけだ。上郷にしてやられたが、いまこそ俺が必要のはず。いつでも出られるようにしてあった。ヘッドセットとリンクしている携帯機器の画面を確認する。しっかり〝C〟の旗がひらめいている。

重いドアを開けて出ようとした。

『よかろう。では、一つだけ答えてくれ。正直に答えたら解放する』

『……本当ですか』

千徳さんの投げかけに、狂おしい希望を漏らす四倉。俺の足は床に縛り付けられたように動かなくなる。

『ああ。約束する』

千徳さんは誠意の籠もった声で言った。そして息を吸い、問う。

『――神に会ったことは？』

おそらく、四倉より俺の方が動転した。いま千徳さんはなんと言った？　空耳か？　いや違う。かみ。なぜ千徳さんが、あの公安男が口にした出鱈目を？　そんな胡散《うさん》臭い言葉を口に……どうしてこの場面で、こんなに真剣に問う？

『あ、あなたは』

呆然の極みという声。

『なぜ……ここで、その名を』

非難している、と思った。あまりの不敬に愕然《がくぜん》としている。

またもや静寂が訪れた。俺の耳はキインと鳴り、首筋と背中は汗だらけで、しかも腰の真ん中にしこりができたかのように重かった。これはいままでの静寂とは違う……

『千徳さん！　気をつけて！』

鋭い叫び声が回線を走り抜けた。悔しさを感じた、俺が言おうとした言葉を取られた上郷め、こんな情感に溢れた叫びを放てるとは……そして意味不明の音が湧き起こる。

うううう、という呻きだ。

『四倉。正気か』

千徳さんの声が張りつめる。

『早まるな』

3

「しかし、渋谷駅は広すぎる」

来た道を引き返しながら、私はぼやいた。

「というか、複雑すぎる。何度来ても、どこに何があるのかさっぱり分からん」

「オレもです」

私の少し後ろから、土沢岳司が言った。

「しかもこの時間、やたら工事してますね。通れない場所が多い」

その通りだった。昼間よりずっと工事箇所が多い。人通りの減る時間帯にやるのは致し方ないとは言え、それならば終電後にできないものか。あと一時間足らずで駅を閉めるはずだが。

地下一階にあるという駅管理事務所に行くつもりが、手前の角でまさかの通行止め。ここだけではない。地下に下りてすぐのフードコート、いわゆる〝のれん街〟の入り口の一つも塞がっていて、回り込まないと入れなかった。作業服を着た男がバタバタと走り回っていて、急遽《きゅうきょ》塞ぐ理由があるようだった。ドアの不具合か、それとも床か天井から水漏れでもあるのか。

ここ、駅構内のコンコースもそうだ。エレベータ周りの一角が通行止めになっている。こっちはしっかりコーンを配置し、工事中の表示も出して、大層な黒いマスクをした作業服の男たちが見かけない四角い機材をエレベータに運び込んでいるところだった。

「どうしたんですか？」

前に進めない不満を顔に出した土沢が、コーンの前に立っている警備員に訊いた。

「換気システムの修理です、申し訳ありません。迂回路は、あちらです」

若い警備員は私たちの背後を示し、頭を下げた。表情に余裕がない。経験が浅いのか、イレギュラーな事態に戸惑っていた。他の不満げな利用客にも詰め寄られて頭を下げる。さすがに可哀想になって、私たちは踵を返した。

「さてさて。こっちでいいのかな」

お互いに確信のないまま、コンコース内を適当に進んで行く。また駅員か警備員に出会ったら道を訊こうと思った。正直に教えてくれなかったら、仕方ないから警察手帳を出す。駅管理事務所の場所はおおっぴらになっていない。テロを警戒してのことだ、当然だった。

「内観だけは、本当におしゃれになったなあ。前はもっと味気なかったが」

昼間は通らなかったコンコースを見回しながら私は言った。すると、土沢が期待していなかった答えを返してきた。

「駅の南の地域の開発も始まってて、地下通路は更に延びるそうです。新ビルが続々建って、駅地下の通路と直接結ばれる」

「調べたのか？」

「岩沢さんを待ってる間、スマホでちょっと見ただけです」

この男は、私が唐橋弥一を訪ねている間もじっと待っていたようだ。晴山に連絡すると言っていたが、何を話したのか。何も言わないところを見ると電話が通じなかったか、電話しなかったのかもしれない。帰れないと思っているのか。まだ何も成果を上げていない、と。

「街ごと、新開発の真っ最中だってのは、私も聞いた」

渋谷南署に配属が決まったときに得た予備知識だった。おかげで駅地下のスペースが広がったのは確かだが、それまでが異常だったのだ。街が栄《さか》え、乗り降りする人間が増えるにつれてその場しのぎに駅を増築してきた。動線が複雑化し不便になった。その報いで、最近は乗り換えのために渋谷駅を利用する人間が目立って減っているらしい。

「これから、なおさら訳が分かんなくなるぞ。やっぱり私は、地下は落ち着かないよ。潜りたくない。自分が渋谷のどこにいるか全く分からなくなるからな……おっと。東鉄の管理事務所は、あれだな」

我ながら目敏《めざと》かった。入り口は見つかりにくいと聞いていたから内心諦めかけていた。だが、目立たない鉄製のドアが壁に同化している。表示は〝関係者以外立入禁止〟のみ。

ここだ。

　駅事務所に事前に連絡を入れ、駅員に最近の状況を直接聞くことにしたのだった。唐橋弥一の話を自分なりに消化した末の決断だった。そもそも渋谷を預かる刑事として、今後のために巨大ターミナルの実態を把握しておくのは悪いことではない。

　渋谷駅の地下の管理を担うのは、渋谷に乗り入れている大手の私鉄の一つ、東京鉄道。略して東鉄が、他の私鉄からも委託されて一手に管理を務めている形だった。東鉄は駅と一体化した商業ビルも経営しており、駅周りの多くのビルの経営母体でもある。

　ノックしてドアノブに手をかけた。あっさり開いてくれる。中を覗くと、雑然と書類や機器が並ぶ光景がある。その間を何人かの男が立ち働いている。私たちに気づいて、小柄な男が歩み寄ってきた。びしっと駅員の制服を着こなしている。眼鏡をかけたしごく真面目そうな顔立ち。年の頃は三十ぐらいか。私は頭を下げた。

「ご連絡入れていました、渋谷南署の岩沢ですが」

「ああ、助役のイノと申します」

　制服の胸の名札を確認する。〝猪野〟とあった。

「いや、お忙しいところすみません。渋谷では新顔なもので、渋谷駅の防犯・防災対策について伺っておきたいなと」

「ああ、はい。私がご案内させていただきます」

この男が担当に任じられたようだ。

「よろしくお願いします。遅い時間にお邪魔して、大変申し訳ないんですが」

「いえ、大丈夫です」

猪野の顔は迷惑そうに見えない。扱いづらい人間ではなさそうだ、と少しホッとする。さっそく訊いた。

「まず、駅の運営ですが。あなたのような駅員のみなさんが指揮を執って、駅を動かしてるわけですね」

「はい。まあ、トップはもちろん駅長ですが」

猪野は説明しながら、少し先の打ち合わせスペースまで誘導してくれた。椅子もあるが、私は立ったままでいる。すると猪野も立ったまま説明を続けた。

「駅長の下に首席助役、そして私のような助役がおります。渋谷の場合、首席助役が二人、助役はぜんぶで十五人います」

「あとは、平の駅員ですか。何人ですか？」

「総勢四十人ほどです」

「その人数がシフト制で、交代で詰めているわけですね。駅の大きさからすると、少ないような気もしますが」

「もちろん、それだけでは回りません。駅専門の警備員を配置して、運営や、防犯面を助けてもらっています」

「警備員は確かによく見かけますが、どこから来た警備員ですか？」

「専門の鉄道警備員です。渋谷駅の地下は、東鉄セキュリティの警備員が常駐していま
す」

「ほう」

東鉄の名を冠しているということは。

「まさに駅専門の警備員ですね」

「はい。駅利用案内、道案内はもちろんですが、迷惑行為の防止、不審人物の監視、駅員
への暴力防止。乗客の線路への飛び込みを防ぐというのも、重要な仕事です」

「何人いるんですか」

「時間帯によって変わりますが、一番多いラッシュ時はできる限りの人数を揃えます。少
ない夜の泊まり込みでも、最低三十人。その中で、助役は常に五人いて、全員をまとめら
れるようにしています」

「それにしてもいま、やけに工事が多いですな」

土沢が横から、いささか不躾《ぶしつけ》に訊いた。私は戒めない。

「はい。エスカレータ新設の工事が多いんですが」

猪野が恐縮した様子を見せる。

「換気設備の故障も重なっています。警備会社を通して専門の作業員も入れて、突貫で夜通し作業する予定です。ご存じのように、東鉄線と準都心線が連結して、東鉄線駅が地下五階へ移行したのでいろいろ変更がありまして」

「エスカレータ設置は、リニューアルに間に合わなかったりしたんですな」

「それは認めます。ただ、駅の構造の変化で動線が変化するのは、予測がつけづらいところがあって」

たしかに、たとえコンピュータでシミュレートしたとしても、予想とは違う現象が発生するのだろう。

「単純に空気の流れも変わったので、換気のシステムの変更も迫られました。まだしばらくは、調整をしていかないと……」

困り切った猪野の顔。目下の悩みらしい。

「利用客からもけっこう苦情があるわけですか」

「おっしゃるとおりです。バリアフリーのルートが足りないというお叱りも多く、エレベータに関しては渋谷ディライトのものを使ってくださいとお願いしたりしていますが、なかなか」

渋谷ディライトは三年前に鳴り物入りでオープンした新ビルで、〝ディライト口〟を冠した出入り口もある。だがあくまで駅の一部と接しているだけだから、ビルに用のない人間にとっては遠回りなだけ。そこのエレベータを使えと言われても納得がいかないのは当然だ。商業主義の行き過ぎは、結局見透かされてしまう。

駅員である猪野助役でさえ納得していない様子だ。この男も末端の一人であり、駅の改変についてはとばっちりを食らっているということだろう。

「渋谷は、一日四千本の電車が発着します。一日の乗降者数は三百万人近くになることもあります。なにせ四つの電鉄事業者が入っておりまして、路線は九つある。意思統一が難しくて……ましてや、乗客の皆さんの要望も千差万別ですから」

「非常時の指揮系統は、どうなっていますか」

私はできるだけ抑えた調子で訊いた。警察の威光を笠《かさ》に着て、相手に圧力をかけるのは本意ではない。現状をありのままに知らせてほしいだけ。猪野助役はしばし考えこんだ。ただ、それは圧力に怯えているわけではなさそうだった。どう説明したものか真剣に悩んでいる感じだ。

「七年ほど前、駅の中に猿が迷い込むという事件がありました」

猪野は、そんな事例から話を始めた。

「捕獲のために駅員と警備員が総動員されましたが、結局逃がしました。猿の行方が分からなくなって終了です。猿は駅の複雑さを利用して、人間の手を逃れました。こういう立体的な空間を利用するのは、猿の方がよほど得意なんだと思いました」

ははは、と私は笑い声を上げる。

「それぐらい、複雑な構造をしているということですな」

「はい。準都心線と東鉄線から、メトロ銀座線に乗り換えるためには、地下五階から地上三階まで、八階分も上がらなくてはいけない。ただの乗り換えというより、ちょっとした山登りです」

この男はなかなか面白い。厚い眼鏡、なかなか笑みを見せない実直さは鉄道マンのイメージそのまま。だが自らの職場をもシビアな目で見ており、言動は率直。自虐的な冗談を込めることも忘れない。

「まあしかし、この駅と、商業施設の開発を主導してきたのは、我が東鉄グループですから。駅を迷宮にしてしまった責任は重いです」

「その猿は、結局どこへ行ったんですかね？」

土沢が真面目くさって訊いたが、興味本位だろう。

「さあ、通風口にでも侵入して、人知れず地上に出たんじゃないですかね。もしかすると、普通に改札から外へ出たのかも知れませんよ」

「そんなことが？」

「もし自動改札に引っかかっても、ひょいと下をくぐるか、ぴょんと上を飛び越えたかも。猿ならそんなこと、朝飯前でしょうから」

笑い声が上がった。年齢と立場を越えて、思いを共有した瞬間だった。

猪野助役。私はこの男を気に入った。肝心なことを訊いてみる。

「ところで、外国からの観光客が増えています。渋谷にも外国人は、相当多いでしょう？」

「年々増えていますね」

猪野助役は何度も頷いた。

「駅としては、何か変化や、気をつけていることはありますか？」

「外国語を使える専門の案内係、コンシェルジュなんて洒落《しゃれ》た言い方もしていますが、そのへんの人材も雇っています」

「なるほど。まともな観光客はいいでしょうが、迷惑な連中もいますか？」

「妙な集団が、居座って出て行かないこともあります」

猪野は渋い顔になった。

「何が気に入ったのか、いつまでも駅の中をうろうろしている。新しくなった駅、それ自体が好きなのかも知れませんがね。嬉しい気もするけど、邪魔は邪魔なので。外国語を話せる係員も数が限られてて、いつもいるわけじゃないし。なかなか、出て行けとも言いづらいです」

「夜中に、ホームレスや家出少年少女が侵入してきたりは？」

そこに私の知り合いもいるとは、もちろん言わない。

「気をつけています。終電が発車したあと、手分けして駅の中を見回って、残っているお客を外に出します。最終的には一人残らず外に出してシャッターを閉める。それは、地震などの災害発生直後も同じです」

「ああ。たとえば大地震が来たときなんかは、駅はどう機能するんですか。避難所になったり？」

「地震の直後には、駅からいったん乗客を出すことになっています。一刻も早く運行を再開するのが責務ですから、鉄道の安全を確認しなくてはなりません」

「確か、東日本大震災の時に、シャッターを閉じて乗客を締め出してましたよね。あれは、新宿駅でしたか？」

土沢が訊く。よほど印象が悪かったのだろう、もしや当事者か。

「あれは批判を浴びました」

猪野は躊躇いなく頷く。

「やり方が強引すぎたせいですが、安全が確認されれば、再び乗客を受け入れるつもりだったそうです。渋谷駅もその意向ですが、実際は難しい判断を迫られます。いったん閉めたシャッターをいつ上げるのか、というのはね」

ただ、東鉄では水も食料も毛布も大量に備蓄している。猪野はそう胸を張った。

「帰宅困難者に対するケアは、しっかりできるようにしています」

頷いて見せた。この男のしっかりした説明のおかげで駅の概要がつかめた。そして私は考える。

「ところで、この駅の底に、変な男が棲んでいませんか」

そう何気なく訊けたらどんなにいいだろう。たとえば、神様みたいな男がいませんか?

——訊けるはずがなかった。正気を疑われる。

「順に、一番下のホームまで案内してもらえますか」

とりあえずそう頼んだ。駅の全体を把握しておく。何が心に引っかかるか、刑事の本能がどう反応してくれるか。虚心に眺めてみよう。

「どっちから行きましょうか?」

すると猪野は晴れやかな顔で訊いてきた。自分の職場を愛していることが伝わってくる。

「せっかくだから、新しいルートを行きますか。ご存じかも知れませんが、駅の中に楕円《だえん》形が埋まっている形なんですよ。引地邦衛《ひきちくにえ》先生のデザインで」

少し誇らしげに、世界的建築家の名前を挙げた。

「〝地宮船《ちきゅうせん》〟という愛称なんですが。楕円の真ん中に、地下を貫く吹き抜けが位置しています。B3からB5まで見渡せて、上からはいちばん底のホームが見えます。ちょっとした名所ですよ」

「なるほど。では、そのルートでお願いします」

猪野が見せたいのなら見に行こう。正直、七面倒なコンセプトや洒落たデザインには興味がなかったが、猪野の機嫌はいい方がいい。事務所を出ると案内に従って歩き出した。まもなく日が替わる。帰宅ラッシュはピークを過ぎたとは言え、まだまだ大勢の人がひしめいている。猪野の背中について歩きながら、外国人客とすれ違うたびにじっと見た。ただの観光客ばかりに思えたが、ちょっとばかり不良っぽい格好をした若者もいる。この程度は外国では普通なのだろう。目くじらを立てるほどではない。

「神の名を初めて聞いたのは、そう……三年ほど前だ」

唐橋の言葉。つい数時間前に聞いたばかりの声が勝手に溢れ出してくる。

「神は地下に棲まう。最も深い地の底に。そして、芯から望む者は……会うことができる」

ただし、声は聞いた順番ではない。印象的な断片がバラバラに湧いてくる。だからなおさら複雑怪奇な気分になる。

「そうですか」

戸惑って返した私に、

「ああ。言葉を聞ける。触れることさえ、できるんだとよ！」

唐橋弥一は熱を込めた。私は曖昧に頷くしかなった。

「最地下のホーム。使われていない鉄道電話がある。それで、神と話せるという」

唐橋はそうも言った。

いちばん地下まで下りてみたいと思ったのは、そのせいだ。決して猪野助役には明かせない。土沢にも言っていない。ヤクザの大親分からどんなお告げをもらってきたんですか？　そう白い目で見られるだけだ。唐橋自身、言ってからわっはっはと呵呵大笑《かかたいしょう》した。顔には捨て鉢な色があった。眼差しは気弱に揺らいでいた。

「だれが言い出したのか……ふざけた噂だ」

むろん私もそう思った。聞き流そうと思ったのに、唐橋はこだわったのだ。

「鉄道電話は、箱に収まってるか、壁に埋め込まれてる。で、鍵が掛かってる。駅員しか使えないんだ。だが、ぶち破って、受話器を取ってみる価値は、あるかも知れんな。それで神と話せるんなら、安いものじゃないか！」

喋れば喋るほど、唐橋の威厳はほつれ、色褪《いろあ》せてゆくようだった。子供のように怯えている――私はそう感じた。そして申し訳なく思った。私のようなうだつの上がらない刑事に醜態《しゅうたい》をさらすような小物ではないのだ、本来は。

泡のように甦ってくる唐橋の言葉を私は振り払う。いったい、何を手がかりに潜ればいいのか。初めから雲をつかむような話だが、深く潜れば潜るほど、なおさら気分はこんがらがる。息苦しくなる。だが今は潜るしかない。雑念は払え、まずは自分の目を信じろ……自分の感覚だけを。生前の鴻谷はこの駅に出没していた。何かがあることは、間違いないのだ。

ミチュやソンシはいないか？　私の目は自然に、孤独な子供たちの姿を探した。だが昼間はあった彼らの気配を感じない。私の頼みを受け入れて〝地宮船〟から出た。ちゃんと警察を訪ねてくれているか？　そうだといいが、自信はなかった。彼らが抱える大人への不信感は簡単には振り払えない。

猪野助役が振り返って、私と土沢がついてきていることを確かめた。私は少し頷いて見せながら、目端《めはし》を利かし続けた。子供ではなく不審者に対象を移す。特に外国人……特に引っかかる者は見当たらない。

B1からB2へは階段で。そしてB3へはエスカレータで下りた。少し進むと視界が開け、見慣れない光景が現れる。

「ああ、これが」

私は感づいて言った。巨大な筒状のガラスが上から下へと突き抜けている。

4

『四倉。正気か』

千徳さんの切迫した声が聞こえた。俺は生きた心地がしない。

『早まるな』

「千徳さん！」

互いに遠隔地から、上郷と俺は呼びかけた。危機事態に余計な声を届けたかも知れないと口を噤むタイミングも一緒。届く静寂は、死そのもののように感じられた。じっとしていてもこれほど大量に汗がかけるものだと知った、まさか——警察庁の中枢で傷害。もしくは殺人。昨日の警視庁に続いて。そんなことが起きたら日本はまるで未開の国、内戦状態の無法地帯も同じだ。ところが——

『私は、大丈夫だ』

涼風のような声が届けられた。

千徳さん……俺は腹から息を吐く。無事だった、もしこの人を失ったら自責の念と絶望で立ち上がれなかった。だがまだ安心できない。

「ご無事ですか！　怪我は？」

『心配には及ばない』

千徳さんの声は、笑いさえ含んでいた。

『四倉は我を失いかけたが、思い留まってくれたようだ』

そうなのか……本当だろうか。静寂には物凄い緊迫感が漲《みなぎ》っていた。四倉が上官に襲いかかったか、目の前で自決したと確信したのだが。

『まだ油断しないでください！　豹変するかも』

上郷の声が飛んでくる。俺も口添えした。

「本当です。できるなら、誰かに拘束させた方が」

するとと千徳さんは愉快げに言った。

『いや、用心棒もいる。全く問題ない』

「そ、そうなんですか？」

『ああ。いずれ紹介する』

誰だ？　見当もつかない。俺は冗談を疑う。

『四倉、私を信用しろ』

千徳さんは何事もなかったかのように尋問を再開した。

『極秘のチームが真実を探っている。警察を憂《うれ》う志士の集まりだ』

しかも情報を開示して。こんなにあけすけに喋ってしまっていいのか？

『お前も警察官として、せめて、五分の魂を持っているのなら』

だが、この声の情感に俺は打たれた。千徳さんは決めにかかっているのだ。自分の内心をさらけ出してまで相手の心を摑もうとしている。

『警察をこれ以上、閥のいいようにさせていいはずがない』

四倉はまた死人のように黙っている。俺の不安は消えない。

『キャリアが私腹を肥やすレベルなら、まだいい。だがこのままでは、警察は市民の敵に成り下がる』

　これ以上に真摯《しんし》な言葉はない。千徳さんは官僚ではない、警察官だった。

だが四倉に通用するか。キャリアの特権の海に浸《つ》かってきたこの男が、出世と保身以外の行動原理で動くのか。

『神は――』

四倉はふいに言った。

『権力を持ちすぎている』

俺は思わずゴクリと喉を鳴らす。

『私もそう思います。あまりにも……圧倒的すぎる』

初めて、相手の本音を聞いた。俺はそう思った。

つまり千徳さんは、勝負に勝った。

『誰もが、進んで奉仕している。私が閥の存在を知り、その勢力に取り込まれた頃は、これほどではなかった。〝神〟という呼び名は聞かれなかったし、これほど絶対的な存在でも、なかった気がします』

　訥々たる語り。この男はいま初めて、閥に属する官僚としてではない、四倉祐人個人として喋っていた。

『これほどの権力者が存在するとは、私は、想像したこともなかった……』

『誰かが利用しているのだ』

千徳さんが鋭い分析を加えた。

『神そのものも、もちろん厄介だ。だが、神の存在を巧みにプロデュースして、閥の権力に還元している者がいる』

『……おっしゃるとおりでしょう』

四倉は素直に認めた。

『問題は神ではない。いや、神もそうですが……その周りの、利益を得て汲々《きゅうきゅう》としている者こそが』

『それが誰か君は知っている。教えてくれ』

なんと自然な呼吸だろう。四倉は、答える。そう確信した。

『私は、知りません』

だが四倉の答えはあまりに、無味無臭だった。

『知ろうとしたこともありました。しかし……やめました。私は命を取った。無知でいることで、閥にとって無害な存在であることを選んだのです』

四倉は真情を吐いている。俺にはそう聞こえた。自分は情報源として無価値。無知でいるという、究極の保身。

尊敬はできない。だが気持ちは分かった。生存本能だ。

『知らないというのか？　まったく？』

千徳さんはむろん納得などしない。逃げを打つ手管だと疑っている。

『本当です。信じてください』

四倉が静かに言い、千徳さんは黙った。

沈黙が引き延ばされる。チームで無念を共有した。もう一人のホシを追っている上郷が、何か言い出しそうな気配を感じた。参謀は自ら闘いながら、なおも知恵を使おうとしている。

『神とは、なんだと思う』

だが、問いを発したのは千徳さんの方だった。

四倉に訊いたのか、仲間に訊いたのか分からなかった。

上郷の溜め息を、確かに訊いたと俺は思った。

『申し上げました……私は、誰であるか知らない』

警戒から来る逡巡《しゅんじゅん》のあと、四倉はたどたどしく答えた。

『誰かと訊いているのではない』

いつの間にかその物言いは、かつて聞いたことがないほど非情になっている。

『神とはなんだ、と訊いている』

『なんだ？』

困惑の極みのような声を発し、四倉はふいに、詠唱《えいしょう》を始めた。

『命を長らえ……命を奪う』

俺の顔から血の気が引いた。なんと芝居がかったフレーズ……くだらない、と唾を吐きたくなったが、腕には鳥肌が立っている。

『そんなことは知っている』

千徳さんはますます非情になる。

『お前は、信じているのか。神の力を』

『……分かりません』

恐れ戦《おのの》く声。首席監察官室でのやりとりは、いまや意味不明の領域に入っていた。

『ですが、だれもが神に傅《かしず》いているのではあれば、やはり……本当ではないかと』

『ではないか。伝聞。推量に過ぎない』

千徳さんは失望と軽蔑を露わにした。

『その程度の信仰で、ただ従っている……閥の前に膝を屈し、逆らわずにいる』

『私だけではありません！』

四倉は情けない声で抗弁した。千徳さん、と遮りたくなる。いい加減にしてください、お願いだからまともな話を——そう叫んでしまいそうだ。

すると千徳さんは、少し息を整えたようだった。静かに問う。

『神が次はなにをなさるか。聞いているか』

四倉はまた沼のように黙る。

だが、沼の底から耳障りな声が湧いて出る。

『……聞いていることは、ひとつだけです』

『なんだ』

『今夜、降臨する』

『なんだと？』

声の烈しい震えを俺は聞き取った。

『どこだ。どこに現れる』

今までで最も長い沈黙。

5

「これが吹き抜けですか」

私は言った。駅を貫く筒状構造を見つめながら。

「へえ。凄いですね」

土沢も感心して見せた。この若者も実際に見るのは初めてなのかも知れない。猪野助役がにこにこと頷いている。

渋谷駅の地下三階。吹き抜けを構成する円筒形は、直径二十メートルはありそうだ。私は周りを観察した。ガラスの筒を挟むように、両側に改札がある。どちらの改札にも警備員が一人ずつ立っている。ガタイはよいが、どれだけ訓練された警備員かは分からない。横を見ると真新しいビルの入り口があり、渋谷ディライトだと分かった。渋谷に縁遠かった私は一度も入ったことがない。こんなお洒落な最新スポットなど気恥ずかしい。だがいずれは入らねばならないのだろう。あの中で事件が勃発《ぼっぱつ》したときに。

「更に下に行くには、改札を通らないといけません」

なるほど、この下はホームばかりなのだ。私と土沢は、猪野の計らいで駅員用改札を通らせてもらった。礼を言い、Ｂ４に向かってエスカレータを降りる。まもなく最深部。

地下四階には人が少なかった。この階にはホームがないようで、この下のＢ５にあるのも東鉄線・準都心線のホームだけだから、その路線の利用客だけがここまで降りてくるわけだ。Ｂ４はただの中二階のような扱いになっているのか。未来には別の路線のホームとして使うのかも知れないが。更にエスカレータを降りた。

「ここが最下層になります」

Ｂ５に到達すると、猪野が宣言した。

「渋谷の底です。ご覧の通り、ホームしかありませんが」

「なるほど」

　完全に、二本のホームのみ。電車の発着に特化した場所だ。訊けば階段は五つ、うち、エスカレータがついている階段は三本。エレベータは一基のみ。

　ホームには電車が止まっていた。車内には乗客が多く乗っていて、発車をじっと待っている様子だから、どうやら終電だ。

——**神は地下に棲まう。最も深い地の底に。**

　また唐橋の声。だがホーム以外に何もない、こんなところにはだれも住めない。当たり前だが。

「ちょっと、端のほうまで見たいんですが」

　私の頼みに猪野は頷いて、ホームから人が転落するのを防止するスクリーンドア沿いに歩き出した。私と土沢も続く。どこも何の変哲もない。ホーム内側の壁のところどころに赤い表示があって〝防犯ボタン〟と書いてある。非常時には乗客がこれで駅員を呼ぶわけか。〝非常停止ボタン〟というものもあった。何か起きたらこれを押して電車に警告を促す。そして——〝鉄道電話〟の表示。

　私は思わず立ち止まる。

　白いボックスが壁に埋め込まれている。ボックスの中央左に鍵穴。その下には、スピーカーのようなものもついている。

——使われていない鉄道電話がある。それで、神と話せるという。

だが鉄道電話には鍵が掛かっている。一般人は使えない。私は猪野を見た。

ここには駅員がいる。助役は、駅にある全ての機器を扱えるはず。

馬鹿な、やめておけ。そう笑っている自分を、私は振り切る。

「この鉄道電話というのは、よく使うんですか」

壁の枠を指差しながら訊いた。

「使いますけど、頻度は減ってますね」

助役は言った。

「全員が携帯電話も持っていますから、適宜使い分けます。でも、鉄道電話は固定されちゃってるので、使い勝手がいいとは言えません。特にその電話は、あんまり使われてないはずです」

胸を突かれた気分になる。だが顔には出さず、訊いた。

「どうして、これは使われない？」

「半端な場所にあるからです。ホームのど真ん中でしょう。駅員の詰め所——ホームベルを流す制御盤があるところですけど、それはもっと端にあるので、そっちの電話は比較的使います」

なるほど。やはりこれは使われていない鉄道電話。

「これの鍵は？　持ってるんですか」

何を訊いてる。自分に突っ込みながらも、口が止まらない。

「はい。非常時には使えるように」

「なるほど」

この鍵、開けてもらえますか。

そう頼むのは堪えた。そこまでしたら私の頭がおかしいことになる。苦々しい笑みを噛み殺して、歩き出そうとした。そこで発車ベルが響き渡る。

「終電が出ます！」

猪野が声を張る。

ホームを見渡すと、電車のドアに続いてスクリーンドアが一斉に閉じた。電車が滑らかに動き出し、代官山《だいかんやま》方面に去って行った。ホームに初めからいた駅員が、猪野の方に会釈して寄越す。そして階段の方に去った。業務終了ということらしい。Ｂ１の事務所に戻るのだろう。

「仕事は終わりですか。お疲れ様でした」

「いえ。このホームは終わったと言うだけで、他の路線の運行はまだありますし。終電後もまだ駅内に人の行き来があります。まだまだ仕事は終わりません」

猪野は変に楽しそうに言い、私たちを交互に見た。

「だいたい、お分かりいただけましたか？　地下の様子は」

「おかげさまで。非常時には、退避路は当然、上ですよね。他にないですよね」

「ええ。階段かエスカレータか、まあエレベータ。ということになります」

こんな地の底で非常事態に遭いたくはない。地上に向かって懸命に這い上がるしかないのだ。

「では、上に戻りますか」

猪野の声で、私たちはホーム端付近のエスカレータを使い、Ｂ４に向かって上り始めた。上り切る前に異変に気づく。最初に目に入ったのは、白い布だった。Ｂ４の壁に横断幕のようなものが張られていて、文字が書いてある。アルファベットだった。とっさに読み取れない。

エスカレータで上り切ると、フロアには人が増えていた。さっき通ったときはほとんど誰もいなかったのに。いや、増えているのは……作業員だ。作業服を着て、黒いマスクで顔を覆っている。終電が去るのを待ってこの階でも工事を始めたのか。

「あれ？　おかしいな」

猪野が首を傾げた。目の前の状況に驚いている。駅の助役が工事の予定を知らないはずがない。私は緊張を高めた。

壁の幕を見る。どうやら英語だが、私は英語が苦手。意味がつかめない。〝ＬＬＦ〟という真ん中に書いてある三文字以外は読めない。

「なんだこれ？」

と声を上げる土沢も同じらしかった。

「セイブ……なんだって？」

猪野もしきりに首を傾げながら携帯電話を取り出した。仲間の駅員に確認するためだ。私は再び作業員たちを観察する。吹き抜けのすぐそばに三人いて、業務用冷蔵庫ほどもある機械が見えた。配電盤があり、つまみを回して操作している。

なにっ、と私は言いそうになった。突然間違い探しのクイズを出されたような気分だった。よく見ると作業員たちはおかしい。原因は顔だ。つけているマスク、それは作業用の厳《いか》つい黒いマスクだと思っていたがよく見ると違う……顔全体を覆っている。単なる呼吸器用のマスクではない。ほぼ覆面だ。私は一歩近づいて目を凝らす。

――タイガー・ウッズか？　いろんな意味で有名なプロゴルファー。その横にいるのは、猫だった。顔が黒いシャム猫の造形。目だけが透き通る青。いったい何の騒ぎだこれは？

残る一人は、ダースベーダーのようだった。だが作りはチープ、平べったくて立体感がない。ただし口のところがアンバランスに膨らんでいる。そこだけはリアルな……違う。

全員のマスクの口が同じだった。盛り上がっている。

分かった、と思った。全員が同じマスクの上にお面を被っているのだ。二重の仮面、下につけているのは――鼻と口を完全防護する物。ガスマスク。

私は更に数歩近づいて目を見張った。こいつらが操作しているのは何の機械だ？　管が伸びている、それは――吹き抜けの一部を突き破っている！　壊れたガラスが白い筋を周囲に延ばしている、蜘蛛《くも》の巣のように。

おかしい。この駅自慢の吹き抜けをどうして壊す？　そんな工事があるか。きな臭さが鼻を突く、機械のモーターが発する煙か、それとも異常なトラブルの臭い……頭がクラクラする。他に乗客の姿は見えない、さっき上がっていった駅員はどこだ？　姿が見えないことが強烈な不安を引き起こす。

不安は一瞬で危機に変わった。作業員の一人が私たちに気づいたのだ。こちらをじっと見てくる。私は相手の目を探す、だが見えない目玉がない、あるのは黒いレンズ。そいつの肩からぶら下がっているものがあまりに非現実的で、何度も目を凝らしてしまった。初めは分からなかった、角度が悪かったのだ。だが――ライフル。間違いない、作業員がこちらを向いた拍子にぶらりと揺れて形が露わになった。なんと凶暴なフォルム。日本には存在し得ない銃器。

「下に戻る」

私は鋭く言った。

「急いで！」

6

渋谷。

四倉は確かに街の名を口にした。小さく、囁くように。長い長い静寂の後に。

それが全てだ、と俺は思った。やっぱりだ全ての焦点があの街を指している、何か破滅的なことが進行している――

『俵は都内に入りました』

上郷の声がとどめを刺した。

「なに？」

俺は鋭く訊く。

「県警に逃げ帰るんじゃなくてか」

『国道２４６号を北上中』

その先にある街は、言うまでもない。

「早く言え！」

いるのに。

俺は上郷を責めた。千徳さんを邪魔したくないから言えなかった、そんなこと分かって
「なんでそっちに……」

言いながら、愚問だと悟った。急いで問いを投げる。

「神っていうのは、いったいなんなんだ？」

『警察閥の頂点にいる人間』

上郷が余裕のない声で注釈を入れた。

『いつしかそう呼ばれている』

千徳さんが言い添える。

『まるで安物のドラマか、あるいは新興宗教みたいに胡散臭い。そう思うだろう？　私も、初めて聞いたときは笑ったものだ』

当然だ。俺も公安の区界に、同じ反応をした。だが奴は迫っているのだ真実に……世界がひっくり返る感覚。あいつと話さねば、俺には何も見えていない無知すぎる、という怒り。どこにもぶつけられない。

『だから君にも言っていなかった。私たちがいかれてると、思われたくなかったからね』

四倉の手前、千徳さんは君と言った。四倉に俺が誰か分からないように。そして「君」には綾織も含まれている。密盟の一員として日の浅い俺たちが、「敵は神だ」などと聞か

されたら呆れて去ってしまう。そう懸念していた。当然だ。千徳さんは俺たちごときに気を遣っていた……。

『だが、今や笑い事ではない。それを身に沁みて感じている。近年あまりにも、神の名を聞く。そしてますます、閥の結束は揺るぎなくなっている。かつてないほど支配力を高めている』

「しかし……」

俺はどう返したらよいものかさっぱり分からなかった。

『神。その名にたいした意味はない。そう考えるべきかも知れない。あまりに触れがたい存在は、究極の名で呼ばれる。だから神、なんだと。だが……』

そこで俺の携帯機器が鳴る。胸騒ぎ、と言うにはあまりに強烈な予感が襲ってきて夢中で表示を確かめた。案の定、岩沢さんに預けている部下だ。俺はつないだが何も言わなかった。秘密回線の先にいるメンバーを混乱させないためだ。

だがすぐ無理になった。

『晴山さん！』

切羽詰まった声が俺の胸を裂く。

『こちら、渋谷駅の地下です！　テロ発生です！』

土沢は必死に声をひそめていた。まるで火災現場の熱風のように耳障りだが、この部下

のすぐ背後に危険が迫っていることはひしひしと感じられた。俺は恐慌に陥りかけたが、

「落ち着け。状況を説明しろ」

なんとか言った。俺はこの男の教育係。常に手本でなくてはならない。

『はい、武器を持って、マスクを被った奴らが……変な機械を操作しています』

「機械？　何の機械だ」

『分かりません、地下四階の、吹き抜けのところから、何か……空気を』

「空気？」

言っていることがまったく分からない。

『空気というか、たぶん……ガーッと……』

「ガーッと？　ちゃんと説明しろ！」

『何かの……』

誰かに何か訊くような気配。岩沢さんか？

『ガスを、噴き出して……』

ガス——最悪の想像が膨れあがる。

大量殺人。かつての宗教団体の狂ったテロ。

『一台じゃありません、あっちこっちに変な奴らが集まっていて、機械を使って……』

「すぐ行く！」

俺はすでに駆け出している。

「土沢、捕まるなよ」

『急いで待避しました、地下四階から、五階へ……ただ、姿は見られました』

「見られた？」

絶望的な気分になるが、正確な状況が分からない。土沢と岩沢さんはいまどれほど危険だ？

『オレたちは駅員と一緒に動いています、テロリストには、刑事だとは分からないはずです、一般客だと思って……襲いに来るかどうかは分かりません、上にはまだ、他の乗客もたくさん……そもそも、目的がよく分からない』

俺は考える。土沢も岩沢さんも武器を携帯していないに違いない。テロに素手で立ち向かうのは、ただの無謀だ。

「無理するな、とにかく自分たちの身の安全を第一に考えろ！　岩沢さんを守れよ。で、絶対無事でいろ！」

俺は走りながら土沢に言いたい放題の命令を与え、車に乗り込むや否や発進した。

遅すぎた、もっと早く出るべきだったという後悔を抱えて急加速する。

マン・オン・ジ・エッジ　6

霧迷宮。

その言葉を耳にしたとき、俺の頭の中でスパークした。

神の姿が見えた。急げ一刻も早く——神奈川県警の俵が、それを追う上郷と綾織が、そして晴山が渋谷駅に向かっている。その地下にはすでに渋谷南署の岩沢と捜査一課の若造が囚われている。

おれもその場に居《お》らねばならない。だれよりも、おれが。

渋谷へ！

「頼むぞ、区界」

師が言った。

「みんなを守ってやってくれ」

おれは頷くだけで、言葉で答えることはできなかった。時間がない。堅牢な建物の裏口から飛び出す。あの地下の迷宮が霧に満たされる……また警察族が死ぬ。間違いない、迷宮は警察官を絡め取る地獄……おれは知っている、破壊と殺戮《さつりく》の予感に満ちたこのとき、仲間を思い沈痛な顔をしていなくてはならないのになんだこのとめどなく湧き上がってくる期待は、歓喜は！

霧の中に神が現れる。それは火を見るより明らかだった。

念願が叶う。この思いは師にさえ伝えられない。

おれは――神に会う！

第六章　地宮《ちきゅう》

1

　私は首を左右に振って警戒する。転げ落ちる勢いでＢ５のホームに戻ってきたものの、土沢は動揺のあまり視線が定まらない。私は手のひらで頭を叩いて刺激を与えた。ぎょっとして私を睨み、それから意図を理解したらしい。自分の胸を押さえて頷いた。猪野助役のことも目で励ます。彼もなにがしかのテロ活動だと気づいた様子で、気丈に頷き返して見せた。

「乗客は、ほとんどはけているみたいなのでよかったです。何か変だって気づいて、上に向かって逃げたんでしょう」

　プロだ。乗客のことを第一に考えていた。確かに、Ｂ４には見渡す限り乗客の姿はなかった。吹き抜けのそばにいる三人だけでなく、反対側のエレベータ傍《そば》にも三人ほどのグループが見えた。そして同じような機械を稼働している。テロリストは少なくとも、二つのグループ。連携して行動している。

連中に私たちは見られた。間違いない。

「あの管……何かのガスを、吹き抜けを利用して、上の階に流してるんじゃ？」

猪野の観察眼は頼りになった。駅の構造を知り尽くしているから、空気がどう流れるのか把握している。ただし、把握しているのはテロリストも同じ。この駅の構造を利用している。あの機械が二台あるということは、吹き抜けだけではなく、エレベータか換気システムも利用しているのだ。作り出した気体を盛大に噴き上げるために。だが……

「何のガスだ？」

私は必死に考えた。連中が被っているのは明らかにガスマスクであり、決して自分たちが吸わないようにしている。ということは。

「サリンのような毒か。あるいは、可燃性の……火をつけると爆発するようなものか？」

あの垂れ幕が分からなかった。何かのメッセージ。政治的なテロと考えられる。だが自分たちの主張を世界に発信するために、何のガスが必要なんだ？

「くそ！　銃を持ってきてれば」

土沢が歯噛みしている。刑事部や刑事課の人間がふだん銃を携帯しているはずもない。対して、ガスマスクの連中は武装している。降りてきて私たちを襲う可能性が高い。

自分の鼓動が聞こえるほど激しく動悸《どうき》しながら、私は土沢と共に階段の上から目を外さない。一向にガスマスクどもの姿は見えなかった。迂回して他の階段から降りてくるかも

知れない——だが、手分けして見張るとお互いを助けられない。ジレンマだった。私の苦悩に気づいたのか、

「上に行って様子を見ます」

土沢が勇ましく言った。

「いや、ここで待機だ」

私はきっぱり返す。

「普通の乗客だと思って、危険と思っていないかも知れない」

「しかし……ここにいても状況が分かりません」

「見ただろう。向こうはライフルを持ってる。拳銃だってナイフだって持ってるに違いない。丸腰で立ち向かっても、犬死にだ」

土沢に言いながら、私は自分に言い聞かせているのだった。

「ここで待機。外部に状況を伝える。それが私たちの仕事だ」

連中に飛びかかってやめさせたい。ガスによって階上ではどんな被害が広がっているのか？　だが、無駄に命を捨てることは決して勇気ではない。

「分かりました。主任に連絡します」

土沢が晴山に電話するのを見ながら私は考えた。私も連絡すべきか、だれを最優先にする？

「テロ発生です！　武器を持って、マスクを被った奴らが……」

つながった。土沢は唇に触れんばかりに電話を近づけて、切羽詰まった声を出す。声を抑えろと注意したいが、相手に緊張を伝えるには効果的だ。

「吹き抜けのところから、何か……空気を。空気というか、たぶん……ガーッと、何かの……ガスを、噴き出して」

だが表現力がないので伝わっているかどうか不安になる。電話の向こうの晴山はどんな顔をしているだろう。

「駅の下層から噴き出しているとしたら、上の階に充満させる狙いでしょう。人が多いのは、Ｂ３以上です」

猪野助役が言った。彼もさっきから携帯電話を耳に当てていたが、相手と話せた様子がない。管理事務所も混乱しているのだろう。

「だから、こっちの階までは流れてこないかも知れない」

「そうだといいですね」

私は相手を不安にさせないことを第一に考えた。土沢がはい、はいと言って通話を終える。

「晴山さんも助けに来てくれます」

それは嬉しいが、ここまで辿《たど》り着けるかどうか。最地下だ。

それにしても……誰も下りてくる気配がなかった。私たちはテロリストに、見事に無視されている。

「岩沢さん。オレ、やっぱり行きます。上に」

痺れを切らした土沢が言い出した。

「待て」

私は制止した。他によい策を捻り出そうとする。だが思い浮かばない。

「……分かった」

状況を正しく把握するのが最優先だ。土沢を偵察《ていさつ》に出そう、ただし。

「私は下で見てる。常にお互いが、見える位置にいること」

「は、はい」

「目の届く範囲にいろよ。勝手に離れるな」

「了解しました。階段の上まで行ったら、頭を出して見るだけにします」

「ガスに気をつけろ。吸ったら死ぬかもしれん。ちょっとでも異臭を感じたら戻れ。途中でもだぞ」

「分かりました！」

そして土沢は階段を上り出す。私と猪野は、祈る思いで見上げた。

2

渋谷へ。渋谷へ！　もどかしい、月曜の夜は道ががら空きだというのに、レガシィB4をめいっぱい飛ばしてもさっぱり近づかない。

「俵はどこだ？」

上郷に向かって矢継ぎ早に訊く。ヘッドセットの具合を確かめる意味もあった。俺はちゃんと両手でハンドルを握ってる、走行中の通話は厳密には違反だが、もはや条例や道交法など知ったことではない。

「土沢から連絡が来た、駅で異変が起こってる……テロらしい」

しばらく回答がなくて心配になる。上郷の運転する車が事故ったんじゃないか。俵が迎え撃って、二人ともやられたんじゃないか。

『俵は車を降りました』

だが声が返ってきた。緊迫している。

『車を捨てて、渋谷駅の入り口に走った……でも、シャッターが閉じてる。どうやって』

あっ、という高い声。上郷の横にいる綾織だ。次の瞬間マイクが拾う音が変化する、ぶわっという風、せわしない足音、そして瞬間的に途切れる。二人は移動している、走って追跡しているのだ。

「どうした？　上郷、返事をしろ！」

俺はハンドルを叩きながら怒気を強める。腰が耐えきれないほど重い、本当は車の運転など最も良くないがこの身体で乗り込むしかない。神経の痛みなんかで腰が砕けたりはしない！　汗だくの自分にそう言い聞かせる。

『俵は……ガスマスクらしきものをつけました』

呆然とするしかない答えが返ってきた。俵は、中の状態を把握している。

『シャッターの隙間から中に入りました』

「隙間だと！」

『出入りできる場所も、あらかじめ知っていたようです。私たちも追います』

「お前らは中に入るな！」

俺は怒鳴った。

「分かってるよな？　お前らをそこまでおびき寄せたんだ。中に入ったら死ぬぞ」

『ユビキタスチームにガスマスクを持ってこさせます。そうすれば』

「まもなく着く！　俺が行くまで待て」

『しかし……』

俺が行ったからといって何ができる？　それは説明しなかった。できなかったのだ。だが女たちを死なせるわけにはいかない、実際、罠に違いないからだ。

　警視庁は動き出している。俺の携帯に緊急連絡はまだないが、駅内で異変に気づいた客も駅員も当然通報しているだろう。俺はダッシュボードに置いた電話を見て考えた。川内さん……柏木さん。捜一の仲間に助けを求めたい、駅中にいる土沢と岩沢さんが危ない、その土沢に今度はこっちから電話するか？　あの巨大な迷宮の最底辺に取り残されている二人の無事を確かめたい、だが今にもテロリストに襲われるとしたら土沢が電話に出られるのか。望み薄だ。

――会いに来てるんだよ。

　そのとき、異常なまでに鮮やかに甦ったのは、蛇のような目を持つ男の顔。

――世界中のろくでなしどもが会いたいような奴が、日本にいるってこった――

　気づくと俺は携帯電話で、念のために登録しておいた奴の番号にかけていた。ヘッドセットをつけたままだが気にしていられない。

――お前の想像もつかんほど汚え世界だ。おれは、直接訊いたことがある。いいいい、お前はだれに会いに来たんだ――

　だが相手は出ない。区界め、と俺は舌打ちする。留守電に切り替わった。

　少し迷ったが、俺は言った。

「晴山だ。話したい。あんたの言うとおりだ、神だ……いま、渋谷が大変なことに」

自分でも何を言っているのか分からなかった。前方に真新しいビルが見えて、反射的に電話を切る。渋谷の新しいランドマークだ、着いた……あの下が渋谷駅。

「上郷、着いたぞ！　そっちはどこにいる？」

ヘッドセットに叫ぶ。

『道玄坂口《どうげんざか》です。そちらは？』

「こっちは……ディライトが見える。逆の方だな」

土沢が言っていた吹き抜けというのはこっちの方じゃなかったか？　記憶に自信はなかったが、俺はレガシィを路駐して手近な出口に向かった。シートから解放された瞬間腰が喜ぶが、すぐに蓄積疲労が別の痛みを背中や尻に滲み出させる。だが非常時が有り難い、痛かろうがつらかろうが動くしかない。車の中からタオルを取ってくることも忘れなかった。これがガスマスクの代わりとはお笑いぐさだが、ないよりはマシだろう。駅への入り口を見つけて近づく……だめだ。シャッターが完全に閉じてる。

「シャッターと地面の隙間から気体が漏れ出しているようには見えなかった。近づいてみるが、特に臭いも感じないしシューという噴き出す音もない。もともと無味無臭のガスだとしたら、感づくことは難しい。別に眩暈が起きたりもしない、このシャッターが優秀で密閉率が高いのか？　いずれにしても、これでは入れない。

俺は走った。別の入り口を探す。そういえば俺たちの音声は千徳さんも聞いているだろう、と気づきヘッドセットに向かって現状を報告しようかと思ったが、イヤホンから小さく声が聞こえるのに気づいた。耳を澄ますと、英語のようだ。上郷が誰かと喋っている。英語が得意とは言えない俺に内容はほとんど分からないが、いま渋谷で起きていることの説明をしているような気がした。いったい誰に向かってだ？　では綾織と話したいと思ったが、わざわざ携帯機器を出す時間が惜しい。俺は足で侵入口を探し続けた。

バスターミナルの端にある入り口を見つける。上部の赤いランプが点灯し、シャッターが開き出している！　天の助けとばかりに俺は殺到する。ところが、中から飛び出してきた黒い影がまともにぶつかってきた。俺は弾かれて尻餅をつく。尻の神経がバチッと放電し延髄《えんずい》にかけて激痛を走らせた、耳からヘッドセットが外れて首にぶら下がる。襲撃……ぐぬぬと唸りながら正面を睨むと、制服姿の警備員だった。顔を手で押さえている、俺以上のダメージのようだ。かなりの年配で、皺だらけの顔は紅潮し瞼が痙攣していた。

「警察です！　中はどうなってますか」

俺は訊いた。警備員は怯えてずり下がったが、警察という単語が脳に染み込んだらしく目を激しくしばたたかせる。

「わ、分かりません……下の方の階で、変な連中が、マスクを被って……作業員だと思ったんですが」

下唇をぶるぶる震わせながら訴える。

「作業員のフリをして入り込んで、何か機械を持ち込んだんですね」

相手を落ち着かせるために話を整理する。

「その機械で、ガスを出してる？」

警備員は食いつくような勢いで答えた。

「分かりません、ただ、人が倒れてるのを見て、怖くなって……助けてあげてください！」

人が倒れている……ガスを吸ったのだ。それを見て、この警備員はサリンを連想したに違いなかった。もしサリンか同レベルの致死性ガスだとしたら被害は尋常なものではすまない、終電前後の時間帯でも相当の数の乗客が中にいたはずだ。どの出口のシャッターから閉めた？　もしほとんどが閉じているなら密閉率が高くなる、そのタイミングを狙ったか？　おかげで地上に漏れ出していないとしたら不幸中の幸いか、いや地上で希釈されればたいした被害ではないかも知れないのだ、やはり巧妙な計画だ……薄まらないガスが地下の人々に容赦なく襲いかかる。土沢の証言によれば、ガスを撒いているのはＢ４。だいぶ下だから、地上近くにいた警備員はガスを吸っていない。ならば俺が潜り込んでも大丈夫だ。途中までなら。

中の様子を確かめずにいられるか！

「ここは、少し開けて置いてください。人ひとり通れるように」

俺は警備員に告げた。それが正しい判断なのか分からないまま、中に飛び込む。

3

私は階段の下に位置取り、上ってゆく土沢から目を離さない。

土沢はいま、階段をほぼ上りきったところだった。だが軽はずみに頭は出さない。段にしがみつくようにして身を低くし、慎重に少しずつ頭を上げて、上の階の様子を確かめる。

そしてしばらく動かなかった。若い刑事の目には何が映っている？　私はじりじりしながら待った。それにしても考え抜かれた計略だ……苦々しい思いでいっぱいだった。場所と時間帯が絶妙。地上の出入り口のシャッターが閉まって換気が悪いタイミングを狙った。おかげで内部に一定の人間が閉じ込められ、外からは入れない閉鎖空間と化した。よほどの準備が必要だ。駅を管理する側の誰かも疑わねばならない、と私は思い至る。内通者、協力者がいなくては用途不明の機械を持ち込むことは難しい。

だが、いちばん分からないのは目的だ。なぜ渋谷で、しかも駅でこんなことを？

メッセージが壁に貼られている、だが私はどうしようもない違和感を感じていた。なにかがずれている。ちぐはぐ、過剰……うまい表現が見つからない。犯人グループは何を主張したい、あるいは誰を傷つけたい？　単純な破壊や殺傷を目的としたテロリストではない、武器を装備しながら乱射はせず、ガスを噴霧することに執心している。何かはっきりした意図を持って行っている。

ふいに階上の土沢が振り返った。目をいっぱいに開いてこっちを見下ろす。私は首を傾げて見せた。すると土沢は小さく頷いて、両手を下に置くような仕草をした後、ふっと身体を持ち上げた。あっさり上の階に足を踏み入れる。

私の視界から消えた。

土沢……目の届くところにいろと言ったのに！　なぜ勝手な真似《まね》をする？　怒鳴りたかったが、そんなことをしたら土沢を危険にさらす。あの仕草は何だ。危険はありません、落ち着いてください、そんなふうに見えた。どういうことだ？　危険がないはずがない、あのふざけたマスクの連中がいまもガスを大量に上へ上へと送り込んでるんじゃないのか。それとも、目的を達して帰り支度でもしているか。後ろで身を固めている猪野助役を振り返り、

「私も上に行きます」

と告げた。猪野は不安に顔を歪めたが、置き去りにして私は早足で階段を上る。階段の半ばまで来て足を緩めた。足音を起こさぬよう一段一段踏みしめる。

そこで懐が震えた。電話だ。表示を見ると、相手は土沢だった。すぐ出る。電話できる余裕があるとは……

『テロリストの姿が消えています』

「なんだと！」

　気が抜けたのは一瞬だけだ。

「本当か？　まだ陰に潜んでるんじゃないのか」

『でも、この階では視認できません。上の階へ行ったようです。いや……ちょっと待ってください。あれは』

　しばらく無音。

　頭に血が上る。なんということだ、土沢は早合点《はやがてん》してテロリストを見逃していたのでは？　電話で話すなんて軽率な……おかげで気づかれた！　私は足を上げる。早く援護を……

『──カメラを構えています』

　一転して声を低めた。土沢は、物陰に隠れた様子だ。

『まだマスクをした奴が一人、残って……撮影しています。あいつ、初めからいたのかな？　なんだあの白い顔──』

「おい。危険だ。戻ってこい」

　私は命じる。

『あっ引き上げていきます……上へ。追った方が……』

「いいから戻れ！」

『了解しました』

私の怒気に、土沢はようやく従った。電話が切れる。

その瞬間に音が鳴る。それを私の脳は判定不能と捉えた。何かが落ちる音にも、足で床を突くような音にも、誰かの頰を張るような音にも聞こえたから狂おしい希望の火は消えない、だがガクリと腰が浮くような衝撃を感じた、いまのはまさか——

すべては同時に起きた。これほど呪わしい瞬間はなかった、階下で何かが勃発している。ハッと見下ろすと猪野助役がもがいていた。心配げに私を見上げていたはずの彼を、何者かが後ろから羽交い締めにして口を塞いでいる。黒い手袋が容赦なく猪野の顔をつかんでいる、そして見えた——ガスマスク。

しまった。とてつもない後悔に私は震える、別の階段から賊《ぞく》の一人がこっそりと下りてきていた。やはり連中は私たちを放っておく気などなかった！

階段を駆け下りる。転がる勢いで私は猪野助役とガスマスクに迫る。だが飛びかかることはできなかった、猪野のこめかみに突きつけられたものが見えたからだ。

拳銃。

4

地下への階段を下りながら、一言言った。

「晴山、駅地下に侵入」

秘密の仲間たちに伝わるようにと。あとは黙る。どこで誰が待ち伏せているか分からない。すぐ地下一階に達した。予想外の光景に俺は驚いた、人っ子一人いなかった。全員逃げ出したようだ、倒れている人影もない。少し安心した。ここまではガスが来ていないのだ。来ているとしても、空気で薄まって身体に影響を与えるレベルではない。頼りになるのは鼻だろうと思った、空気の微妙な変化を感じられるのはそこしかない。そして吸い込んだら死ぬようなものであれば、異変を感じた瞬間に終わり。

分かっていても身体は前に進む。マスク代わりのタオルを鼻と口に当てながら、一方で鼻をきかせる。意味ねえなと自分に突っ込むが、こんな無茶は前にもやってる、と思った。もう五年も前だが、とち狂った立て籠もり犯が武器を振りかざしている中を一人で突っ込んでいった。あのときも、死ぬかも知れなかった。分かっていながら突き進んだ。

刑事だからだ。警察官の本能を持っていれば、誰かを救わねばならないと思うなら、自分の危険は二の次になる。これがあるから俺は刑事を続けてこられた。これほどの危機にあって俺の生命は確かに悦《よろこ》んでいた。いま探してるホシはテロを起こしたグループと、刑事。神奈川県警のあの男はガスマスクさえ用意していた。どこにいる？　奴らへの怒りが身体を駆け巡り強烈なエネルギーになっていた。この日、これが起こることは決まっていた……知っていた奴らが黙っていた。警察族が。なぜだ？

首謀者だからだ。とんでもない答えが自分の中から返ってきて、さすがにたじろぐ。そんなことがあるのか？　ないと言えないどころか、俵が警察のはみ出し者なのではなく、警察に忠実だからこそ知っていたのではないか――そんな疑いが膨れ上がっている。奴を吐かせるしかない。これは何のためだ、鴻谷氏と何を企《たくら》んでいた？　お前が殺したんだろ、仲間割れか？　誰かの命令か？

人の姿を求めて、俺は下へと降《くだ》る通路に近寄る。タオルを顔に当てた。

これ以上進んではならない。エスカレータ脇に立って下を覗き込みながら冷静に考えた。この下は命の危険が格段に増す。下れば下るほど、死に近づく。

俺は止まっているエスカレータから外れ、横にある階段に足をかけた。一歩一歩下りる。これは蛮勇《ばんゆう》じゃない、死ぬつもりはない、少しでもおかしいと思ったらすぐ引き返す！

そう自分に言い聞かせながら。

異変をまったく感知しないまま、俺はB2に達した。

戦慄する。ここの光景はB1とは違う、あの警備員の言うとおりだ……広いコンコースの床に倒れている人間がいる。見渡すと、その数十五人ほど。死体か？　いや違う、立ったり歩いている人間は一人もいないが——全員が動いている。

得体の知れない感覚に囲繞《いじょう》された、だれもが這ったり、転がったり、手足を痙攣させたりしているのだ。近くにいるスーツ姿の若い男を見て俺は怖気《おぞけ》をふるった……仰向けになったその顔は笑っていた。目は閉じている、だが喉から飛び出してくるのは笑い声。そして歌声。

そばにもう一人いた。年配の髪の長い女性が髪を振り乱して、天井を睨んで泣き喚《わめ》いている。俺は飛び退《の》きたくなったがどうにか堪えた、女性は立ち上がろうとして手を突っ張る、だが身体に力が入らずゴロンと腹這いになり、頬を床にこすりつけて芋虫《いもむし》のように前に進み始めた。背筋が凍る。死体の方がまだマシだと思った。

目を移すと、各々が異常だった。天井に向かって敬礼のような動きを繰り返している老人。腹這いのまま一生懸命足を前に出して歩こうとして、床に膝をぶつけている短パンの女。その向こうには、優雅に平泳ぎを続けるマダムがいる。

違う。俺は悟った。撒かれたのはサリンや、致死性の毒ガスではない……まったく別種の何かだ。やられたのは命じゃない。正気。

俺は、自分が思いきり呼吸していることに気づいた。肺が空気を欲し、荒い息で酸素を取り込んでいた……まずい、と焦るが気分に変化はない。幸いにも、このフロアにあったガスも霧散したらしい。意外だった、ガスの滞留は短い間に限られたのだろうか？

いや。このフロアだからかも知れない。

Ｂ２レベルだからこれで済んだ。この下は、どうか。

――行かなくては。いよいよ覚悟しなくてはならない、Ｂ３は無事では済まない、致死性ガスでないことは救いだったがそんな単純なことではない。もっと非道い何かかも知れない。

そのとき、耳に異音が響いた。

ゆうべ捜一で聞いた音に似ていた。急所がキュッと締まる感覚。同時に、脊髄《せきずい》も絞られてミシミシと痛む感覚に襲われた。

銃が発射された。この地下迷宮のどこかで。

音は遠い……このフロアではない。もっと下か。

土沢は言っていた、テロリストは武装していると。土沢……岩沢さん。たまらず俺は動き出す。ふいに思い出してヘッドセットに呼びかけてみた。

「上郷、聞こえるか？」

答えはなかった。そういえばイヤホンはさっきから全くの無音。こんな地下まで下ると通じないのか？　いや、警備員とぶつかったときに壊れたか。少なくともイヤホンは死んだようだ。マイクは生きているかも知れないが。

「壊れた。ヘッドセットを外す。これから地下三階に下る」

念のために言ってから、俺はヘッドセットを取って背広のポケットに収めた。助けがほしい、切実に思う。携帯機器を確認するとアンテナは立っている。〝C〟の旗も輝いてるから秘密回線も生きているのだ、これで上郷に電話すれば話せる、それとも川内さんに電話しようか、はたまた土沢か……いや、と思い直す。

テロが発生したことはもう皆知っている。警視庁は総出で駅を包囲し、各入り口のシャッターをこじ開けて中に入ろうと試みているはず。まだその気配がないのは状況が見えず警戒しているのだろうが、俺のように向こう見ずな奴がきっと入り込んでくる。次いで、刑事も制服警官もなだれ込む。あるいは特殊部隊のＳＩＴやＳＡＴが先陣を切るのか。いずれにしてもすぐ助けが来る。自分に言い聞かせ、俺はタオル越しに浅く息を吸い込んだ。

そして一気に階段を下りる。

5

私は相手の目を睨んだ。というよりガスマスクの眼の部分、黒いレンズを。

この男はお面をつけていない、だからただの黒いガスマスクだった。レンズの向こう側にある目は見えない。顔が分からない。

猪野助役のこめかみに突きつけている銃はUSPのように見えた。日本では見ることの珍しいドイツ製。ただし、特殊部隊なら別だ。

「その人を放せ。一般人だぞ」

日本語が通じるかどうかも分からないまま、私は言った。

「人質がほしいのか？　だったら私がなる。その人は、解放しろ」

私は両手を挙げて無抵抗の意思を見せた。ボディランゲージは世界共通、意図は伝わるはずだ。

だがガスマスクは動かない。日本語が通じないのかと危ぶんだが、相手はただじっとしている。なぜだ？　作業服の布地は厚そうで、身体の線が出ないので性別も分からない。比較的大柄なので男だとは思うが……この階にはガスがないのにマスクを外さない。顔を隠すためだ。表情が見えないことが強烈に不安を呼び起こした。人ならぬロボットのような気がしてくる。

ビリリリ、と大きな音が鳴り出して私は少し飛び上がってしまう。どうやら……電話のベルだ。私の携帯機器ではない、そして、目の前の二人から出ているのでもない。

私はハッと壁を見た。

四角く括られた部分。そこから音は鳴っている。

ガスマスクにきつく腕を巻かれた猪野も、驚いた目を壁に向けている。意外なのだ、ここの電話はふだんあまり使わないと言っていた……だがガスマスクは驚いていない。それに気づいて私は戦慄する。なぜ今まで黙っていたのか、分かった。

　この電話を待っていたのだ。

6

息はできる……おそらく、危険はない。

　俺はそう判断した。相当に願望が入っていることは自覚していたが。

　B3には、B2とほぼ同じ光景があった。規模が違うだけだ。人がそれぞれに床をのたうち回る様子は目を背けたくなる。その全てが、瀕死《ひんし》なわけでもなくただラリッている。明らかに幻覚症状だ、どうしても嫌悪感を抑えられない。

　次の瞬間ヒヤリとした。動かない人間を見つけたのだ。改札機にもたれかかるように顔を伏せている男だった。俺は屈《かが》んで息を確かめる。

　しっかり呼吸していた。閉じた瞼の奥で、眼球の動きも確認できた。口を開けてむにゃむにゃと譫言《うわごと》を言ったのを見て安心する。人によって多少差異があるだけで、同じガスの効果にやられている。生命の危険はない。俺は立って振り返る。

　いきなり目が合った。うわっ、うわと唸りながら床を後じさるのは、太った中年の男だった。

「警察です！　落ち着いて」

言ってみたが、聞こえている様子はなかった。目が合ったと言っても相手の目は濁《にご》って焦点がぼけている。鈍い恐怖が揺れている。俺が何に見えてる？　テロリストか。いや、この表情……化け物でも見ているようだ。

やはり幻覚。ガスはしたたかに神経に作用してタチの悪い幻覚を発生させているのか。

「助けて……」

女性の声が聞こえた。声の主を探して、俺はゆるいスロープを降りる。三十代に見えるＯＬ風の女性が、床で横向きにくの字になっていた。起き上がれない様子だが、それでも横目でしっかり俺を捉えていた。

「大丈夫ですか？」

声をかけると、

「警察の……人、ですか」

声がしっかりしている。俺は屈んで、励ますように何度も頷いた。

「あなた、何か吸ったんですね？」

「……はい」

女性は答えた。自覚がある。この女性の身体機能は奪ったが、意識には作用していない。

だから幻覚よりも、麻酔《ますい》のような効果が出ている。吸った量の問題か、それとも体質か？

「怪しい奴を見かけましたか」

訊くと、はい、と女性はしっかり答えた。

「マスクをつけて……何か、叫んでいました。英語、でした」

英語。外国人。

「なんと？」

「日本人は……野蛮だ。殺戮をやめろ、と……」

そんな英語を理解したのか。この女性は英語が堪能らしい。

「なにか、メッセージを……そこに」

女性が壁の方を見つめている。俺はその視線を辿って、初めて気づいた。何か貼ってある。今までは床の人々に気を取られていたから目に入ってこなかったが、垂れ幕に英語が書かれている。真ん中には大きく〝***LLF***〟。何かの頭文字、グループ名か。心当たりはない。その上に書かれている文章。

〝***save the dolphins and the whales***〟

ドルフィン……ホエールズ……

イルカとクジラ？

悪い冗談だと思った。環境テロリスト？　誰に聞いたのだったか。そうだ、公安のあいつ……何かを守るという名目で暴力行為に及ぶ連中……そいつらの仕業だと？　あり得ない。港や、漁を続けている漁村に乗り込むのならまだ分かる。なぜこんな大都市の真ん中でテロを起こす？　しかもこんなに大がかりに？

——正義の味方面して、暴力行為を正当化してる偽善者ども。ああいうずるがしこい奴らの中にこそ、本物のワルはいるんだ。グループの陰に隠れていくらでも入国してくる——

そうだこじつけだと思った、だれが信じるか！　歯をギリギリ摺《す》り合わせた、俺は騙されない真実を見極める、だってさっきの破裂音は何だ？　エコテロリストが動物を守るために人を撃つ？　そんな馬鹿な話があるか、出鱈目だ大掛かりな詐術……瞬時にぐらつく。

気づいてしまった。垂れ幕のすぐ下に、人がいる。

いや、ある。明確に意図したかのように。全く動いていない。今度こそ、幻覚にやられた他の利用客とは違う。人形か置物のようだ、俺は吸い寄せられた……ああ、と思った。

神奈川県警の俵。会ったことはない、上郷に写真を見せられただけだが、確かにこんな顔だった。刑事の標準である背広姿。だが黒いマスクが顔からずり落ちている、誰かがわざわざ引っぺがして顔をさらしたかったかのように、その両目を虚ろに見開き、悪い夢でも見ているようだがこいつはガスは関係ないピクリともしない生きていないから。目が傷を探す、弾の撃ち込まれた痕《あと》を。

あった――ワイシャツの真ん中。心臓。

俺は頭を振り上げた。壁を見る。

すぐ見つけた。小さな穴を。

またこれだ。なんで俺ばかりが、という無力な怨念が噴き上がる。なぜコップキラーを食らう刑事にことごとくぶち当てる、北森以外はすべて看取られる……俺が何をした！こんな目に遭う理由がどこに？神への恨み辛みを吐きだしそうだ、俵はここで制裁を受けた……撃たれた衝撃で壁に飛び、それからずり落ちた。

誰にやられた？　テロリストか？

なぜテロリストがコップキラーを？

い、い、い、い、い、い、い
虚ろな、譫言のような思考に囚われた俺の視界を、ふっと黒い物が過る。脳が判定した、動きが違うガスにやられた乗客じゃない。俺は生命の危険を感じながら身構えた。ガラスの筒、あああれが吹き抜けだ、あの向こう側だ……作業服を着た奴。中肉中背、性別は分からない。

顔にマスクをしているからだ。

目を凝らして確かめる。白い、無表情な女顔のマスクに見えた。能面か？……こっちを見ている。ただし口の部分は黒く肥大して、ガスマスクの特徴を露わにしている。あまりに異様で俺の身体はすくんだ、しかも手に何か持っている銃だ、と俺はビクリと身を屈めた。物陰を探せ身を隠せ——だが違う。よく見ろ。能面の手の構え。空間に固定されるポーズ。その手にあるのは——大きなレンズ。

カメラだ……あいつはこの場を撮影している。もうガスがないのにマスクをつけて。つまり、顔を隠したまま任務を遂行している。このテロを記録している、あるいはどこかに中継している、いずれにしてもテロリストの一味……なぜ一人このフロアに残っている？　何の魂胆で、だが武器も持ってるに違いない撃たれる殺される逃げろと思う以前に、爆発的な怒りが湧き上がって俺は相手を睨みつけた。自殺行為だと思ったときは手遅れだった。

カメラのレンズが俺に向けられた。

ズームされている、と直感した。俺の必死な顔がテロリストに押さえられた撮られた、それがどうしたクソ野郎と俺は一歩踏み出した。すると能面マスクはくるりと踵を返して走り出した！　俺は反射的に追跡を開始する、痩せた後ろ姿とそのぎこちない逃げ足を見ているうちに直感したこいつは武器を持っていない勝てる確保できる、死力を尽くしてダッシュした。身体の痛みも心の怯えも振り捨て、怒りをジェット燃料に変えたたちまち賊の背中に殺到する。俺は右手を伸ばして相手の右の二の腕にかけた、逃走犯を捕らえる際のコツは一にも二にもバランスを崩して地べたに倒すこと。だから力任せに右腕を引いた、これで倒れる！

いや甘かった、能面は意外にしなやかで、巧みにバランスを取り戻して走り続けた。クソッと追いすがる。今度は思い切り腰にタックルした、壁が迫っているのが見えたのだ。このまま壁に激突させて押さえ込め、いける拘束できる、首に腕を回して失神させろ――そして思い通りになった。壁にぶつかって力の抜けた瞬間俺は相手を羽交い締めにすることに成功した。首を決める。やった確保だ、一人捕らえたぞ！……

ふわり、と妙な風を感じた。

俺の目が、壁にある格子状の通風口を捉えた。

能面のすぐ脇にある。微かに、風が吹き出している。

瞬間的に悪寒が走り抜けた、やばい離れろと脳が指令を出したが遅かった、ぶわっと噴き出してきた風を浴びた。見えない霧をまともに、とっさに息を止めたがすでに吸い込んだと分かったわずかでも、鼻の奥が臭いを感じた甘い匂いを、つい吸い込んでしまいたくなるような恐るべき魅惑《みわく》。

そして俺の視界は一気に転倒した。

世界が横倒しになる。まるで重力の向きが瞬時に変化したかのように。

7

壁の中で呼び出し音が鳴っている。ルルルルという電子音のようだが音量が無遠慮に大きく、おかげで空気がビリビリ震えている。ガスマスク男に羽交い締めにされた猪野の目が、ますます驚きに見開かれる。

ふだん使っていない鉄道電話。神と話せるらしい。馬鹿な、電話が鳴ったのは管理事務所の駅員が仲間を心配してかけてきたからだ、だがガスマスクの男が少しも動じていない。鳴るのを知っていたかのように。

次の行動がそれを裏付けた。ガスマスクは——壁を指差した。

そして私に顎をしゃくる。

出ろ。そう言っている。

身体が瞬時に凝固した。感じたことのない緊張が身体の下から上まで走り抜ける。

「出ろというのか……だが、鍵が」

するとガスマスクは、あっさりと猪野助役を解放した。私の方へ突き飛ばす。

猪野はよろめきながら私の横に膝を突いた。

「鍵を……持ってますか。この電話の」

喉を押さえて咳き込む猪野に問いかける。猪野は、頷いて寄越した。ポケットから鍵の束を取り出す。

少し離れてガスマスクが見守っている。USPの銃口をこちらに向けて足を腰幅に開き、不動の姿勢で。隙はない。

相変わらず何も言わないが、日本語は解している。私はそう感じた。

電話に出ることを望んでいる。誰からの電話か知っている。

「……これです」

猪野は一つの鍵を選んで私に向かって差し出した。

もはや後戻りはできない。受け取る私の指は震えていた、鍵を摘《つま》み、壁の仕切られた四角の真ん中辺りにある鍵穴に差し込む。ぐるりと回す。

カチン、と音がして蓋《ふた》が開いた。開け放つ。

レトロな感じの受話器が収まっている。ただし、色は白。

蓋を開放したいま、プルルルルというそのベル音はけたたましいほど大きく聞こえる。

ガスマスクがもう一度顎をしゃくってきた。早く出ろ。

私は受話器を摑んだ。ベルが止《や》む。

受話器を耳に当てる。プラスチックの冷たい感触が耳を押す。

『岩沢巡査部長』

奇妙な声が聞こえた。

『ようこそ地の底へ。歓迎する』

ボイスチェンジャーを通している。おかげで、まるで冗談のように明るいトーンに響く。

「お前は誰だ」

耐えきれずに私は訊いた。

『ご存じだろう? 私は、神だ』

胸が詰まる。気道確保だ、呼吸を……パニックに陥るな。

『私と話したいんだろうと思ってね。だからあなたは最下層まで来た。そうだろう?』

相手は男か女かも、年齢も全く分からない。頭がおかしくなりそうだった。

『訊きたいことを訊いてくれ。遠慮は要らないよ』

眩暈は止めどない。地面がグラグラと揺れている感覚。

『ただし、あまり時間がない。手早く頼むよ』

情けないが、私は質問が浮かぶどころか声の出し方も忘れていた。

察したのか、相手は小さくふふ、と笑った。

『なぜこんなテロ活動が行われたのか。あなたは、それを知りたいと願っている』

神を名乗る者は、自分から言い始めた。

『そして、これに警察族が関わっているのかどうか知りたい。そうだろう』

その通りだった。相手に教えられるとは……

『答えよう。これはすべて、警察のためだ』

「なに？」

やっと声が出た。

『いずれ分かる』

相手は嬉しそうに言った。

『そして、あなたのためだ』

「……なんだと？」

腹の底から吐き出された声は、自分でも驚くほどの怒気を帯びていた。

「戯言《たわごと》を言うな！　卑怯者め、お前はどこにいる?!」

『それを知ってどうする？』

相手は面白そうに訊いた。

「逮捕するに決まってる！」

怒鳴りつけた。くふふ、と籠もった笑い声が起こる。

『大歓迎だ。待っているよ』

恐ろしいことに、私には本音に聞こえた。

『あなたが活躍してこそ、警察官は報われるというものだ！　だから、殺されないように気をつけてくれ』

私はまた思考停止する。なんだこの言いぐさは？　脅しか？

『そのガスマスクの男は、命じられている。電話を終えたら撃て、と』

非情な事実。やはりこいつは、人の命をもてあそぶ異常者……

『ぜひ切り抜けてほしい』

笑みを含んだ声で言う。噴き出した手汗で私は受話器を滑り落としそうだった。

『すまない。もう、切らなくてはならない』

そして宣告してきた。

『あなたの他にもう一人、特別な客がいるんでね』

ブツリ、と切れた。

ツーという音が残る。電話は終わった。

私はガスマスクを見る。

少し首を傾げていた。この男は、電話が終わったことに気づいていない。

ツーという電子音が相手に聞こえないことを願った。必死に考えるこの場を切り抜ける方法を、だが表情に出てしまったらしい。ガスマスク男は右手で銃を突きつけたまま左手を伸ばしてきた、通話が続いているかどうか確かめるためだ。私はその手をよけるが相手は容赦なかった、蹴りを繰り出してきて私の腹に刺さる。倒れた拍子に受話器を取り落としてしまう、それを摑もうとガスマスクが手を泳がせる。

その瞬間に起きたことを頭では理解できても私は対処できなかった。完全に不意を突かれたし、壁に背中をつけて両手を挙げていた小柄な駅員がテロリストに飛びかかるなんて想像もしていなかったからだ。だが猪野は一目散に拳銃を持つ右手を目指した感心するほどの素早さで、真面目で非力に見える駅員も実はテロリスト対策の格闘訓練をしていたのかと思うほどだった。実際ガスマスクは動揺も露わにオウッと声を上げた、だが力は強い。銃を奪われまいと左手を使う。猪野の頭と言わず肩と言わず殴りつける。

私は痛みをこらえて身構えた。目の焦点を合わせようと頑張る。

揉み合う二人と私の間に、鉄道電話の受話器がぶら下がって揺れていた。私はそれを払って殺到しようとした、だが遅い——猪野助役が振り払われた。壁に飛ぶ。男がすかさず銃を向ける。撃った。

猪野は床にずり落ちる。続いて銃口が私に向いた、その距離わずか三メートルほど。

私は目を閉じる。ノーチャンスだ、やはり駄目だった負けた失敗した。

破裂音が響く。

8

世界が完全に転倒した。

気づくと俺は壁にへばりついていた。そこからどうしても、身体が剝がれなかった。理性が、自分が床に倒れていると告げていたが身体は納得しない、だって下はあっちだ身体は下に引っ張られてる……この壁から剝がれたら、俺は落ちる。止めどなく。

三半規管はもちろんのこと、脳のあらゆる判断力が狂ったらしい。そうなんとなく分かっているのに自分を宥められない。なぜなら目が開かないからだ。それが恐怖を倍加した、俺はまもなく壁から剝がれる落ちる死ぬ、と身体が縮み上がっている。

鼻をくすぐる風に、匂いを感じた。これを吸ったせいだ……空気が動いている、更なる狂った風を吸わされてますます正気を失う……致死性ではないと思っていたが、このままでは狂い死にする。

あちこちに倒れ込んだ客たちと同じになった。宙を見つめている者、床にへばりついて手足をばたばたさせている者、あれはいまの俺と同じように重力の感覚を失っていたのだ。だが俺みたいに目が開かない人間がいたか？　吸いすぎるとこうなる、まともにガスを浴びるとすべての感覚が狂う遮断しないと……頭の隅の明晰《めいせき》さが邪魔だった。俺は眠りたい意識を失った方が楽だ、耳も鼻も利くいつもより鋭敏な気さえする、そして空気の動きを感じ取った押し寄せてくる風、いや温度。

気配。

なんだこれは——目が開かないのに見えている感覚は？　神経が異様に興奮し暴走している、何かが来る目を凝らしたくない、そして耳が足音を拾った。人を冒す気体が漂うこの地下空間にあって、確かな足取り、楽しげにさえ聞こえる足音。それは目に見える姿にぴったり一致した、閉じた瞼の裏側に映っている人の姿に。

俺のそばに立った。

「晴山警部補」

聞こえた。呻き声でも譫言でもない、紛れもなく俺の名を呼ぶ声。

「……だれだ？」

俺は声を絞り出す。声を、出せる。口の感覚がある。舌は、唇は、喉はここにある。

すぐに答えが返ってきた。

「私は、神だ」

馬鹿な……純然たる恐怖を感じた。声を発した相手にというより、自分の感覚に対する恐怖だった。俺は気が狂ったのではないか。

「と言っても、分かりやすい表現をすれば、という意味だ」

声は続けた。

「岩沢巡査部長にも怒りを買ったばかりだよ。自分で神を名乗る傲慢さが癇《かん》に障ったのだろう。まあ、当然だ」

岩沢巡査部長だと？　この男は岩沢さんと会っていたのか、どこでだ、無事か？……土沢は？

「孤高の志士たちに、私の呼び名を強制する気などない。だが言い訳させてもらえば、私は自分から神を名乗ったわけではない。私をそう言う者が多い。だから、分かりやすくそう名乗るだけのこと」

俺は懸命に目を開けようとするが、縫いつけられたように瞼が開かない。ますます頭が回った。どんな二日酔いよりも強烈な惑乱だった。

「崇敬《すうけい》から。恐れから。自分の理解できないものを、安易にそう呼ぶ。信仰心の薄い日本人にとって、そもそも神は、軽いものなのではないかな。最近の若者など分かりやすい。信心もないのに簡単に神と言う。神降臨！　などとネットには山ほど書き込まれている。深い意味はないのだと思うよ。私自身、自分を神だと思うほど、不遜ではない」

朦朧《もうろう》としているのに、俺の頭は明晰に言葉を理解した。この男は極めて理性的で、自分が何を喋っているか分かっている——だが年齢が分からない。そもそも、性別が男かどうかも確信は持てない。声に違和感を感じた、ふいに遠ざかって聞き取りにくくなるのだ。

だがまたすぐ近くなる。なんだこれは？　感度が微妙なラジオのような……俺の感覚がおかしくなっているせいか。神経ガスが止めどなくトリップ感覚を引き起こしていて、瞼の裏に光が映っている。それは人の姿をしている。

神が見える。白く光る人型《ひとがた》として。

相変わらず立てないどころか身体に力が全く入らない。自分の体勢も、腕と足の位置も不分明だった、ただ腰の位置は分かった。俺は自分の不具合に生まれて初めて感謝した、爆弾を抱えた腰が鈍い痛みを脳に伝えている。ああ、俺の腰は存在している……それだけが確かなこと。だが目が頑として開かず、耳の中に時折烈風が吹く。

俺は瞼の裏に見える男を見た。白い光の衣を着ているように見える。顔は見えない。どう目を凝らしても、像を結ばない。身体のフォルムは男にも女にも見えて、そうか性別になど意味がないのか、神は神であって人間を超越しているんだと思った。だとしたらここは本当に渋谷の地下か？

違う。すでにこの世じゃない。俺はもう死んだ。そうかなるほど、と俺はあっさり納得した。やっぱりこの男はあの神じゃない、いわゆる神だ。あの世にいる、本物の。

「晴山警部補。君がここにいるのは偶然ではない」

なのにこいつは、なぜ俺に役職をつけて呼ぶ。

「私が許した。いわば、招待したのだ。その資格があるからね」

　確信はほんの一瞬で砕けた。こいつは……やはりあの神だ。警察族の頂点にいる男。

「訊きたいことを、訊きたまえ。理性ははっきりしているはずだ。言語能力に差し支えはない。むしろいつもより冴《さ》えている。そうだろう？」

　神が悦に入っている。

　俺は、神の言うことが完全に正しいと悟った。頭の中で質問を組み立てられる。そして、訊きたいことが山ほどある……いま俺は疑問の塊だ。

「なぜ、こんなテロをやった」

　問いを発した。

「いきなり核心を突くね」

　神と呼ばれる男は、いやに気さくな調子だった。

「幾つかの意味が重なっている。考えてみろ」

　意地の悪い教師のように訊き返してくる。

「分かる人間には分かる。なにも言葉を付与する必要がない」

　俺に発する言葉はなかった。思考が立ち止まる。

「いずれ君にも分かる。すべては、警察族のためだ」

　そのとき訪れた閃きは、瞬時に俺を乗っ取った。

「粛清《しゅくせい》か」

気づくと言っていた。

「昔の、独身寮《どくしんりょう》爆弾テロと同じだ……気に食わない警察官をここに呼び寄せた。一気に殺す腹か！」

肺がすべての空気を吐き出す勢いで俺は吠《ほ》えた。おかげで肺の位置がはっきり分かった、ああ身体の部分を一つ一つ取り戻している。俺は俺に戻れる——

「なるほど。まあ、ありがちな発想だな。それもよいかも知れない」

神は少しつまらなそうだった。

「だが、あまりに浅い……いったい、今日のこの宴がだれのためか、考えてもみろ」

考えても分からない。俺は肺の動くままに問うた。

「なぜ、渋谷駅なんだ……」

訊きたいからだけじゃない、身体をもっと取り戻したい。

「なぜここか。それは簡単だ。こんなに面白い地下宮殿はなかなかない。それに、この駅の管理体制を考えろ。答えが見えてくる」

「……なんだと？」

「日本のターミナル駅は巨大すぎて、駅員が何人いても警備の人手が足りない。だから、外注で警備員を大量に雇って配置している」

「どういうことだ？」

「分からないかな」

神は出来の悪い生徒に呆れている。

「では教えよう。渋谷駅が警備を委託している会社は、東鉄セキュリティ。東京鉄道系列の駅の警備に特化した警備会社で、規模は大きくない。ただし——親会社はどこか？」

脳内に稲妻が落ちた。

「関東中央警備か！」

叫ぶ。だが神は黙っている。答えるまでもないというように。

そういうことだったか……渋谷のうらぶれた公園で死んだ鴻谷元警視監が属していた警備会社。警察ＯＢの巣窟《そうくつ》。最も大口の天下り先だ。

鴻谷は、神奈川県警の俵と密会して喋っていた。霧迷宮——今夜のこと。

鴻谷は知っていたのだ。いや、もしかすると……

「渋谷駅に配している警備員たちを自在に動かせれば、テロなど簡単だ。テロリストを裏口から誘導し、事が済んだら逃がす」

暴露は続く。開いた口が塞がらない。

「警備員全員が配下である必要はない。適切なタイミングで指令を出して、特定の場所に配置された警備員を、持ち場から去るように命じれば？　侵入者はフリーパスを手にしたも同然。どんな機器でも持ち込める」

「だれが命令を？」

瞼の裏で光が明滅する。神の姿が消え、また現れた。

「だれだと思う。もう、分かるだろう」

神の声の響きから、俺は真実を悟った。

鴻谷こそがこのテロの首謀者だった。だが、馬鹿な！

「そう。鴻谷貴男元警視監、彼は今夜の指揮者に任命されていた。だが——直前に外された」

そして、南平三丁目公園で死んだ。自殺に見せかけて殺された。

そう続けようとして、できなかった。舌が凍りついている。

「鴻谷は、この計画に恐れをなした」

それが神の答えだった。

俺は理解する。鴻谷は計画を阻止しようとした。あるいは、リークしようとした……いずれにしても、裏切り者と見なされた。そういうことか。

では、いま指揮しているのは誰だ？　言うまでもない。

「君の疑いは的外れだ」

神が心を読んだ。

「私は、この計画の首謀者でも指揮者でもない。ただ、許可を与えただけ。そして招待に応じただけだ」

「……どういうことだ？」

俺の口がかろうじて動く。

「私の歓心を買おうとする者が、宴を催《もよお》してくれた」

どれだけ説明されても分からない。言葉の意味は分かる。だが、示す意味が全く入ってこない。

「それなりに、楽しい余興ではある。意義深くもある。だがこんなことで、何かを成し遂げられたと思うなら……哀れだな」

「俵が死んでいた」

俺は神を遮った。無意味な念仏を蹴散らすように。

「人を殺した……また、警察官を。あれも、テロリストがやったというのか」

すると神は黙った。瞼の裏の光が弱くなる。このまま姿が消えてしまうのではないかと不安になったが、ほう、という溜め息のような音を耳が捉えた。神はまだそこにいる。

「粛清だ……勝手な裁きだ！」

俺は責めた。

「君は勘違いしている」

神は嘆いていた。

「到底、そんなものではない。これは——懺悔の儀式だ」

「ああ？」

「私は心を痛めている。警察族が死ぬことを」

なんだこいつは？　俺は今までとは別種の恐怖を感じた。理解できない。

「警察官を、あんたの命令で、殺させてるんだろう！」

訊いた自分が自分とは思えなかった。

「警察閥を裏切ったり、刃向かう者を……皆殺しに」

俺は死ぬ気か？　相手を怒らせるようなことをなぜ訊く。だが恐怖が消えている。命が危ないと知りながら異様にハイだった。笑い出すことさえできそうだ。

「その通りだ、晴山警部補」

この男は必ず役職をつけて呼ぶ。それがなぜか、ふいに理解した。

警察の権化だからだ。警察族には必ず役職がある。「元」だろうが「現」だろうが、それが一族の証《あかし》であり、それ以外の人間は別の種族。あるいは、無価値。

「北森警部補は強い意志を持っていた。正義を貫き、それに殉ずるという強い意志だ。鴻谷元警視監もそうだ。意外かも知れないが……少なくとも、現役時代はそうだった。私は敬意を持っている。彼らは立派な警察官だった——我々自身に、刃を向けたこと以外には」

初めて、神が牙を剝き出しにした。そう感じた。

「我々自身を揺るがす行為は、許されない」

「だからコップキラーを?!」

叫びよ響けとばかり、俺は肺と喉を全開にした。

「やむを得なかった……人任せにすると、そうなってしまう」

人任せ。部下のせいだというのか?

「粛清という言葉を私は使わない。警察は、マフィアや独裁政権とは違う。ずっと崇高で、高い目的を持つ組織だ。警察は時代を超え、か弱い市民を守り続ける。市民は警察を頼り続ける。そして未来永劫《えいごう》存在し続ける。これが自然の掟《おきて》」

頭の隅に痛みが走る。瞼の裏の光る人影が大きく揺らぐ、分からなくなってきた。この男の言葉が。というよりも……本当に誰かが喋っているのか? 初めからぜんぶ幻覚では?

「つまり警察とは嘉《よみ》された組織なのだ。どの時代にも、人間社会の中で特権的な位置を占める」

頭の中で誰かが喋っているような……俺自身が勝手に言葉を捏造しているような。

とにかく眩《まぶ》しい。視界が白すぎる。人型を中心にハレーションを起こしてゆく。

「私は、警察官の死、一つ一つに慟哭《どうこく》する。君が信じようと信じまいと」

白い人型はうつむき、背中を丸めている。まるでこの世で最も苦悩している人のように。

「制裁など私は望んでいない。脅しも戒めも、私の好むところではない。それを知らしめるために、私は動いた。今夜、自らここへ来た」

「だが、刑事が実際に死んだ！　そこで俵も死んでる……」

純粋な怒りのままに俺は吐き出した。どんな弁解も受けつける気はなかった。

「なにより、蓑田を自殺に追い込んだのは……貴様だろう！」

「蓑田巡査部長も殉職に他ならない。彼は警察のために死んだ」

哀切な響きに、俺はたじろぐ。

「全ての警察官の死は、殉職でなくてはならない。自殺や情死などもってのほか」

「ごまかしだ！」

俺は叫んだ。吐いた言葉が、純粋な怒りの刃となって白い人型に向かって行くのが見える。切り裂け。

「なんで、若い巡査まで狙った……足ヶ瀬巡査は警察閥の存在なんか知らない。裏金や汚職のことなんか、存在することさえ知らないのに！」

「足ヶ瀬巡査は不死身だ。殺しても死なない」

俺の刃はあっさり躱された。ふいに声が近づいてきて、これは頭の中の声ではないと確信した。実際に誰かが、俺の顔のすぐ前で、宣言したのだ。恐ろしく愉快そうに。

「君たちに教えてやりたくてね。だれより、足ヶ瀬巡査本人に、自覚させたかった」

「何を言ってるんだ？」

心底訊いた。やはりこの男は狂っている……口調は理性的で、すべてを知る叡知《えいち》を感じさせながら、その何もかもを呑み込むスケールのでかい狂気に支配されている。目が開かないことが無念でならなかった、この男の顔を見たい神の顔を、だが無理だった。どう目を凝らしても、相手はぼんやり発光する白い男に過ぎなかった。

「彼は日々学び、成長している。私の存在に震え上がりながら、惹《ひ》かれている。彼が最終的に、だれを選択をするか。今から楽しみだ。そして、晴山警部補」

白い男が、いままでいちばん近くにいる。温度で感じる。

「君の選択もね」

耳元に囁きかける。

「君ははざまにいる。だれのために闘うか決めかねている。相変わらず、だれを信じたらいいのか分からないのだ」

震撼した。この男は知っている——密盟のことを。

俺たちは終わった。

「いったい、最後にだれを選ぶかな」

白い光がふわりと揺れた。俺から遠ざかる。

「いつでも歓迎するぞ。晴山警部補」

この男は本当に神。あるいは悪魔。

「……ふざけるな……」

俺はかろうじて、意思を示すことができた。

「人殺しめ……お前に、警察官の資格はない」

俺の口が言った。揺るぎなく。

理想の刑事が勝手に啖呵《たんか》を切った気がした。自分の命も顧《かえり》みず。つまり俺は、この場で殺されても仕方ない。

「人に試練を与える。それが神の仕事だ。そうは思わないか？」

だが神は、もう俺には関心がないようだった。

白い光はもはや人の形をなしていない。天災や、人災として。ただの光だった。

「私は試練を与えている。ある者は乗り越えられずに精神が壊れる。あるいは、命を落とす。だが」

身体が小刻みに震え出した。止められない。俺は俺の身体の輪郭を知った。ここにある。

「そもそもそれが——この世という場所なのだ。私が、何か間違っているか？」

俺は、神の言葉に間違いを見つけられなかった。

その詩を吟じるような語りを、紛れもない真実と感じた。

「私は、自分の仕事をしているだけだ」

なぜこの声はこんなにも悲しみに満ちている。

「台風が、地震が、犠牲者を選り好みするか？」

この苦悩は、立っている地点は、人間の枠を越えている。

続いて破裂音がした。銃弾が放たれたのが分かった、どこだ？　距離が全くつかめない。俺はまた無駄な努力をする、必死に目を凝らし周囲を嗅ぎ回る。だれが撃たれた？　コップキラーか？　ああ撃たれたのは自分だ、神は天災となり俺に火を下したのだ感覚が鈍っているから気づかないだけ……いや待て。

瞼が動いている。ひくひくと痙攣して感覚を取り戻している、開ける、俺は目を……自分の目でものが見られる！　開け、引き剝がれよ瞼……

「ある者には、手を差し伸べる」

囁き。

神が俺に触れた。指で、身体に。

触感が甦った。

「そしてある者は、残り時間を奪われる。長い残り時間を」

感じたのは安らぎだった。とてつもない暖かさだった。

「その時間が、君のために使われると知れば——彼も本望ではないかな」

微かに笑いを含んだ声。俺の心の奥底で、絶望が小さく弾けた。それもすぐさま遠ざかる。

「奪い、長らえる。それが神の御業《みわざ》。だとしたら」

最後に耳に残るのは、遥かな谺《こだま》。

「私は紛れもなく、神なのだろう」

寂寥《せきりょう》の塊のような声が、消えた。

たとえようもない悲しみを感じた。俺はただ安らかに、気を失った。

9

地下坑道いっぱいに響いた銃声はほとんど爆発音だった、観念して目を閉じた私の耳の中にぐわんぐわんと広がる。ついに撃たれた、私は長年厄介者たちを相手にしてきた、銃を向けられたこともある。だが被弾するのは初めてのことだ、こんなことなら足ヶ瀬君に聞いておくんだった銃弾を浴びるとどんな衝撃でどんな痛みが……だが巡査は深手ではなかった私は違う、致命傷だ相手はプロだからテロリストだから、猪野助役のことも容赦なく撃った。

だが一向に痛くもかゆくもならない。

おかしい。弾が外れた？

ドサッ、という重い音。すぐ前で。

私は閉じていた目を開けた。

ガスマスク男が倒れている。

やっと悟った。銃声はこの男の銃から出たのではない。

こ、この男が撃たれた。

だれだ撃ったのは？　目を凝らす。どこだ、土沢か？　だが彼も銃は持っていないのに、
ということは警察の誰かがきたか？　突入隊の先陣？　そして私を救ってくれたのか。

銃口を見つけた。

ホームの遥か先だ——ぼやける像に焦点を定める。痩身《そうしん》。上等なスーツ姿。

見覚えのある顔。

「真滝」

私は呆然と呟いた。

六本木の極道者。極星會の若頭が銃を構えてそこにいた。

プラットホームの、スクリーンドアの外側に。たった一人で。

考えられないことだった。仮にも若頭、実質一人で極星會の看板を背負っているこの男の身に何かあったら只事《ただごと》では済まない。ボディガードも連れず、単身でここまで潜入して

きた？　上にはガスが充満している。いったいどうやってここまで？

「どうしてお前が、ここに」

私はうまく発声できず、到底真滝まで届かない。だが真滝は私に向かって頷いて見せ、スクリーンドアをよじ登って越えると、こっちまで走ってきた。

「どうして、お前が」

やっと声に出して問いかけると、

「唐橋さんに頼まれました」

強張った顔で返してきた。自分が撃ち倒した男を足でつつき、反応がないことを確かめてから、持っていた拳銃を懐にしまう。不法所持の現行犯だが、私は命の恩人に何も言わない。そうか、と腑《ふぬ》抜けのように返す。

「だから断れなかった」

真滝は張り詰めた表情を、少しだけ緩めた。

「あの人に頼まれたらね。こんな危ないところには来たくなかった。でも、来た甲斐があったようで」

「ああ」

私も、できる限り顔を緩めてみせる。

「また助けられたな」

うまくはいかなかったが、気持ちは伝わっただろう。

「お前には、頭が上がらんよ。どうやってここまで降りてきた？」

「下りてきたんじゃありません」

真滝は、ついににっこり笑った。

「隣の駅から来ました」

ほっ、と私は間抜けな声を返してしまう。

「線路を走ってきたんですよ！　えっちらおっちら、代官山の地下からね」

「嘘だろう」

と私は言ったが、もう納得していた。道理で、前触れもなくホームに現れたはずだ。この男は階段を降りてきたのではない。線路からホームに上がってきたのだ。だからスクリーンドアの外側にいた。

「唐橋さんの入れ知恵です。渋谷駅はどこもシャッターが閉まってるし、そのうち警察車両も集まってきたんで、退散しかないと思ったんですがね。電話で無理ですと報告したら、唐橋さんはこともなげに、隣の駅から潜って行けという。冗談じゃない、電車にひかれたらどうするんだと思いましたが、終電後は安全だと諭《さと》されましてね。地面の下のことまでよく知ってる。さすが、渋谷の元締めです」

「あの人は、昔はよく潜っていたらしい」

唐橋の話を思い出しながら私は言った。自然に頬が溶ける。

「地下のことは、本当に詳しいんだな……頼もしい」

私はあの古ヤクザを、この街の守護神のように感じた。私が最地下まで行くのを知っていた。いや、神という餌を撒いて自分が誘導したようなものだ。気の咎めを感じていた。だから、駅に変事が起きたと知り地の底に援軍を出した。それにしてもなんというタイミング……地獄に仏。

唐橋の言ったことは正しかった。鉄道電話は、神に通じた。

だが取り返しのつかない悔恨が私を苛んでいる。あなたのためだ。声が耳にこびりついて離れない。

私はまた、唐橋に会わねばならない。恨み言は言うまい、命を救ってくれた礼を言う。だが――今度こそしっかり聞かせてもらう。

神の正体について。唐橋が、まだ隠しているに違いない何事かについて。

「上では大騒ぎになってるんだな？」

私は確認する。

「ええ。マスコミも野次馬も、駅を囲んで渦巻いてます。だれかがガスを撒いてる、ってことしか分からないし、警察もまだ何も発表してないから」

「しかしお前、よく代官山の駅から、線路に入れたな」

「そこも、顔役が口をきいてくれました。唐橋さんの懐刀《ふところがたな》がいるんですが」

「ああ、ユキヤだな。私も会った」

「はい。一緒に来てくれました」

思いがけなかった。真滝が指さした方を見ると、スクリーンドアの向こうにひょこりと出ている若い顔がある。私は、軽く手を上げて見せた。

ユキヤは少し笑ってくれた。

「彼が道案内か」

「ええ。駅員に言ったらもう顔パスで。あとはもう、ひたすらマラソンですよ！　意外にすぐでしたがね」

改めて真滝を見る。ユキヤも腕っ節に自信はありそうだが、拳銃の腕前は別。実戦は真滝が引き受けた。自分で説得したのだろう。預かった若衆を傷つけたら唐橋さんに顔向けできない、とかなんとか。

「岩沢さん。あなたのことは嫌いじゃないが、命を懸けるほどじゃない」

真滝は不満たらたらだった。

「本当に嫌でしたよ。なんでヤクザが、刑事を助けに駆けずり回るんだ」

私は真滝の肩を叩く。思わず情愛が込もった。こんな思いを、同僚に感じたことはほとんどない。

「しかし、厄介そうな奴ですね」

真滝は唾でも吐きたそうに、自分が殺した男を見下ろした。私は近寄って観察する。全く動かない。生きている可能性はないと判断し、マスクに手をかけた。

現れた顔は——見覚えのない外国人。厳つい顔をした白人だった。目を剝き、完全に絶命している。

「こいつは誰ですか」

真滝が覗き込んできて、顔を歪めた。

「さあな。私も知らん」

神とのつながりを考える。だが今は、いくら考えても分からない。

捜査しなくては。

「さて、そろそろ」

私は真滝に警告した。

「機動隊やらが上から突入してくるぞ。ここにいていいのか」

親切のつもりだったが、真滝は私を上回って親切だった。

「その前に、こいつの仲間が降りてくるんじゃ？　岩沢さんが危ない」

「いや。土沢が、もう誰もいないとさっき電話をよこした」

そしてすぐに胸が刺される。急に途絶した電話。心配だ、今すぐ様子を確かめたい——

「テロリストは、どうにかして駅から脱出したらしい。降りてきた奴は、刺客だ。こいつも線路伝いにドロンする気だったのかも知れないな」

そして私は真滝と、ユキヤの方を見てきっぱり告げた。

「お前たちは逃げろ。逮捕されたくなければな」

「岩沢さんは？　一緒に行きますか」

「いや。仲間が上にいる。早く行かないと」

「そうですか。では、私らは退散します」

だがただでは去らなかった。

「この銃、差し上げます」

自分の拳銃を渡してきた。使い古したトカレフだった。潰れかけの組に相応しい侘《わ》びしさ。だが、この銃が私の命を救った。

「いいのか？」

護身用にくれるのかと思ったが、さすが真滝はしたたかだった。

「このテロリストは、私が撃ったんじゃない。あなたが撃ったんだ。よろしく頼みます」

なるほど。この極道者はこの夜、ここにはいなかった。

「分かった。どうにかするよ」

私は頷いて懐に収めた。本当にどうにかなるか考えながら。

振り返りもせず駆けて行く二人の若者が、闇の向こうに消えるまで見送る。無事去ったのを確かめて、私は踵を返して階段に向かった。

壁と床に挟まれるようにして、猪野助役が倒れている。置き去りにはできない。私は屈んで首の脈を確かめた。

――脈がある。生きている！　しかも脈は力強く、正確だった。この駅員は軽傷だ！　弾はどこに当たった？　上着を見ても弾の痕がない。視線を彷徨《さまよ》わせて、脇の下が破れていることに気づいた。弾はここを通過しただけだ……猪野が気を失ったのは、壁に頭を打ちつけただけだった！　希望が湧き上がる。仲間は死なない、土沢も無事だ間違いない――湧いてきた元気を脚力に変える。若者のように私は階段を駆け上がった。

階段の上の光景は、さっき土沢が電話で説明してくれたとおりだった。どこから逃走したものか、テロリストたちの姿はきれいさっぱり消えている。あの大きな機械の影も形もない。なんと手際がいいのか……いや。

人の姿を見つけた。

吹き抜けの反対側の床にいたから見えなかったのだ。走り寄る間も私の鼓動は激しく昂《たか》ぶった。希望が変質する……瞬時に失墜《しっつい》する。

倒れている若い刑事。襲いくる絶望は床に広がる赤い血と同期した、頭が万力《まんりき》に挟み込まれた気がした。

「しっかりしろ！」

飛びつきながら叫ぶ。こんなとき他に言える言葉はない、だがしっかりしろなんて無理な話だ血が止まらない……抱きかかえるが、土沢の頭は力なく床に残る。

若い刑事の命は目の前で確実に失われていく。いや、すでに——

電話のベルが鳴っている。

耳が虚ろに、音を拾っている。階下の鉄道電話……

また呼んでいる、私を。

下りる気力などない。二度と最地下には降りない。

10

舌打ちを繰り返しながらおれは地下へ下った。

顔にはガスマスク。しっかり準備したが、そこまでの必要がなかったと悟ってますます舌打ちする。駅内に閉じ込められていた乗客たちの中には、すでに自力で起き上がれる者もいたのだ。ガスの効力は長くはなかった。命の危険もなかった。

常にエッジに立っているおれにはあまりに生ぬるい状況。忌々しい。マスクを外し、浅く呼吸した。目を閉じて臭いを確認する……大丈夫だ。ガスはとうに希釈されて効力を失った。喜ぶどころか腹が立つだけだ、乗り遅れた、もう後の祭りだという敗北感しかない。

たちまち地下三階に達し、同い年の男を見つけた。

一目見て分かった、この男は神に会ったと。

俺の苛立ちは頂点に達した。どうして神は俺を待たなかった、その代わりにこいつがひっくり返っている。おれに面倒をみろとでも言うように。くそったれ！

俺は蹴った。男のケツの辺りを容赦なく。

「いっ」

と言って男は目覚めた。少しも溜飲は下がらない、これはただの八つ当たりで、本当は自分自身を蹴り上げたかったからだ。兆候はキャッチしていたのに。渋谷で何かが起こる、それを感知しながら後手《ごて》に回った自分を許せない。おかげでまたとないチャンスを逃したのだ。再会のチャンスを。

「貴様」

床の晴山旭が驚愕に目を見開く。

「……神だったのか」

「馬鹿野郎。おれが神？」

思い切り嘲笑《あざわら》った。

「どこまで間抜けだ。こんな神がいるか」

晴山は信じていない。おれはもう一発蹴りたくなった。

「後光が見えるか？　そんな柄じゃねえ」

ひたすらに苛立ちをぶつける。どうして見破れなかった、この迷宮のような地下だったのだ、選ばれた舞台は。おれは当事者として初めからここにいて、すべてを見るべきだったのに——同い年の馬鹿正直な刑事がその役を担った。この茫然《ぼうぜん》自失の顔を見て、おれの中の嗜虐《しぎゃく》はいい気味だと笑っている。いい経験になっただろう、とも。神に会わねば神が分からない。本当の恐怖を知ることはない。晴山旭は通過儀礼を味わっただけだ、ようやくおれと同じ地平に立てる。先輩風を吹かすつもりはないが。

「だが、俺は……神と話した。たった今まで、そばにいたんだ」

神と会った奴はこうなる。おれもそうだった。

「お前は気を失ってた。周りにはだれもいなかった」

おれは落ち着き払って言ってやった。まずは目を覚まさせる。それから、何が起きたのか、だれに会ったのか、一つ一つ理解させてやらなくてはならない。したたかにガスを吸い込んでこいつは完全に時間感覚が狂っているから、たった今までかどうかは分からないが、神は確かにこの場にいた。ああクソ、もう少しだったと奥歯が削れるほど摺り合わせる。死ぬほど恐ろしいが、死ぬほど会いたい。会ってこの手で殺せるなら思い残すことはない。

そんな力が自分にあるかどうかは、また別の話だ。

「いや、しかし、俺は……」

晴山はいつまでも取り乱している。

「うるせえ。蹴るぞこの野郎」

俺が足を後ろに引くと、晴山は怯えたように手で腰をかばった。

「やめろ！　俺は腰が」

そして怪訝《けげん》な顔になる。

腰の辺りをさすり、それから身体を捻る。

そしておそるおそる、という感じで立ち上がった。顔は素《す》っ頓狂《とんきょう》そのもの。大人がこれほど純粋に驚けるのか。初めて象を生で見た幼児のようだ。おれは嘲笑った。

「どうした。しょんべんでも漏らしたか」

晴山は微かに首を振る。

「じゃあ、クソか。ラリって脱糞したな？　きったねえ」

「ちがう」

真面目に返してきた。

「腰が……」

見つめてくるその目は異様に輝いていて、おれは鳥肌が立った。

神の御業には慣れている。そのつもりだが、いつだって戦慄は走る。身体の芯が震えるのを止めることはできない。

またやったか。

おれは、フロアの先の壁の辺りを見る。無様な死体。哀れなり、あそこで警察族が死んでいる。警察官専用の弾丸で死んだ神奈川県警のチンケな悪党が転がっている。

神は奪い、そして長らえる。

究極のまやかし。奇蹟の偽造品。晴山は知らない、遭遇したばかりで思いを巡らす余裕もない。いずれは告げてやろう。だが今ではない。

なぜなら、おれもまだ説明できないからだ。

神の如何様《いかさま》を見破っていない。だが、真実に近づいている。そう信じている……お前は一人で受け止めろ。とことん葛藤しろ。おれの歩みの困難さを思い知れ！

素知らぬ顔をして振り返り、苦虫を嚙み潰す。ほら、こいつももう追いついてきた。

「上郷？　貴様か！」

気づいた晴山がビクリとして叫んだ。声が完全に裏返っている。

「貴様が神だったのか……！」

「晴山さん。幻覚症状が出てますね」

上郷奈津実もマスクはしていない。本気で心配そうな表情になって、晴山の顔を覗き込んだ。晴山は思わず後じさる。

「神はなぜこいつに話しかけた？」

おれは質問を発した。

「興味を持ったからでしょう」

上郷は平気な顔で答えた。

「なんとなく分かります。この人は、何か持ってる」

情けなく混乱しきって、小娘をも恐怖の表情で見つめるこの男がか。おれはケッと言ってやる。

「まったくそうは思えんが」

「なんで、お前たちが……」

こんなに親しげに喋っている？　そう問う目で、晴山は激しく視線を動かしておれたちを見た。

「ほれ見ろ。こいつはこんなに鈍い」

上郷が気の毒そうに晴山を見た。

晴山の目に理解の色が宿り始める。

「前から知り合いか？　と、いうことは……」

「やっと気づいたか」

おれは親切に、口角を上げてみせる。

「おれもクランの一員だ」

がん、と頭をやられたように晴山は白目を剝いた。

「嘘つけ！」

子供のような返しをし、晴山は上郷を睨む。上郷は頷いた。

「なぜ、教えておかなかった……」

晴山は怒りに震えた。

「この人は、だれよりも秘密裏に動く使命を担っているからです。実は、まだ隠しておくつもりでしたが」

「ぶっちゃけた方がいいと、おれが言ったんだ」

おれは心の広いところを見せた。

「さっき、よく電話をくれたな。お前の覚悟は定まった。そう判断した。ま、おれの買いかぶりかも知れんが」

「覚悟だと」

晴山は心外そうに顔を歪める。

「お前みたいな奴に、言われたくない。こんな奴……信用できるのか」

上郷に救いを求めた。小娘は頷く。

「この人は、メンバーの要です。私より先輩ですから」

その意味を知り、晴山旭は更に目を剝いた。なかなか可愛い男であることは否定できない。

「てことは、コイツはずっと前から、千徳さんと？」

「ええ」

「ご託を並べてる暇はない」

おれは突き放す。

「こんな血の巡りの悪い奴はほっといて、下を目指そう」

「そうですね。たった今、機動隊が地下に突入しました」

上郷がヘッドセットの耳に指を当てながら言った。晴山が啞然としながら訊く。

「なんでお前たちが、機動隊より先に」

「お前だって勝手に入ってきただろうが」

おれは鼻で笑ってやる。

「お前の入ってきたルートを辿らせてもらった。ＧＰＳで確認していたからな」

晴山はようやく理解した。当然おれも秘密の通信網の一員。会話もぜんぶ聞いていた。

「しかも、おれたちだけじゃない。見ろ」

親切に教えてやった。新しい者たちがＢ３に下りてきたのだ。

「あれは……」

晴山がポカンとする。一人は綾織美音だが、もう一人の姿に驚いている。当然だ、初めて会うのだから。おれは説明しない。

「遅い」

苦言を呈するのみ。綾織美音は心外そうにおれを見た。だが、文句も言わず報告する。

「お連れしました。上郷さん、あれが俵？」

「そのようです」

女たちの会話。綾織は職業病か、死体とみると行って検視をしたくなるタチらしい。自分で追い詰めたくせに。だが綾織は欲求を振り払い、おれに向かって言った。

「機動隊が突入したって」

「聞いた」

おれはつれなく返す。

「私たちはどうするの？」

まったく分かりきったことを訊く女だ。

「警備部や刑事部に荒らされる前に、押さえる。テロリストを」

「なんですって？」

この場の緊張を、おれは一気に限界まで高める。

「一人でもいい。おれたちが確保して絞り上げる」

「本気？」

綾織も晴山もただただ呆気《あっけ》にとられている。クランの新米らしい初々しさか。だが甘い。こんな奴らには教育的指導が必要。

「当たり前だろ！　おれたちは、ただの警察官じゃねえんだ」

鼻にかけろ。選び抜かれた真のエリート、警察の魂を継ぐ英雄だぞ！　そんなことはさすがに言わない。いまのこいつらにはシャレを解する余裕などこれっぽっちもない。部外者の方が、面白そうに見ている。おれは睨んでやった。相手は目を逸らす。

「下に降りるぞ」

おれは宣言した。

「ほんとに？　私たちだけで？」

綾織が呆れ返って言った。おれが無茶を言っていると思ったらしい。怒るとこいつはますます女っぷりが増す。

「下に、神がいるのか？」

晴山の顔つきが変わった。もうすっかり目が覚めたらしい、引き締まったなかなかいい顔だ。出陣前の少年兵のような。

だがおれは甘い顔などしない。

「喋ってる場合じゃない。覚悟を決めろ！」

エピローグ——無辺際《むへんざい》

俺はまだ夢を見ている気分だった。

ガスの効力は消えた。目はしっかり開き、人の顔を見分けられる。なのに現実とは思えない。

腰の辺りに漂っていた暗雲が消えている。

まるで身体を取り替えられたようだった。あるいは、気づかないうちに手術で腫瘍《しゅよう》を取り去られたような。治った……治ったぞ。笑みが勝手に込み上がってくる。

だがすぐ凍りついた。神を名乗る男の、あの指の感触が甦った。

俺に触れた。まさに、腰の辺りに。指は温かかった。信じられないほどに。温《ぬく》み、癒やし……そんな言葉が相応しい。

俺は間違っていた。神——警察閥の支配者とは、だれよりも汚い男。権力の座にふんぞり返り、警察族の命を好きなように扱う傲岸不遜《ごうがんふそん》な人間だと思っていた。

違う。もっと理解しがたい、恐ろしい何かだった。

奪い、長らえる。それが神の御業。

いったい、俺は何を敵に回している？　敵《かな》うはずがない。胸の底から湧き出してくる絶望……逃げたかった。二度と会いたくなかった。

そこで鮮やかに甦ってきたのは、あの能面。俺をまんまと壁際の通風口脇まで誘ったテロリストの一味。あいつが意図して俺にガスを浴びせたのだ、神の指令に従って……いや、奴こそが神だったのか？　分からない。

「喋ってる場合じゃない。覚悟を決めろ！」

公安部外事第三課の区界浩が号令を発した。こいつも仲間……クランのメンバーだという。納得などできない。だが、最地下に向かうのは賛成だ。仲間がいる！

「岩沢さんと土沢」

俺は名前を口に出す。

「早く助けに行かないと」

区界が黙って動き出した。遅れまいと追いすがる。手で腰の感触を確かめた。やはり違和感が霧消していた。まるで十代に若返ったかのようだ。

そのとき、初めて見る男が俺の隣に来た。がっしりした体型の白人。茶色の髪に白いものが混じっている。五十前ぐらいか。外国人だ……俺は戸惑い、もの問いたげに振り返る。

「晴山さん、紹介します。ダンカン・ワイズ捜査官です」

俺のすぐ後ろにいた上郷奈津実が言った。

「さっき日本に着いたばかりで。FBIの、防諜部門のチーフです」

「……FBI？」

俺の足がもつれる。

「ナツミ」

ダンカン・ワイズは俺の足に合わせ、スピードを緩めながら言った。

「私の現在の所属は、NCTCだ」

日本語だった。

「NC……？」

更に後ろから綾織美音が訊いた。上郷が説明する。

「国家テロ対策センターのことです。FBI対テロ局員だけでなく、CIAの対テロセンター、国防総省や国土安全保障省の精鋭が集まって組織されています。活動は全世界的です」

「そんなVIPが、極東くんだりまでなにしに来やがった」

区界浩が振り返りもせずに言った。馬鹿にした調子に俺は啞然とするが、ワイズ捜査官は気にした様子がない。

「言うまでもない。日本には神がいる」

流暢《りゅうちょう》な日本語で、はっきり言った。そして俺を見る。

「私は、神の正体を暴くために来ました」

　上郷が頷く。

「この人の力が要る。日本の警察官だけでは、神のヴェールを剝がせない」

「黙れ。下るぞ」

　階段に差しかかった区界が命じた。全員が口を噤む。

　懐から銃を取り出し、区界は軽快に下ってゆく。俺も続いた。身体は区界なんかより軽い、全身に力が漲っている！　たちまち地下四階に達した。警戒しながら見渡す。

　だが人気が全くない。テロリストが集まっている階、というイメージとの落差が埋められない。ここからガスを嫌というほど噴き上げていたんじゃないのか？　区界が呆れたように、構えていた銃を下ろした。手遅れ——取り逃がしたのだ。

　このフロアは今、だだっ広いばかりの空間だった。B3にもあったのと同じ垂れ幕が残されているのみ。**LLF、イルカとクジラを救え**。悪い冗談。

　人がいない分、地下を貫く吹き抜けのガラスがひときわ目立った。

　その袂に、人の姿がある。人が人を抱えてうずくまっている。

　見覚えがある。

「岩沢さん！」

　俺は叫んだ。岩沢さんがハッと顔を上げてこっちを見る。

その目は、恐れていた。俺の反応を。

それで悟った。岩沢さんがいま抱いているのが、誰か。

その生死までもが。

身体の中に漲っていた力が、一瞬で大地に吸い込まれて消えた。歩けない。

俺は膝から崩れ落ちた。

（Ⅲにつづく）

この作品はフィクションです。作中に登場する人物名・団体名は実在するものとは一切関係ありません。

この作品は書き下ろしです。

引用文献『阿Q正伝・狂人日記 他十二篇』魯迅 作／竹内好 訳 岩波文庫

JASRAC 出 1512769-501

中公文庫

クランⅡ
──警視庁《けいしちょう》渋谷《しぶや》南署《みなみしょ》・岩沢誠次郎《いわさわせいじろう》の激昂《げっこう》

2015年11月25日　初版発行

著　者　沢《さわ》村《むら》　鐵《てつ》

発行者　大橋 善光

発行所　中央公論新社
〒100-8152　東京都千代田区大手町1-7-1
電話　販売 03-5299-1730　編集 03-5299-1890
URL http://www.chuko.co.jp/

DTP　柳田麻里
印　刷　三晃印刷
製　本　小泉製本

Published by CHUOKORON-SHINSHA, INC.
Printed in Japan　ISBN978-4-12-206200-9 C1193
定価はカバーに表示してあります。落丁本・乱丁本はお手数ですが小社販売部宛お送り下さい。送料小社負担にてお取り替えいたします。

中公文庫既刊より

各書目の下段の数字はISBNコードです。978－4－12が省略してあります。

さ-65-5
クランI　警視庁捜査一課・晴山旭の密命　沢村　鐵
渋谷で警察関係者の遺体を発見。虚偽の検死をする美人検視官を探るために晴山警部補は内偵を行うが、そこには巨大な警察の闇が――！　文庫書き下ろし。
206151-4

さ-65-1
フェイスレス　警視庁墨田署刑事課特命担当・一柳美結　沢村　鐵
大学構内で爆破事件が発生した。現場に急行する墨田署の一柳美結刑事。しかし、事件は意外な展開を見せ、さらなる凶悪事件へと……。文庫書き下ろし。
205804-0

さ-65-2
スカイハイ　警視庁墨田署刑事課特命担当・一柳美結2　沢村　鐵
巨大都市・東京を瞬く間にマヒさせた〝C〟の目的、正体とは⁉　警察の威信をかけた天空の戦いが、いま始まる‼　書き下ろし警察小説シリーズ第二弾。
205845-3

さ-65-3
ネメシス　警視庁墨田署刑事課特命担当・一柳美結3　沢村　鐵
人類救済のための殺人は許されるのか⁉　日本警察、そして一柳美結刑事たちが選んだ道は？　空前のスケールで描く、書き下ろしシリーズ第三弾‼
205901-6

さ-65-4
シュラ　警視庁墨田署刑事課特命担当・一柳美結4　沢村　鐵
八年前に家族を殺した犯人の正体を知った美結は、復讐鬼と化し、警察から離脱。人類最悪の犯罪者と対峙する日本警察に勝機はあるのか⁉　シリーズ完結篇。
205989-4

あ-78-1
CAドラゴン　安東　能明
刑事もテロリストも恐れる最強の男――警察庁と極秘に契約を結ぶエージェント・矢島達司が、凶悪な犯罪者どもと闘うアクションシリーズ、遂に始動！
205992-4

あ-78-2
着底す　CAドラゴン2　安東　能明
中国の原子力潜水艦が、津軽海峡に着底。国家の危機を救うべく、最強のエージェント・矢島達司が水面下の敵との闘いに挑む！　書き下ろし長篇アクション第二弾。
206047-0

あ-78-3
破網　CAドラゴン3
安東能明
高層マンション建設現場のタワークレーンで籠城事件が発生。公衆の面前で起きた凶行に、最強エージェント・矢島の怒りが爆発する！　シリーズ完結篇。
206099-9

お-75-3
セクメト
太田忠司
若手刑事・和賀が追う連続「殺人鬼」殺人事件。凄惨な現場には、必ず一人の女子高生が現れていた。驚愕のハイブリッド警察小説・始動！〈解説〉梶　研吾
206049-4

お-75-4
クマリの祝福　セクメトⅡ
太田忠司
被害者の腹を裂き、内臓を奪う凄惨な殺人事件が高校の敷地内で起きた。所轄署に左遷された和賀は謎の言葉「くまり」を手掛かりに捜査を進めるが……。
206162-0

こ-40-1
触発
今野敏
朝八時、地下鉄霞ヶ関駅で爆弾テロが発生、死傷者三百名を超える大惨事となった。内閣危機管理対策室は、捜査本部に一人の男を送り込んだ。
203810-3

こ-40-2
アキハバラ
今野敏
秋葉原の街を舞台に、パソコンマニア、警視庁、マフィア、そして中近東のスパイまでが入り乱れる、ノンストップ・アクション&パニック小説の傑作！
204326-8

こ-40-3
パラレル
今野敏
首都圏内で非行少年が次々に殺された。いずれの犯行も瞬時に行われ、被害者は三人組で、外傷は全く見られない。一体誰が何のために？〈解説〉関口苑生
204686-3

こ-40-20
エチュード
今野敏
連続通り魔殺人事件で誤認逮捕が繰り返され、捜査は大混乱。ベテラン警部補・碓氷と美人心理調査官・藤森のコンビは巧妙な「犯人すり替え」のトリックに迫る！
205884-2

こ-40-21
ペトロ
今野敏
考古学教授の妻と弟子が殺され、現場には謎めいた古代文字が残されていた。捜査一課の碓氷弘一警部補は、外国人研究者を相棒に真相を追う。シリーズ第5弾。
206061-6

各書目の下段の数字はISBNコードです。978－4－12が省略してあります。

こ-40-23
任俠書房　今野　敏
日村が代貸を務める阿岐本組は今時珍しく任俠道を弁えたヤクザ。その阿岐本組長が、倒産寸前の出版社経営を引き受けることに……。『とせい』改題。〈解説〉石井啓夫
206174-3

こ-40-19
任俠学園　今野　敏
「生徒はみな舎弟だ！」荒廃した私立高校を「任俠」で再建すべく、人情味あふれるヤクザたちが奔走する！　人気シリーズ第2弾。〈解説〉西上心太
205584-1

こ-40-22
任俠病院　今野　敏
今度の舞台は病院⁉　世のため人のため、阿岐本雄蔵率いる阿岐本組が、病院の再建に手を出した。大人気「任俠」シリーズ第3弾。〈解説〉関口苑生
206166-8

す-27-1
不眠刑事と探偵の朝　キャップ・嶋野康平　末浦広海
ある事件を機に捜査一課の刑事を辞め、神戸へ来た康平は強引に探偵事務所へ誘われる。元刑事と個性的な調査員たちが織りなす人情ミステリー。文庫書き下ろし。
205787-6

す-27-2
不眠探偵と哀しき暗殺者　キャップ・嶋野康平Ⅱ　末浦広海
狙われた母子を暗殺者から守れ。新米キャップとなった康平は身分を偽り、お受験塾に潜入するが……。神戸の人情ミステリー第二弾。文庫書き下ろし。
205835-4

す-27-3
不眠探偵と刑事の絆　キャップ・嶋野康平Ⅲ　末浦広海
薬漬けで監禁された女性の救出中、白崎の仇敵の情報をつかんだ康平たち。折しも都内では薬の売人の殺害事件が続発しており警視庁が動いていた。書き下ろし。
205889-7

す-27-4
檻の中の鼓動　末浦広海
警官を辞め、デリヘル嬢の送迎をする蘭子は、妊婦の身で客をとらされるアキナを救うため、七年前の事件を調べ始める。人々の再生を描く渾身のミステリー。
205934-4

と-25-15
蝕罪　警視庁失踪課・高城賢吾　堂場瞬一
警視庁に新設された失踪事案を専門に取り扱う部署・失踪課。実態はお荷物署員を集めた窓際部署だった。そこにアル中の刑事が配属される。〈解説〉香山二三郎
205116-4

と-25-32
ルーキー　刑事の挑戦・一之瀬拓真
堂場瞬一
千代田署刑事課に配属された新人・一之瀬。起きる事件は盗難ばかりというビジネス街で、初日から若い男性が被害者の殺人事件に直面する。書き下ろし。
205916-0

と-25-33
見えざる貌　刑事の挑戦・一之瀬拓真
堂場瞬一
千代田署刑事課そろそろ二年目、一之瀬拓真。管内で女性ランナー襲撃事件が発生し、捜査に加わるが、なぜか女性タレントのジョギングを警護することに⁉
206004-3

と-25-35
誘爆　刑事の挑戦・一之瀬拓真
堂場瞬一
オフィス街で爆破事件発生。事情聴取を行った一之瀬は、企業脅迫だと直感する。昇進前の功名心から担当を名乗り出るが……〈巻末エッセイ〉若竹七海
206112-5

と-25-34
共鳴
堂場瞬一
元刑事が事件調査の「相棒」に指名したのは、ひきこもりの孫だった。反発から始まった二人の関係は調査を通して変わっていく。〈解説〉久田恵
206062-3

と-26-9
SRO Ⅰ　警視庁広域捜査専任特別調査室
富樫倫太郎
七名の小所帯に、警視長以下キャリアが五名。管轄を越えた花形部署のはずが――。警察組織の盲点を衝く、連続殺人犯を追え！　新時代警察小説の登場。
205393-9

と-26-10
SRO Ⅱ　死の天使
富樫倫太郎
死を願ったのち亡くなる患者たち、解雇された看護師、病院内でささやかれる『死の天使』の噂。SRO対連続殺人犯の行方は。待望のシリーズ第二弾！　書き下ろし長篇。
205427-1

と-26-11
SRO Ⅲ　キラークィーン
富樫倫太郎
SRO対〝最凶の連続殺人犯〟、因縁の対決再び‼　東京地検へ向かう道中、近藤房子を乗せた護送車は裏道へ誘導され――。大好評シリーズ第三弾、書き下ろし長篇。
205453-0

と-26-12
SRO Ⅳ　黒い羊
富樫倫太郎
SROに初めての協力要請が届く。自らの家族四人を殺害して医療少年院に収容され、六年後に退院した少年が行方不明になったというのだが――書き下ろし長篇。
205573-5

各書目の下段の数字はISBNコードです。978－4－12が省略してあります。

と-26-19
SRO V ボディーファーム
富樫倫太郎
最凶の連続殺人犯が再び覚醒。残虐な殺人を繰り返し、日本中を恐怖に陥れる。焦った警視庁上層部は、SROの副室長を囮に逮捕を目指すのだが――。書き下ろし長篇。
205767-8

と-26-35
SRO Ⅵ 四重人格
富樫倫太郎
不可解な連続殺人事件が発生。傷を負ったメンバーが再結集し、常識を覆す新たなシリアルキラーに立ち向かう。人気警察小説、待望のシリーズ第六弾！
206165-1

は-61-1
ブルー・ローズ（上）
馳星周
青い薔薇――それはありえない真実。優雅なセレブたちの秘密に踏み込んだ元刑事の徳永。身も心も苛む、背徳の官能の果てに見えたものとは？ 新たなる馳ノワール誕生！
205206-2

は-61-2
ブルー・ローズ（下）
馳星周
すべての代償は、死で贖え！ 秘密SMクラブ、公安警察との暗闘、葬り去られる殺人……。理不尽な現実に、警察組織に絶望した男の復讐が始まる。
205207-9

ほ-17-1
ジウⅠ 警視庁特殊犯捜査係
誉田哲也
都内で人質籠城事件が発生、警視庁の捜査一課特殊犯捜査係〈SIT〉も出動するが、それは巨大な事件の序章に過ぎなかった！ 警察小説に新たなる二人のヒロイン誕生!!
205082-2

ほ-17-2
ジウⅡ 警視庁特殊急襲部隊
誉田哲也
誘拐事件は解決したかに見えたが、依然として黒幕・ジウの正体は摑めない。捜査本部で事件を追う美咲。一方、特進をはたした基子の前には謎の男が！ シリーズ第二弾。
205106-5

ほ-17-3
ジウⅢ 新世界秩序
誉田哲也
〈新世界秩序〉を唱えるミヤジと象徴の如く佇むジウ。彼らの狙いは何なのか？ ジウを追う美咲と東は、想像を絶する基子の姿を目撃し……!? シリーズ完結篇。
205118-8

ほ-17-4
国境事変
誉田哲也
在日朝鮮人殺人事件の捜査で対立する公安部と捜査一課の男たち。警察官の矜持と信念を胸に、銃声轟く国境の島・対馬へ向かう。〈解説〉香山二三郎
205326-7

ほ-17-5 **ハング** 誉田哲也

捜査一課「堀田班」は殺人事件の再捜査で容疑者を逮捕。だが公判で自白強要の証言があり、班員が首を吊った姿で見つかる。そしてさらに死の連鎖が……誉田史上、最もハードな警察小説。

205693-0

ほ-17-6 **月光** 誉田哲也

同級生の運転するバイクに轢かれ、姉が死んだ。殺人を疑う妹の結花は同じ高校に入学し調査を始めるが、やがて残酷な真実に直面する。衝撃のR18ミステリー。

205778-4

ほ-17-7 **歌舞伎町セブン** 誉田哲也

『ジウ』の歌舞伎町封鎖事件から六年。再び迫る脅威から街を守るため、密かに立ち上がる者たちがいた。戦慄のダークヒーロー小説！〈解説〉安東能明

205838-5

ほ-17-8 **あなたの本** 誉田哲也

読むべきか、読まざるべきか？ 自分の未来が書かれた本を目の前にしたら、あなたはどうしますか？ 当代随一の人気作家の、多彩な作風を堪能できる作品集。

206060-9

ほ-17-9 **幸せの条件** 誉田哲也

恋にも仕事にも後ろ向きな役立たずOLに、突然下った社命。単身農村へ赴き、新燃料のためのコメ作りに挑め⁉ 人生も、田んぼも、耕さなきゃ始まらない！

206153-8

や-53-1 **もぐら** 矢月秀作

こいつの強さは規格外――。警視庁組織犯罪対策部を辞し、ただ一人悪に立ち向かう「もぐら」こと影野竜司。最凶に危険な男が暴れる、長編ハード・アクション。

205626-8

や-53-2 **もぐら 讐** 矢月秀作

警視庁に聖戦布告！ 影野竜司が服役する刑務所が爆破され、獄中で目覚める〝もぐら〟の本性――超法規的、過激な男たちが暴れ回る、長編ハード・アクション第二弾！

205655-8

や-53-3 **もぐら 乱** 矢月秀作

女神よりも美しく、軍隊よりも強い――次なる敵は、中国の暗殺団・三美神。影野竜司が新設された警視庁特務班とともに暴れ回る、長編ハード・アクション第三弾。

205679-4

各書目の下段の数字はISBNコードです。978－4－12が省略してあります。

や-53-4
もぐら 醒
矢月秀作
死ぬほど楽しい殺人ゲーム——姿なき主宰者の目的は、復讐か、それとも快楽か。凶行を繰り返す敵との、超法規的な闘いが始まる。シリーズ第四弾！
205704-3

や-53-5
もぐら 闘
矢月秀作
新宿の高層ビルで発生した爆破事件。爆心部にいた被害者は、iPS細胞の研究員だった。新細胞開発に蠢く闇に迫る！　シリーズ第五弾。
205731-9

や-53-6
もぐら 戒
矢月秀作
首都崩壊の危機！　竜司の恋人は爆弾とともに巻き付けられ、警視庁にはロケット弾が打ち込まれた。国家を、そして愛する者を救え——シリーズ第六弾。
205755-5

や-53-7
もぐら 凱（上）
矢月秀作
勝ち残った奴が人類最強——。首都騒乱の同時多発テロから一年。さらに戦闘力をアップしたシリーズ史上最強の敵が襲いかかる！〝もぐら〟最後の闘い。
205854-5

や-53-8
もぐら 凱（下）
矢月秀作
勝利か、死か——。戦友たちが次々に倒されるなか、遂に〝もぐら〟が東京上陸。日本全土を恐慌に陥れる謎の軍団との最終決戦へ！　野獣の伝説、ここに完結。
205855-2

や-53-9
リンクス
矢月秀作
最強の男が、ここにもいた！　動き出す、湾岸の守護神——。大ヒット「もぐら」シリーズの著者が放つ、高速ハード・アクション第一弾。文庫書き下ろし。
205998-6

や-53-10
リンクスⅡ Revive
矢月秀作
レインボーテレビの爆破事故に巻き込まれ世を去った、巡査部長の日向太一と科学者の嶺藤亮。だが、二人は新たな特命を帯びて、再びこの世に戻って来た……⁉
206102-6

わ-24-1
叛逆捜査 オッドアイ
渡辺裕之
捜一の刑事・朝倉は自衛官の首を切る猟奇殺人事件を捜査していた。古巣の自衛隊と米軍も絡み、国家間の隠蔽工作が事件を複雑にする。新時代の警察小説登場。
206177-4